.

Every Spring Is the
Only Spring.

晚春情话

韩松落 著

人民文学出版社

图书在版编目（CIP）数据

晚春情话/韩松落著.--北京：人民文学出版社，2024
ISBN 978-7-02-018371-5

Ⅰ.①晚… Ⅱ.①韩… Ⅲ.①中篇小说－小说集－中国－当代②短篇小说－小说集－中国－当代 Ⅳ.①I247.7

中国国家版本馆CIP数据核字（2023）第248269号

责任编辑　周　贝　杜　丽
装帧设计　陶　雷
责任印制　张　娜

出版发行　人民文学出版社
社　　址　北京市朝内大街166号
邮政编码　100705

印　　刷　北京盛通印刷股份有限公司
经　　销　全国新华书店等

字　　数　175千字
开　　本　787毫米×1092毫米　1/32
印　　张　9.625　插页1
印　　数　1—10000
版　　次　2024年2月北京第1版
印　　次　2024年2月第1次印刷

书　　号　978-7-02-018371-5
定　　价　68.00元

如有印装质量问题，请与本社图书销售中心调换。电话：010－65233595

目　录

鱼缸与霞光

    大卫·林奇是这样开始一个故事的：碧蓝天空，白色栅栏，红色玫瑰和黄色郁金香，圆鼓鼓地盛开着，翠绿的叶子托着花朵，孩童过马路，女人喝下午茶，老男人浇草坪，年轻人徘徊在草地上，低头翻捡着什么：哦，草丛里有一只爬满蚂蚁的人耳朵。

    这里也可以用同样的方法开始：群山环绕的小城，白杨树和槭树的叶子被夏天的太阳晒成墨绿，灰色的楼宇，阳台上有鸽子咕咕鸣叫，屋檐下，燕子在泥窝边轻盈地弹跳一下，然后飞走，燕子飞走的地方，有一扇窗，阳光照进窗户，投在临窗的木桌子上，桌上有一张信纸，写着一些字，随后，有个男人走进屋子，拿起这张纸，皱着眉头，开始阅读。

    一九九六年七月十二日，甘肃东部的天泽县，省矿业机械厂电工班的李志亮，留下一封信，离家出走。

    李志亮生于一九六八年十一月十五日，祖籍辽宁，是矿业机械厂的子弟。父亲李东强，一九四〇年生于辽宁。母亲郝琴，一九四三年生于河北。李东强毕业于哈尔滨工业大学，在矿业机械厂担任工程师。哈工大毕业生为什么会来位于甘肃县城的机械厂工作，他从未未曾解说过。郝琴则在李东强的安排下，到厂里的后勤部门工作。

李志亮生于河北，四岁时随父母到了天泽，在矿业机械厂幼儿园度过两年，六岁时到天泽县东关小学读书，十二岁小学毕业，随后进入天泽县二中初中部就读，初二时转学到教学条件较好的天泽县一中初中部，高中依然在天泽县一中就读，高三时考入中原机械工业学校，一九八九年，回到省矿业机械厂工作。开始在车间，后来在父亲的协调下，转到电工班工作。

矿业机械厂所在的天泽县，位于甘肃东部，距离省城兰州二百公里，面积三千五百平方公里，人口三十八万，旧石器时代就有人居住，秦始皇时代设县，其后两千多年，面积有扩有缩，但大致位置没有变化。因为地势平坦，位于陇海线，且有河流，有矿产，五十年代之后，陆续有工厂迁移至此。除省矿业机械厂之外，天泽县还有一家冶炼厂、两家修造厂、一家塑料厂，几支驻守在当地的部队。矿业机械厂在当地是大企业，有员工两千。县城的商业，都集中在矿业机械厂、冶炼厂所在的云川北路上。

矿业机械厂的核心部分从辽宁迁来，创始阶段的工人，多数是东北人和河北人，他们的后代也多半在工厂工作，工厂有自己的生活区。矿业机械厂由此成了一块飞地。天泽人说当地话和兰州话，矿机厂的人说普通话、东北话、上海话，当地人听秦腔，矿机厂的人听京戏和越剧、沪剧。天泽县最早穿牛仔裤、最早跳迪斯科的，都是矿机厂工人。李志亮在这里长大，需要在两个世界转换。在厂区和家里说普通话和东北话，在学校和县城说天泽话和兰州话。

李东强的外形，有明显的东北人特质，方头大脸，眉眼端正，但性格温暾，沉默寡言，倒是和本地人比较接近，在非常年代也没有因为言行出挑带来麻烦。但他有个喜好，和本地人不一样，也和他的粗糙外形不一致——他有藏书的习惯，家有藏书接近五百册，而天泽县图书馆的藏书，也不过两万册。但李东强极少邀请人到家里做客，也从不徒手拿书在街上行走，甚至一再告诫家人，不要在任何场所被人看到手里拿着书。因此，他的藏书和读书习惯，从没引起人们注意。

李东强和郝琴有两个儿子：大儿子李志明，生于一九六六年，中专毕业后，到矿业机械厂工作；二儿子就是李志亮。两个儿子的相貌，比父亲英俊许多，但两个人都有一种蒙尘之感，像是在刚刚制作完成的匕首上，撒了一把土，英俊得毫不明显，需要仔细辨认。两个儿子的性格，也比父亲爽朗，因为基本是在当地长大，有童年朋友，交往范围也更广。

一家人居住在矿业机械厂的家属区，十一号楼三单元302，他们的住房由矿业机械厂自行修建，在一九九二年竣工，根据面积和楼层，以每套1.5万元到2.5万元不等的价格，卖给厂内职工。售卖之前，根据工龄、职称、职务等因素进行了排序，李东强分配到的这套，房本面积九十平方米，实际一百四十平方米，售价2.5万元。

一家人的生活，没有丝毫古怪之处，全家人的性格、行为，乃至消费、娱乐，就在天泽县城居民的均线附近摆动。生活中的一切细节，一切用品，也像所有天泽人一样，非常容易辨认出处。军便服、军大衣、军靴、军用皮带，通常购自县城附近部队门市部，每逢部队廉价处理军用品或者周边，小城青年就蜂拥而至；工作服、绒衣、手套、电工绝缘鞋、挎包，是厂里的劳保用品；脸盆、香皂、洗发膏、牙膏、球鞋、皮鞋、文具，购自天泽县百货大楼，每批就那么几款，可以凭借款式分辨出购买时间。偶然也有来自其他地方的物品：比如，有些年轻人，会在周末乘火车去兰州（通常都会设法逃票），买花衬衣、卫衣和饰品。还有几次，是白银针织厂等日用品工厂遭遇经营危机，用白汗衫和背心等产品抵工资，员工们拉着产品来到天泽县，在街心花园兜售，价格极为低廉，汗衫五块，背心三块。第二天，天泽县的男性，几乎全部穿上同款汗衫和背心。

在其余地方，天泽县居民的生活，也显得单调和整齐划一。八十年代末，广场舞兴起，因为起初的主力是中老年人，被叫作老年迪斯科。后来，全县三十岁以上的女性，几乎全部加入。九十年代初，气功热，几大气功门派，统治了全城成年人，也有儿童和少年加入。有一位八岁男孩，由家长引领，用一年时间，练到某种气功二级，成为"气功神童"，到处参加报告会并展示神通。一九八八年，《红高粱》获得金熊奖，全城居民出动观影。因为传说此片儿童不宜，小孩都被留在家里，有个孩子因无人看管，在家触电身亡。一九九二年，《大红灯笼高高挂》上映，全城居民又一次倾巢出动。

天泽县也极少发生凶案，大多数治安案件，都在盗窃、斗殴、诈骗这个层级。仅有的几起凶杀案，都是熟人作案，很快就破案。公安局门口，有四个装了玻璃的看板，两左两右，用以展示公安局侦破的凶案，从现场血迹到尸体远景、近景和伤口局部，全部彩色照片，配以仿宋体手写的案情介绍。看板的更换速度，依据凶案发生频率，或者说，凶案被侦破的频率而定。如果半年没有适合展示的凶案，就半年不换，以至于彩色照片全部褪色。

李志亮的性格，也在均线附近，不算温和，也不至于暴戾，不细腻，也不算粗糙。他的日常穿着，也没有出格的地方，毕竟，父亲李东强最担心的，就是自家人过于引人注目，带来灾祸，每每发现这种苗头，就全力打压。李志亮常穿的衣服，包括一身军便服，两件化纤夹克，几件白衬衣，一身工装蓝的运动款绒衣，冬装是部队的劳保棉袄和军大衣，还有一件托人在空军基地买到的深棕色飞行员皮夹克，带毛领，非常昂贵，但他一直舍不得穿这件衣服。一九九四年，他还曾用一百八十块钱，在兰州市东部批发市场，购买了一件墨绿色的羽绒服，回家之后，在周围的环境衬托下，他发现这件衣服的颜色还是扎眼，第一次穿出去，就被熟人评价为"真骚情"，他再也没让这件衣服上身。

李志亮的爱好很少，可以算作爱好的，只有两个：一个是用机械厂的边角料，制作各种摆件。有一阵子，兰州青年流行用炮弹壳、子弹壳制作工艺品，这股风气也蔓延到了天泽县，李志亮不能免俗，找到部队上的熟人，要了些训练用过的弹壳，做了几件东西，但很快就厌倦了。

另一个爱好，是骑自行车游荡。他有一辆凤凰二八，黑色，不是轻便型号，但他很喜欢，他经常骑着这辆车，在城外游荡。城外有大片麦地，他就骑车在麦地中的白土路上穿行。麦收之后，他会把车推进麦田，在麦垛上靠一会。曾有人看到他从城外回来时，自行车把上挂着一个用蓝色野菊花和麦秸编织的花环，这是他唯一算得上浪漫的经历。

没有谈过恋爱，几次相亲都失败了，好在他对相亲也没有多少期望。如果他是天泽本地人，二十八岁还不结婚，就显得异常，但人们对矿机厂这块飞地，以及这块飞地上居民的看法，多少有点不一样。当地人甚至觉得，矿机厂的男青年，如果热衷恋爱，会对当地的婚恋市场造成冲击，他们都打光棍可能更好。总之，他生活里并没有出现会带来精神上的重大挫折，或者人生中的重大挫败感的事件。

一九九六年七月十二日，农历五月廿七，晚上六点十分，郝琴下班到家，换了拖鞋，放下厂工会分给每位员工的一箱杏子，就去厨房准备晚饭。六点四十分，李东强和李志明下班到家。父子俩的工作地点不在一起，他们是在回家路上遇到的，李志明接过父亲手里的杏子，一手一箱杏子，和父亲一起到家。三个人打算等李志亮到家后一起吃饭，就坐在餐桌前说着话，对话的重点是杏子，李志亮必然也领到了一箱杏子，四个人，四箱杏子，该怎么处理，毕竟杏子不禁放。直到八点，他们也没等到李志亮回家，以为他被朋友叫去吃饭了，就先吃了饭。李志亮当晚没有回家，一家人也并没觉得异样，直到第二天早上上班前，李东强到李志亮屋子里去，才发现他留在桌上的信，只有十几个字，写在一张矿业机械厂的信纸上：

　　我走了。我要走遍中国，走遍大地，走遍星球。

　　李东强拉开衣柜，发现李志亮带走了自己常穿的衣服，下楼去派出所报案时，发现李志亮骑走了凤凰二八。报案时，警察认为，李志亮是成年男性，留了信件，不能算失踪，无法立案，何况，他离家还不到二十四小时。根据他们的经验，很多离家出走的人，通常会在三个时间段内回来：一周，三个月，半年。

　　李东强全家，分头到李志亮的同事、同学和朋友家打探消息，想看看李志亮有没有留下更明确的信息，却发现他出走前没有任何异样，当天卜午还在正常上班。唯一不同的是，他五点就提前下班，因此没有领取发给员工的那箱杏子。被李东强一家询问过的同事和同学，又自发扩散消息，到认识李志亮的人那里打听消息，都没有结果。

很快，警察所说的第一个时间节点过去了，一周了，李志亮没有回家，也没有任何消息。就在这时，天泽县的城南，距离县城中心五公里的垃圾场，发现了一具焦尸。其实，一个拾垃圾的老人，在几天前就看见了那具焦尸，但那具尸体被扔在一个大垃圾坑的沟底，需要踩着垃圾走一段陡峭的下坡，才能到达那里，加上他视力不好，并没有看得很清楚，"不知道那黑黑的是个啥"。直到几天后，他看到有野狗在撕扯那个黑色的物体。这时距离李志亮出走，刚好一周。

尸体经过了很充分的焚烧，衣服和皮肤都被烧毁，看不出身份样貌，唯一能作为线索的，是一条没被完全烧毁的军用皮带的皮带扣，那个皮带扣，和李志亮使用的完全一样。但那时，在天泽县或者邻近区域，系同款军用皮带的人实在太多了。认尸之后，李东强认为这不是李志亮的尸体。当然，还有更好的方法 —— 当时，DNA 检测技术已经用于刑侦了，只是需要送检测物到北京去，检测费用加上差旅费，非常昂贵。焦尸案最终成为悬案，没有出现在公安局的宣传栏里。

三年后，天泽县文化馆的赵老师，在西安参加培训，在街头看到一个人，酷似李志亮，只是头发略长，衣服略时髦。这个人迎面走过来，似乎也认出了赵老师，眼神顿了一下，走过去之后还回了头。据赵老师说，他立刻掉头追上这个人，跟他打了招呼，这个人不承认自己是李志亮，但当赵老师说

"你父亲母亲都在等你回家"的时候，他的表情大变，泪水瞬间滑落，愣了很久，然后转身离去。赵老师认为自己遇到的就是李志亮，回到天泽后，专门找到李东强，讲述了自己的经历，言之凿凿，情绪丰富，两分钟的相遇讲了一个小时，却没有任何证据，整个场景也酷似民间鬼故事里的情节，加上这位老师经常发表古怪言论，比如别人死去的亲戚给他托梦，以吸引别人注意。所以，他所说的经历，并没有人当真，转眼就变成小城传说，流传了一阵，就逐渐湮灭。

从那之后，就再也没有李志亮的消息了。李东强和郝琴，依旧在矿业机械厂工作，退休后，两人回到辽宁老家住了一段时间，因为无法忍受漫长的冬季和动辄零下三十度的严寒，最后还是回到了天泽县。李志明也依旧生活在天泽，一九九九年结婚，三年后有了女儿，他和妻子另外购置了住房，多数时候还是和父母生活在一起。李志亮的那间房子，始终保持原状，他留下的那张纸条，被李东强夹在了一本人民文学出版社的《巴尔扎克中短篇小说选》里。他说，这种收藏方式最保险。

在李志亮出走前两年，有两只燕子，在李家的阳台上方筑了一个窝，整日飞来飞去，啁啾不停，这在楼房小区是很罕见的事。李志亮出走之后，那窝燕子再也没有回来过。郝琴视之为某种昭示。

这件事看起来就这么过去了，但这仅仅是对李家而言，在距离李家不远的六号楼一单元501，这件事引起了另外一些后果，甚至可以说，是一场持久的风暴。

住在501的，是矿业机械厂的另一家人。这家人是标准的三口之家，父亲曹广仁，生于一九五六年，矿业机械厂经营科业务员，这个科在一九九六年分出一部分员工，成立了多种经营科，曹广仁也在其中。母亲王自强，生于一九五五年，矿业机械厂工人。他们只有一个孩子，是个男孩，生于一九八〇年，名叫曹景，在李志亮出走那一年，刚好十六岁，正在读高一。

曹景一家，和李志亮一家生活在同一个厂区，两家家长很少交集，也没什么来往。不过，在曹景十一岁时，他表姐的追求者，李志亮的同事，为了让曹景表姐高兴，以及显示自己是爱孩子的，时常带曹景出去玩，也带他去了李志亮家里，看李志亮用边角料做东西。那天，李志亮穿着工装蓝的绒衣，一条看起来很厚实的卡其色裤子，脚上穿着一双白色回力鞋，用了三个小时，做了一艘二十厘米长的铁船，并且用木板喷了蓝色油漆，做成海面的样子，粘了几块黑色的石头充当礁石，一块稍大的形状不规则的炭渣，被他做成了一个小岛，填了一些青苔，还种了几棵草。一片海和一座岛，就带着油漆味诞生了。

后来，曹景还看见过李志亮打篮球，看见过李志亮骑车去往城外，也在商业街上碰到过他。李志亮唯一一次穿墨绿色羽绒服出门，就被曹景看到了。因为见过一次面，曹景很能从人群中认出李志亮来，他总是隔着老远就站定，等李志亮走到跟前，认真地打个招呼。但他再也没有被带去李志亮家里看他做东西。记忆里，只有那么一次，只有那么一个下午，安静的、若有所待的一个下午。他觉得有点奇怪：李志亮后来为什么再也没有穿过那件羽绒服。

李志亮出走三天后，曹景从父母那里知道了消息。当时，他们一家三口正在吃饭，曹广仁说起了这件事，曹景突然感到一阵恶心，一阵虚热，喉咙里似乎有液体涌上来，却没吐出什么，只是干呕了几声。在父亲扶他去卫生间的时候，他听到母亲抱怨说："给你说了别在饭桌上说这些东西，容易把孩子惊到。"

之后几天，他始终情绪低落，神思恍惚，无法入睡，这些他都没有告诉父母，父母也并没有注意到，其实就连他自己，都不能明确地知道，这种情绪低落和李志亮的出走有没有关系。因为当时的他，正面临自己的问题。初中毕业时，他没有考上中专，尽管全年级也只有两个人考上了中专，但曹广仁仍然非常失望，考不上中专，就意味着曹景失去了在两年后就业的可能，还要上三年高中，高中毕业之后，鉴于当地的升学率非常低，他未必能考上大学，也未必能有工作。曹广仁开关门的声音都大了很多，王自强则刻意拖长声叹息。曹景认为，自己的情绪和这件事有重要关系。

除此之外，他还经历了更折磨人的事。他也考入了李志亮曾经就读的天泽一中高中部，高一的第一个学期，一件意想不到的事发生了：他的信被"截"了。事情是这样的，这所中学的收发室，收到所有的信件和包裹之后，除了挂号信会由门房托学生带话，通知本人来登记和领取之外，其余的邮件，并不会做进一步分发，而是全部放在校门口的信报夹里，任由所有人翻阅和领取。这样一来，信件到达收件人手里的概率就非常低。有些信件，就被路人截取了，他们会选择那些看起来有点出挑的信封，拿走，读完，然后扔掉，或者通知信件主人，拿钱来换信。信报夹是无数斗殴和悲剧的发源地。但学校一直没有改变这种信件发放方式。

曹景就受到了这样的威胁。截走他信件的，是初三补习班的学生，他们把信拿走，小范围传阅后，托人带话给他，要他拿八十块钱来，才能把信给他，否则就把信件内容公布出来。对于当时的他来说，八十块钱是一笔不小的数目，他拿不出这笔钱。但根据他的经验，这会有很严重的后果，不把信件拿回来，就得准备迎接极其猛烈的下流谣言。他盘算了一下自己的存款，一共二十多块钱，这二十多块钱，攒了差不多半年。之后一周时间，他每天放学后到县修造厂模具车间后的沙堆里筛废铁，去废品收购站卖，一周下来也只卖了十块钱，他又到血站去，试图卖血，但血站以他年龄不够为由拒绝了他。

几天后，初三补习生撕票了。其实信早拆了，他们只是把拆信这件事公开了，并把信件内容添油加醋告诉了很多人。那封信没有任何过火的内容，写信者是他初中女同学，女同学在初中毕业后，没有考上高中、技校或中专，就到省城去打工了，写信过来，无非是要他帮助联系几位初中同学。但截信的人却故意扩散说，信件内容非常下流，他们肯定"拔包子"① 了。曹景的"风流韵事"由此流传开了。

为什么初中补习班的学生能威胁到高中生呢？当时，初中补习班的很多学生，入读中学通常比较晚，又补习了两三年，实际年龄要比高中同学大得多，甚至大过高三同学。而且补习班管理松懈，补习的目的也是为了考技校和中专，学生很有些江湖气，跟社会青年交往频繁，和高中部的风气完全不一样。

这件事对曹景产生了影响，有很长一段时间，他总觉得同学在对他指指点点，传播他的"风流韵事"，有人走过他的身边，不巧表情不好，或者吐了痰，他会以为是在唾弃他。甚至班上同学写信、收信，甚至读到冰心的《寄小读者》，所有与"信件"有关的讯息，都会让他心惊肉跳。这后遗症持续了很久，一直到高二下半学期，班主任任命他为班长为止。整整一年，他就耗在这件事上，这一年，他如同在浑浊的深渊里任人搅拌。

也是那时候，他读到一本书，这本书是父亲从县图书馆借回来的，老鬼的《血色黄昏》，一九八九年版，讲述知青在内蒙古的生活。封面画着暗红色的天空，血红的落日，黑色的山峦，黑色的大地，一个壮硕的黑色男人，站在天地之间，

---

① 接吻。

搬运着一个黑色石块，整个身躯，似乎都被这石块坠到弯曲。这本书的书名、封面，和书里描绘的一场大火，带给曹景一种特殊的感觉，这种感觉和李志亮的出走搅拌在了一起，最终形成了一个画面：血红的天空，黑色的大地，天地之间，有一个黑色的人影，向着目睹了这个画面的人走过来，不停地走，无声地走，但始终也走不出这画面。他不知道这个人是谁，也不知道他长什么样。就是觉得异常恐惧，画面消失之后，又是持续性的情绪低落。

起初，他只是不断想象这个画面，只要停止想象，画面就消失了。没过多久，这个画面出现在了他的梦里。有时候是出现在别的梦境里，别的梦做得好好的，突然画面中断了，血红天空黑色大地和黑色行走者出现了，无声地行走着。有时候，整个梦境都是黑色行走者在天地间的行走，无休止地走，可能走一个小时，甚至两个小时。有一次，梦境出现了变体，这个行走者还推着一辆自行车。这个梦境和时不时袭来的情绪低落，还有现实中各种事件的叠加，让曹景的整个高中时期，都处于一种抑郁状态。遗憾的是，那时候，人们对抑郁症还没有什么了解，曹景只能靠自己对自己进行观察，以及自我安慰。

在李志亮出走前，他居住的那座居民楼上，出了一件很小的事。住在二单元402的居民，同样在矿业机械厂工作的三十六岁的王林平，被一种来历不明的噪音困扰，这种噪音是一个拖长了的"嗡"声，像是在头顶上悬挂了一个巨大的金属钵，然后摩擦钵的边缘形成的回声，听起来不很明显，却令人烦躁不安。这个声音每天早晨六点准时出现，持续"嗡"一天，到夜里十一点准时消失。更奇怪的是，王林平全家五口人，只有他能听到这个声音，所有人都认为他出现了幻觉。

整整一年时间，王林平被这个声音折磨，无法入睡，更磨人的，还有周围人的嘲笑和敌意。他对这个声音和自己受害状态的描述，似乎是一种自供，表明他是过于敏感的，有被害妄想的。而不论敏感，还是被害妄想，还是无法忍受一个小小的噪音，都和一个矿业机械厂工人的身份不符。这种精神状态和睡眠状况，让他出了很多次小事故。

他并没有坐以待毙，到处寻找这个声音的来源。起初，他以为这个声音来自楼上人家，借口到楼上人家串门，进去打探，楼上没有任何异常，没有发声装置，也没有异常的物件，更没有那个"嗡"声。于是，他又请求厂里的水电工，在查水表电表的时候带上他，让他可以到紧邻他家的三单元401和501家去"串门"，水电工答应了，在上门的时候带上了他，结果依然如此，那两户人家没有任何异常。

一年后，他偶然听说，三单元602那户人家养了一缸金鱼，邻居们说起这家人来尽是嘲笑，"也不看看自己一个大老粗，养那么贵的鱼图个啥，又费电又吵"。他突然产生灵感，觉得这个鱼缸的噪音和自己听到的噪音有点关系。于是声称自己想看鱼，托邻居把自己带去了那户人家，一打开门，一只巨大的鱼缸，增氧泵正在工作，发出"嗡嗡"的声音，但只要进到卧室里，就听不到这个声音。而且这家人开关增氧泵的时间，和他听到的噪音时段完全一致，每天早上，老爷子起床的时候打开增氧泵，晚上十一点，老爷子睡觉的时候关掉。他立刻回了自己家，让那户人家五分钟后关掉增氧泵，五分钟后，噪音消失了，他终于确定了那个怪异声音的来源，并分析出了这个声音的传播方式。鱼缸靠墙，增氧泵发出的声音被墙壁吸收，墙体和楼的结构，可能正好形成了一种扩音机制，声音经过墙壁的共振、扩大，成为一种噪音。当然，那时候他们都不知道低频噪音这个说法。

奇怪的是，这户人家和他家既不在一个单元，也不在一个楼层，更不在一个方位，但鱼缸发出的声音，就是能跳过三单元的502、501、402、401这几家人，神秘地、无法解释地，传到他的耳朵里，让他无法入睡，使他几近疯狂。也因为这种跳跃式的传播，他始终查不到声音的来源。这件事的结束没有那么复杂，王林平请求那户人家挪开鱼缸，不要靠墙，并在增氧泵下面加装一个防震垫。说到恳切处，几乎声泪俱下，差点当场跪在那家人的客厅里。那家人和他同在矿业机械厂工作，经常见面，没有那么难缠，也被这位邻居的激烈情绪吓住，生怕招来祸事，就按他的要求做，低频噪音从此消失。

厂区不大，鱼缸事件很快传遍全厂，这户养鱼的人家收获了更多的嘲笑。六号楼的少年曹景也听到了这个故事，起初他没觉得这件事有什么特别之处，只把它当作这个世界教给他的一点新知识。不久之后，李志亮出走了，在持续的情绪低落中，曹景突然想起那只鱼缸，并且产生了一些联想。

他觉得，李志亮似乎就是那只鱼缸，发出了一种声音，或者一种信号，这种声音经过复杂的环境和心理的共振，变成了一种超常规的信号，最终到达他这里。他分明离李志亮很远，仅有一次交往，和若干次街上遇见，但那个由李志亮酿成的"低频噪音"，终归是兜兜转转来到了他这里，和他发生了关系，这个世界上，未必只有他收到这个声音，但只有他听到了这个声音。

曹景上了大学，毕业后进入交通设计公司，在大城市开始了自己的生活。李志亮和他的出走，在很长一段时间里，被曹景遗忘了，他甚至忘记了那座小城，那座小城被他隔离在了一个不会碰触的区域。但有一天，大概是在二〇〇七年，血红天空黑色大地和黑色行走者的梦境又出现了。

曹景分析过这个梦境重现的原因，大概是因为，公司重组，自己所在的研发部门被压缩，他被分流出去，在几个部门之间流转了一段时间，最后总算到了新的部门。部门领导却比较跋扈，而且酷爱喝酒，经常拖着下属或者乙方公司人员一起喝酒，所有人都苦不堪言。喝酒唱歌，经常要熬夜，熬夜后的两天，曹景的情绪都会比较低落，星星点点的低落，最终连成了线，他开始持续的轻度抑郁，并第一次萌生了辞职的念头。就在那时，黑色行走者的梦境开始出现了。几个月后，他换了部门，但黑色行走者一旦开始行走了，就像野兽在某处撒了尿，做了记号，从此不断重返旧地。

那之后的十年时间，血红天空黑色大地和黑色行走者，常常出现在曹景的意识里。戴上手套开始工作，黑色行走者也迈出了步子；冗长的会议中间，拿起笔假装做笔记，黑色行走者在笔记本的纸页中出现了；家里的水龙头坏了，等待修理工上门的时候，黑色行走者嗒嗒地行走着，步子的节奏和水龙头滴水的节奏一致；女朋友不接电话的时候，黑色行走者在远处行走着。情绪低潮的时候，他也不太敢看天空，尤其是黄昏的天空，那时候的天空，一律是血红的，云彩像是女娲用刚从炼石炉舀出的熔浆抹出来的，还沿着天空不断滴落。

黑色行走者的出现，是有预兆的，每当这个画面快要出现的时候，曹景看到和感受到的一切，都变得大、浓、深，空气越发透明，雾越发浓重，红色越发暴戾，黑色越发深渊，事物的细节越发清晰，连灯泡和星星散发的光芒，都像是一束束细细的玻璃管子。黑色行走者出现之后，那种浓重、鲜艳就留在了他的心里，甚至，不是精神性的存留，而是物理性的，他甚至能感觉到，自己身体里，有红色的血液或者油漆，一伸手就黏在手指上，那些事物刻录下的波纹，能够用手指像读盲文那样读出来。

他也会反复想象李志亮行走中的一些细节，这些细节都是他用自己的旅行经验来填补的。他怎样看地图，怎样向别人打听路线，怎样打零工赚钱，怎样找到临时的居所，会不会突发病痛，会不会在乡村小诊所输液，周围都是呻吟着的病人，黧黑的脸，肿胀的手掌，医生的桌子上，放着一本卷了角的《知音》杂志。他甚至能想象到，李志亮走在路上，路边的水塘里长满藻类，覆盖了整个水面。夜晚行走在正在修建高架桥的山谷里，周围都是巨大的钢筋框架和吼叫的水泥搅拌器，像走在异星的地狱里。这都是他工作时经历的场景，被李志亮挪用了。后来，当他减少野外作业之后，他想象中的李志亮，开始频繁地出现在城市里，他在喝咖啡，他成为深夜食堂的店主，他在盲人按摩店接受按摩，按摩师在讲述自己的悲苦经历，他隐居在闹市区的老房子里，屋子里有昏黄的灯光。

但这还远远不够。几乎是，每当他有了新的生活体验，经历了新的场景，他就会把这个体验和场景，安放在想象中的李志亮身上，像是 —— 供奉。他有种可怕的感觉，似乎李志亮和他幻化出的这个行走者形象，正在变成一个黑洞，一个填不满的黑洞，自己的所有经验都用来填补他、充实他、丰满他，给他以血肉，而自己在填充过程中迅速干瘪下去。

但彻底触发他的迷狂的，是二〇二〇年十二月的"西藏冒险王"失踪事件。

"西藏冒险王"叫王相军，是四川人，长期驻留在西藏，拍摄西藏的地理景观。二〇二〇年十二月二十日，他在拍摄西藏那曲嘉黎县的依嘎冰川时，失足落入冰川暗河。直到第二年三月十四日，他的尸体才被发现，警方确认他是意外溺水高坠死亡，排除了他杀。

在"西藏冒险王"还只有六万粉丝的时候，他被推送给了曹景，曹景起初没有关注他，但不久之后，平台又一次把"西藏冒险王"推送了过来，这一次，曹景关注了他，一直关注到他拥有一百四十万粉丝。曹景通过"西藏冒险王"在快手和抖音上将近五百个视频作品，以及若干直播中的片言只语，逐渐拼出了他的人生概貌，记了笔记，最后写成了一篇短文：

王相军希望人们叫他老王。老王是四川广安人，一九九〇年出生。十九岁高中毕业之后，离开家去打工，曾经去过北京、上海、广州、深圳、广西、云南，在这些地方，他做过三十多份工作。在广东，通常是在电子厂工作；在广西，当过搬运工；在云南，就在饭店洗菜洗碗。

之所以每份工作都做不长，是因为他并不喜欢大城市，他觉得，那些地方一开门就是高楼大厦，特别憋闷。他也不喜欢复杂的人际关系，在家乡的时候，他看到往日的小伙伴，慢慢长大后，一个个变得很社会，很假，找个大哥罩着，"就开始欺负个子小的，打不过他的，没有背景的"，他觉得很失望。后来出门打工，他也不喜欢那一个个小社会,"就连一个厨房里,老板、切菜的、炒菜的,这么几个人,都还要拉帮结派钩心斗角",他觉得"人心很不好,很假"。他喜欢大自然,"喜欢真实的东西","我们看到的山,就是很真实的","我们看到山是这个样子,它就是这个样子,看到这个树什么时候开花结果,它也就是这个样子"。

所以,出门前,他就知道自己要的是什么了,"有了路费,想去哪里就可以去哪里,觉得这个想法特别棒"。只要打工一段时间,攒够路费和一段时间的生活费,他就去下一个地方,看山看水,直到"一个地方看得差不多了",再去下一个地方,找下一份工作,攒够钱,就离开。如此周而复始。

打工攒的钱不太多,工作两个月攒的钱,可以给他提供去下个地方的路费,并且生活半个月,然后就得继续找工作了。

他最后一份通常意义上的"工作",是在那曲的一家青海拉面馆。拉面馆的工人都爱刷快手,尤其夜班,都是用快手打发时间,他也下载了一个。因为喜欢风景,他自然关注了很多拍风景的、徒步的博主。看多了他们拍的风景之后,他觉得,"我去的那些地方比他们的漂亮得多",如果自己做快手的话,"搞到5万、10万粉丝应该没问题"。于是他就辞职了,开始拍快手。

他的启动资金,就是打工攒下的七千块钱,他用四千块钱买了一辆摩托，剩下三千块作为路费和生活费，就这么开始了。拍视频的收入不稳定，有时候一周都没有一毛钱收入，有时候一天几千块钱，但他对生活的要求不高，他就希望通过拍视频得到的收入，能让他继续走下去。

他去过很多地方，最喜欢的还是西藏，他在西藏停留的时间最长。自从二〇一二年，他第一次到西藏，之后的八年时间，他有六七年都在西藏，他在两个短视频平台上的作品，也多半和西藏有关，因为，"西藏是最舒服的，西藏的山更大"，"去了很多地方，只有西藏待得住，一天看不到雪山都不行"。

他拍了日照金山，为了拍到金山，他等了整整四天；他拍到了喜马拉雅的冰川，也拍到了喜马拉雅的春天，和山上的百里杜鹃；他为雪山上零下十五度的天气里，盛开的兰花惊呼，匍匐在地上闻花朵的香气，也在海拔五千多米的高山上，为盛开的荷花雪莲、苞叶雪莲惊叹，反复说着"这个是珍稀植物不能采，不能采哦"；他在无人区的湖泊边，光着膀子和马卡鲁峰合影；他站在念青唐古拉山前，反复说，这山比阿尔卑斯山更美。

这么多年，他只在二〇一七年回过一次家。也很少和家人联系，因为一联系就要回家，"回家就有很多琐碎的东西"，他认为自己的状态不是"旅行"，而是"流浪"，但他喜欢这种状态。

有人问他将来有什么打算，他忽然放慢语速："一直能走下去，就非常好了。"

二〇二〇年十二月二十日，老王落水，引起巨大轰动。短视频平台上迅速出现大量和他的落水有关的评说视频，每个都流量巨大，点赞几万、几十万，回复几百上千。因为搜救者没有找到他的尸体，也没有其他线索，人们就在他的视频和直播片段里寻找蛛丝马迹，阴森的传言很快出现，传播最广的一种说法是，他是被谋杀的，最大嫌疑人就是他的助手。有人把他落水前一天的蓝色冰洞视频的声音，做了慢放和降噪处理后，疑似听到了对话，有"流血""杀死"等词语。人们认为，助手嫉妒他的成就，嫌老王给自己的钱少，就把他杀了。尽管这个说法很快就被证伪。总之，他的死，变成了一个离奇阴惨的传说。而几乎每个评述解析他的视频，都会配上 Else 的 *Paris*，一首被大量用于案件纪实、恐怖片和神秘事件解说视频的乐曲。

差不多有一个月，曹景每天要用几个小时看这些视频，看了一个两个，平台就会推送更多。在曹景的宇宙里，老王由此成为唯一的内容。面无表情的出走者，遥远的西藏，蓝色冰洞里的低语，冰川上的"谋杀"，冰河里的死亡，反复出现。他被这件事里那种阴郁的、非现世的，又有点超脱的气氛吸引了，放任自己沉溺在这种气氛里不能自拔。更重要的是，断断续续的封锁，也让他有大量的时间沉溺其中。

他的情绪也越来越低落，但不是那种具有伤害性的低落，他知道自己的低落情绪是"西藏冒险王"的失踪带来的，不是由自身生发的，这就意味着，它不具攻击性，不是向内的，只停留在表皮。

这件事让他意识到，李志亮正在变成一个不断吸引同类事物的磁铁，让他身上背负的铁屑越来越多，他决定，要和李志亮及他幻化出的形象，带来的长久的抑郁情绪，做一个告别。他选择的方法，是回到现场，坐实李志亮的存在，复原当时的细节，破坏这件事的幻觉之光，给李志亮的出走除魅。

就在王相军落水一个半月后，他回家过春节。回到天泽后，他发起几场聚会，召集了许多朋友，打听李志亮的人生细节。他知道自己得准备一些理由，于是努力编造了一些，比如想写写家乡的故事，想给李志亮的父母一点安慰，等等，又觉得不合适，小地方的人，对这种调查行为非常警觉，对"书写"就更为警惕，会以为他是媒体卧底，并产生严重抗拒。李志亮的家人，也必然会听到消息，并且产生阻抗。最终，他编造了一个不会被人深究的理由，来柔化自己的行动：当年，厂里一个姐姐暗恋李志亮，曾经托他给李志亮送过情书，这个姐姐现在和他在一个城市，前不久在一次活动中，两个人偶然遇见了，姐姐五十岁了，孩子也大了，还是非常牵挂李志亮，想在不打扰李家人的情况下，了解李志亮的现状。

　　　　　　　　　　　　　　　　　晚春情话

这个故事基本是合理的，更重要的是，符合一般人对感情的期望，特别是非常时期人们的期望。朋友们果然对这个凄美的暗恋故事产生了极大兴趣，非常热心，努力向那个遥远的姐姐表达善意。他们的见识也超出曹景的想象，曹景本以为他们会带来一些过时的信息，提出一些土而落伍的看法，比如"他可能就是厌世当和尚去了"，并对他的郑重其事不以为然。没想到，他们和他想的不一样。

有些朋友是"调查派"的。一个"调查派"的朋友说："可以查一下户口，有时候一个户口上的人早都迁走了，只不过我们不知道，但派出所会留底子。"另一个朋友说："在抖音上看过一个特大凶杀案，凶手是五六个人组成的犯罪团伙，杀了人抢了钱，就跑到内蒙古去了，然后买通了人，在一个农村重新立了户口，又把户口陆续迁到内蒙古，等于是重新出生了。李志亮会不会也找个废掉的户头，变成另外一个人？""问题是李志亮又没有杀人也没有放火，这么费劲变成另一个人干啥，直接迁走不是更方便？"曹景听他们讨论得如此认真，有点不好意思："这个是不是不好查，现在查身份信息都会留下痕迹。"同学一笑："我们这是小地方，小地方懂不。"打了个响指。

第二天，同学先给警察朋友打了个电话，随后带他去派出所，见到警察朋友后低语几句，警察看了看站在一边的他，点点头，指着他笑了一下："我把你认得，你是高二三班的班长。"然后进了挂着"副所长办公室"牌子的屋子，大概十分钟后，警察朋友出来了，同学问，为什么去了这么久，警察说："到领导办公室去，也不能请示完就走嘛。"随即带他到户籍室去，打开电脑一通操作。李志亮的户口，依然挂在李东强为户主的户口下，沉寂已久，没有迁出，也没有注销。

消息还在汇集。有人汇集出李东强家的家史，有人拼凑出李志亮的几次相亲，以及相亲对象的下落，也有人认识李志明全家，知道一些零碎但无用的消息。这的确给了曹景极大的安慰。他以为老朋友们生活在偏远封闭的小县城，早都失去了生机，对生活毫无想法，但没想到他们另有一种生机勃勃，经常聚会，经常喝酒，还结伴出去野炊、爬山和露营，一样在看《山海情》《小偷家族》，玩《阴阳师》，时下的消息都知道，也知道云南人又到了吃菌子看小人儿跳舞的时节，吃火锅时会拿平菇、香菇当笑料，尽管这些知识多半来自抖音和快手，但至少不是毫无波澜，信息多了，互相矫正，也能凑出对的一面。

有些朋友是"推理派"的。在李志亮离家出走后第二年，厂长被抓了，他的罪行超乎人们想象，勒死情妇，车撞知情者，给竞争者投毒，巨额现金藏在柜子和空鱼缸里。于是有人认为，李志亮很可能知道厂长做的见不得光的事，被厂长害了，至于那封信，或许是被迫写的，也或许是厂长找人仿照他的笔迹写的。写好之后，拿着他的钥匙，趁他们家没人，开门进去，把出走信放在桌子上就可以，就算遇到李志亮的家人也不要紧，那时候同事之间的来往紧密得很，拿着钥匙出出进进都很正常。还有人说，李志亮的父亲其实已经认出那具焦尸就是李志亮，但害怕厂长加害他们全家人，没敢当场指认。

还有一位朋友，更出乎曹景想象，他从文化底蕴、风俗习惯的角度，提出了自己的看法。他认为，甘肃处于半农半牧区，本来就有游民传统，出走并不少见。天泽县在历史上，更是典型的半农半牧地带，羌人来过，匈奴来过，现在也是多民族杂居，有回族、东乡族、蒙古族、藏族、羌族、维吾尔族等。城外不远有个贺家营，三千村民，据说是吉卜赛人的后裔，以算命为生，平时在家种地，农忙结束了就带着《周易》《万年历》《麻衣相法》，牵着狗和毛驴，游走全国算命卜卦，他们有自己秘密的神灵，自己的隐语，也不和外族通婚，他们的算命技艺也从来都是父传子、母传媳，服饰也和汉人不一样，男女都穿黑，女人梳"高头"①，裹黑色头帕，穿带花边的大襟褂，戴镶了很多银穗的耳环。

还有一个曹家堡，全村不到两千人，以养蜂为生，政府给村民分了地，他们也不怎么种，荒着，长草，顶多种点自己要吃的菜，他们就喜欢养蜂，一年到头流浪在外面，回来一个月，就又走了，可能养蜂是假的，他们就是为了找个理由走出去。"我们班上的蒋个铁，他爸爸就是养蜂的，有一年过完年，押着蜂箱出去，说是追油菜花去，再也没回来，

———————————————

① 高高的发髻。

他们的习惯也奇怪，男的可以走掉不回来，在外面结婚养娃，女的就不能再婚，一直在家里守着。他们村子上，这种情况还不是一个两个。所以你看，蒋个铁后来也跟他爸一样，跑到南方去，说是打工去了，再也没回来，带回来的信说是又结婚了。"

他还说，甘肃人往外跑是长在基因里的，改不掉的。五十年代开始，甘肃人又开始往新疆跑，农民、要饭的、右派、逃犯、逃婚的、娶不上媳妇的光棍，都往新疆跑，新疆遍地都是甘肃人，现在所谓的新疆话，其实就是兰州话的变种，抖音上几个拍方言段子的新疆人，他们说的话，别处的人听不懂，甘肃人一听就懂。这位朋友认为，这种气氛下，发生什么都不奇怪，"丢下老婆、丢下丈夫、丢下娃，突然走掉的人多得很，只不过我们不知道。李志亮也有可能受了些这种影响。他一天天骑着车在外面浪，你知道他都认识些什么人，给他灌输了些什么想法"。

李志亮既不是真正的本地人，也不是游牧民族后代，李东强和郝琴也是谨小慎微的知识分子，他的出走冲动，不太可能是受家庭影响，他也许就是被这块土地上的空气影响的，就像王林平被鱼缸影响，曹景被李志亮影响一样，鱼缸噪音既然能辗转抵达王林平，吉卜赛浪人、游牧民族传统就能抵达李志亮。

几次聚会，没有结果。聚会的主题就变了，变成纯喝酒。李志亮一家，也不见有人提起了。

还是没有真正的线索，反而让李志亮的面貌更神秘更复杂了。曹景决定，既然无法从李志亮这里切断抑郁信号，就从自己身上着手。回到自己常住的城市，就开始寻求心理咨询师的帮助。

他找到了我。

我是在十五岁的时候，对心理学产生了兴趣。那一年，我沉迷于推理小说，并且读到了江户川乱步的《飘忽不定的魔影》。那部小说里，有一个江户川乱步小说里经典的"妖女"形象，这个女人精通心理操控术，并且擅长催眠，心理学在她这里，几乎是近乎妖术的存在，她利用心理操控技术，制造了一系列凶杀案，包括迷惑保镖，进入一间防卫森严的密室，让人以为这是一桩较为典型的"密室杀人案"。

这本书激起了我对催眠术和心理学的兴趣。我在市图书馆，找到了一本日本人撰写的《催眠术》，反复阅读揣摩。当然，江户川乱步和他的"妖女"，对一个想了解心理学的人来说，不算一个太正统的开始，但的确是一个有着强劲动力的开始。强劲到，让我去读其他的心理学书籍，也强劲到，让我在学了金融，又在金融机构工作了五年之后，最终回到和人心有关的行业。曹景找到我的时候，我已经在心理咨询行业，工作了十年。

他的朋友推荐了我和我所在的平台，我和曹景用视频连线进行咨询，五次咨询，每次五十分钟，上面所有这些，就是他在这近五个小时里对我的讲述。

曹景这样的来访者，是我最喜欢也最惧怕的，他是自觉的，已经把自己理得清清楚楚，甚至主动挖掘了影响自己的各种因素，对这些因素进行了深入剖析，这个过程旷日持久，已经被他打磨得逻辑通顺，没有毛刺了。这也是我最担心的地方，他呈现给我的，都是经过他选择的，深加工过的，留给我的空间并不多。

我试着从一个比较平凡和俗气的角度，来梳理曹景的状态和他抑郁的成因。在曹景的少年时代，李志亮所代表的，是少年曹景不曾拥有的事物，包括他想要拥有的外貌、衣着、技能和身份，以及家庭环境和人际关系。李志亮是一个显性的投射对象。如果按照正常的进程，这种投射对象，在曹景成长之后就会失效了，毕竟，曹景后来拥有的都是李志亮不曾拥有的生活，长大的曹景很快就会发现，李志亮的局限性，以及小城生活的单调，少年的神和神龛一起倒掉。

遗憾的是，李志亮失踪了，他的失踪，和天泽小城的环境，以及曹景在高中的遭遇联动，酿成了一种特殊的心境，一种急性的抑郁，拥有了这种特殊的心境和气氛之后，李志亮在曹景这里，就获得了不朽。这个神龛就没法轻易推倒了，甚至越来越牢固。因为你无法让一个消失的人消失。此后发生的事，打个比方，就像沙漠里有一株草，拦住了一些风沙，慢慢变成一个小沙包，小沙包就能拦住更多沙土，最终变成一个巨大的沙丘，也像珍珠蚌，被种入沙砾之后，会分泌珍珠质包裹沙砾，最终形成珍珠。或者，像一个普通人，因为干了一件不平凡的事，就渐渐在传说里变成了神，人们自觉地添砖加瓦，塑造金身，寄托愿望。

失踪的李志亮，在别人那里，可能只是一个普通的失踪者，但对于曹景这样一个特殊的个体来说，却意义非凡。平凡小城里的曹景，在成长过程中，期待得到一些人性的材料，进行深加工，但没想到，他最终得到的材料，是李志亮和他的失踪，对他来说，这个材料是相当不平凡的，甚至具有某种异色，他用自己当时的心境，和此后的生活体验，对这个材料进行重重包裹，让它越来越复杂，甚至可以说，他把这个失踪者，锻造成了一个自己的小神，把出走和失踪，锻造成了一个小信仰。这种信仰的可怕之处在于，他是以一己之力进行锻造的。整个过程中都充满了自我重复、自我强化和升华，这种重复和强化，最后可能走向偏执，甚至带上邪异的色彩，这就是他抑郁的来源。

他的抑郁，之所以被"西藏冒险王"激发，或许因为，李志亮是故事的前半段，是一个提问，而"西藏冒险王"更像是这个故事的后半段，是一个回答。李志亮和"西藏冒险王"，都是脱离生活常规的人，他们也有自己的幸福感，但这个世界不会认为这种幸福感是合理的，他们会动用各种微妙的力量，让这个脱离者再也不能回头。"西藏冒险王"身后的诡异传说，说明人们是怎么评判他的，人们显然认为，他遇到这些诡异的结局，并不意外，这样才算合理，他人生的逻辑必须继续延伸，延伸到这些结局上。

从"西藏冒险王"所受的待遇，曹景足以推断出，李志亮最后会有怎样的结果，这个结果还会被进一步歪曲，变成李志亮无法掌控的样貌。曹景的抑郁于是被全面激发了——他不但被李志亮本身困住，他还发现，自己抑郁的来源，是无法讲述，也不可能获得理解的，甚至是会被歪曲的，而且必然会被歪曲。

这是我的理解，我把我的理解交给了曹景。这大致就是一个咨询师要做的事，"对他人的理解"，这个任务到我这里，似乎已经完成了，这种理解似乎也得到了曹景的认可，因为他本来就是带着对自己的理解来的，所以我们完成这个任务的过程还算轻松。

起初，我们约定的是七次咨询，第五次结束之后，他却没有约下一次，然后就突然消失了。我有点失落。我其实还想给他一个建议，我希望他能让别人参与这个信仰，重铸这个信仰，甚至毁灭这个信仰。比如，把李志亮和他的故事讲给更多人，让一个人的异教变成许多人的文学。就像一种四处散播的病毒，一边传播，一边变异，毒性随之减弱。"李志亮病毒"其实并没有减弱，于是我隐隐约约觉得，事情没有这么快结束。却没想到，它走向了另一个方向。

我们没有留私人的联系方式，与咨询师有关的工作纪律，都严格禁止我们和来访者有额外的交往，国内心理咨询界对咨询师的要求是，在咨询结束后，三年时间内，不能和来访者有咨询以外的联系，国外就更严格，有些协会要求，咨询师和来访者，终身不能产生咨询以外的交往。但半年后的二〇二一年九月，我在微博上收到一条未关注人的私信，发私信的人说自己是曹景的朋友，受曹景委托前来，想加我的微信，发一些资料给我，反复考虑后，我留下了微信，马上接到了他的添加请求，打过招呼后，他发来了一系列照片。

这些照片，是曹景搜集到的和李志亮有关的照片，包括李志亮的几张单人照片，几张合影，和家人的，和同学朋友的，还有他的工作证照片，他制作的模型照片，他留下的出走信的照片，以及天泽县城的照片，矿业机械厂、车间、家属区、李志亮家所在的楼栋，他家屋内的照片，他的房间，他的床铺。还有天泽一中，甚至还有城外的麦地，以及那个发现焦尸的垃圾场。总之，他在那五天时间里告诉我的所有事，都有照片佐证。

李志亮很英俊，那种英俊略微超出一个小城青年的英俊，但也并不十分触目，它是模糊的，不确定的，就像一种基本款的衣服，你并不知道它算不算出色，直到它被合适的人穿在身上。天泽县城，以及矿业机械厂，和我的想象差别不大，我是在这种环境长大的，也有一群久未联系的留守朋友。

其实，在知道自己即将看到李志亮的照片时，我就应该拒绝的，但好奇心战胜了一切，而好奇心是有后果的。

——让一个具体的形象进入眼中，和让一种病毒进入身体是一样的。更何况，这个形象不是一个单纯的形象，它还包括了一座小城的历史，一段九十年代动荡史，一个未解的凶杀案，一场被人忘却的失踪，以及一个工厂、一家人、一个人的故事，而且有可能是全部故事。更不巧的是，我完全能理解这个故事。

这个形象让我对曹景有了进一步的推断，对他来说，李志亮是个"他者"，是个阴郁的男神。在曹景生活在天泽县的时候，这种意义还不明确，因为，县城生活，有另一种危险，它把人埋没，它让人不愿意相信，在这种不起眼的地方，会出现刻骨的、独立的、不需要任何参照的美，会有空前绝后的机遇，它让人蒙尘，也让人失去判断，在小地方，你不知道自己遇到的是一颗坠落的废星，还是壮阔的银河。

等到曹景去往大城市，后果就显露出来了。他逐渐发现，大城市的人，从形象到内心，从情感到表达，都不得不互相驯化、互相学习，越来越相似，落入那个"同质化的地狱"。它貌似让人更鲜艳，更有光泽，形象和内心都得到更多的扩张，但它同时也是毫无止境的埋没。因为它早就具备了人工智能时代的一切特征，它是一片混沌海。你只有更巨大，更独特，获得更多的支持，才能稍稍抵抗这种埋没，这种被混沌海吞噬的可能。为此，你只能不停地卷入放大自己的战役之中，而这场放大自己的战役一旦开始，结果可想而知：你在二十米见方的显示屏上露脸了，别人就获得了在五十米见方的显示屏上露脸的机遇，你露面十五秒，别人就能露面十五分钟，你生产出了一种独特性，这种独特性就会迅速被效仿和普及。而大多数人连这样的机遇都没有,大多数人都无法成为生产者,只能接受自己平庸、懵懂、被埋没的命运。

曹景忍受不了这种"不是生产者"的宿命,但他能做的,也只是努力否定、嘲笑"不是生产者"的那些人。在和我交谈的时候,一旦提到周围的人,他就会走题,开始肆意评价他们,说他们"一模一样,特别无聊","A和B毫无区别,是互相复刻的关系,构成他们的最小积木块都是一样的,同样的游戏角色,同样色号的口红"。他甚至还举了一个例子,他们的领导有段时间迷上了安藤忠雄,所有的同事,都开始讨论安藤忠雄,会议上不时地用他作为例证。他起初以为这是权力影响的结果,但后来发现,是因为周围的人处于空心状态,无所适从,急需言辞、内容和故事,权力只是他们接受填充的理由之一。只要有人愿意领头,哪怕那是一个没有权力的人,懦弱的人,他们也会马上起身,跟着他去向任何一个地方。他们把自己交出去太多次了,也已经驯化成功了,他们不能忍受一刻落单。

李志亮却和任何人都不一样,而且永远没有可能变得一样了。他的英俊,他的自行车,他的荒野,他的小城,他所在的九十年代,他和那个游牧传统日渐远去的往昔的若即若离,他和那桩焦尸案的迷离关系,都让他拥有了神秘感,让他有别于所有人。天泽县的生活,虽然也是由各种积木块构成,积木块的来源甚至更单一,但那些积木块更大、更草率，更接近人性的根本词汇、根本欲望，所带来的禁锢感反而没有那么牢固。李志亮也没有可能表露自己对高迪或者黑川纪章的看法，也不会因为讨论时事而翻车，失去了新进展，失去了产生新进展的可能，他就是一个毋庸置疑的"原人"，并将永远锁定在这个位置上。他具有了一种永久的差异性，这种差异性甚至像一口深井的井水，取之不尽，每过一个晚上，就会自动悄悄注满。因为这口井拥有一个曹景这样的信徒，不断从现实生活中搬运东西到过去，现实中的面孔、话语、扑朔迷离的信息，加上他的新感受、新认识、新理解，再搬回去，去充实它的丰富性，强化它的差异性。他不断注水，又不断从中打出新的井水。这也是曹景在事隔多年之后，又回过头来探寻李志亮的轨迹的原因。我在看到他的照片的第一时间，就明白了这件事。但我没想到，这种推断对我同样成立。

也是在那段时间，我遇到一个来访者W，这个来访者是一位普通的司机，唯一不寻常的地方是，他是大剧院的司机，车上载的都是演员等文艺工作者，或者由文艺工作者变成的领导。总而言之，是一些略微超出常规生活的人，耳濡目染之下，他懂得向心理咨询师求助，并且有所准备。

W生在唐山，经历过地震，是地震孤儿。地震过后，远走他乡投奔亲戚，在亲戚照顾下，上中专，到厂里当电工，在厂子倒闭前，调到剧团为领导开车，后来又跟随剧团领导，调到了大剧院。他在二十五岁时结婚，妻子在广播电视学校后勤部门工作，岳父岳母，则在大学后勤部门工作，妻子的工作是岳父岳母安排的，他们的安排显示了他们对现实的想象力和触手的长度。

W有一个看起来很奇怪的问题：他不能出门旅行。在描述这个问题的时候，他的说法矛盾而混乱，起初他说，"我很宅，喜欢待在家里，不喜欢出门"，后来又说，"我成天开车往外跑，已经跑得够够的了，不开车的时候，就想待在家里"。对仅有的几次旅行，他的说法都是"被迫的，被动的"，"单位组织大家出去，我不去能行吗？出去了我就尽量待在酒店里"，但当我问他是否去过新疆、海南的时候，他又表现出强烈的好奇心，问我："听说海南的海是蓝的，不是泥汤子海。"

之所以在"出行""旅行"这件事上产生这么多的对话，是为了突出他的宿命感，引出他真正要说的事情："你看，我这么不爱出门的一个人，偏偏找了一个莫名其妙爱出门的老婆。"但他妻子的事，却并不是"爱出门"这么简单。

结婚三年后，W的妻子突然离家出走，不知去向，半个月后，妻子又突然回来，神色疲倦，对出走期间的事只字不提，状态类似梦游或者失忆。在刚发现妻子出走时，W就向岳父岳母报告了消息，岳父岳母并不惊慌，只是神色羞赧，似乎已经知道了会发生什么，并且安慰W，让他不要过分焦急。此后几年时间，妻子又出走多次，最长的一次出走，足足有五个月，每次出走归来的状态也都大同小异，仿佛经历了一场白日梦游。从她的谈话中，可以隐隐约约得知，她是追随某个男人去了，每次追随的都是不同的男人。W的岳父岳母终于吐露实情，他们的女儿在青春期曾经爱上海员，后来遭遇冷暴力分手，从此留下心理创伤，在结婚前就曾多次出走。

　　岳父岳母讲述往事的时间场合，略有点离奇。当时正逢中秋，大剧院推出迎中秋戏剧周活动，W得到作为福利的十张门票，邀请亲朋好友前来看戏，岳父岳母也在其中。在门厅等候时，或许是人来人往的嘈杂，让岳父岳母稍感松弛，不断走来打招呼的熟人，也分担了他们的压力，他们便从某个中秋讲起，那个中秋，他们的女儿离家出走，导致他们没有过好中秋。起初，他们吞吞吐吐，半遮半掩，但看到W并没有激烈反应，逐渐坦然，话语也越来越顺畅，但最终的落脚点，显然又掺杂了一点心思，"我说这个的意思是让你放心，她往外跑不是因为你引起的，和你没有关系，不是你不好，你们好好过"。最离奇的是，谈话结束，进了剧院，剧院里演的竟是《倩女离魂》，却是在郑光祖的版本上，加入现代戏剧元素改编而成，甚至有暗黑舞踏的场景，岳父岳母吃不消，提前离场。

　　那时已经有了精神科，以及各种心理门诊，良莠不齐，泥沙俱下，W带着妻子，四处看精神科，竟也有了点成效，妻子出走的时间间隔逐渐拉长，到W向我进行讲述时，妻子已经有八年没有出走。

但W的问题在于，他竟然暗暗期待妻子再度出走。生活逐渐变得庸常，妻子也不像从前那样，似乎总有无穷的力气，折腾出各种生活戏剧来，突然发生的出走事件，让她有了神秘感。她去了哪里，为什么出走，和谁在一起，遇到了什么，她和别的人，究竟有什么不同，她遇到的人，和他又有什么不同。她每一次出走，似乎都在为她的神秘感充电，直到电力消耗殆尽，她就又一次及时出走，如此这般，几次三番，让他对她充满了期待，也充满了欲望，甚至对她涉足的地方也充满了欲望，他想象着她的迷狂之旅，甚至想在她出走后，悄悄跟着她，看看她都去了哪里，遇到了什么。如果是光明正大地和她一起出去旅行，就没有这样的魔力。

他甚至描述了一个很具体的想象场景。在想象中，他跟踪着出走的妻子，去了所有她去的地方，在妻子没有觉察的角落窥视着她，等她回家之后，他独自出行，把妻子走过的地方重走了一遍，还住进她住过的酒店房间，洗她洗过的温泉，坐她坐过的车，和司机聊天，打探妻子和司机的谈话。甚至具体到，他想象出妻子睡过的酒店床单，和他跟父母一起生活时睡过的床单一样，肉色，有牡丹和孔雀的图案。

但他周围的一切人，却都在给他压力，像他妻子这样的出走是不正常的，是必须要矫正的，并且给出了一个很现实的后果，"再这么下去班还上不上了"。他也服从了这种压力，佯装焦虑，佯装痛苦烦闷，但真正让他焦虑的，却是妻子终于被矫正了，八年没有出走的时光，对他来说犹如服刑。

是的，他用了"服刑"这样的说法。

在我看来，她不出走，他就没有机会"出走"。在"出走"这件事上，他是失能的，地震摧毁了他的家庭，和他的童年生活，并且给了他一个强有力的暗示，他需要安定的生活，他需要一个不会垮塌的窝，他需要重建，任何出行，任何一种不安定的生活，都是对他曾经遭受的痛苦的背叛，会让重建的努力付之东流。犹如电影《唐山大地震》中，幸存者所说的："我如果过得花红柳绿，就更对不起你了。"他不能背叛。她的出走给了他一线生机，一点可能，牵扯出一个深不可测的世界。这样的出走让她变成了一个"他者"，让她拥有了神秘感。她出走带来的焦虑、痛苦，则占据和替换了他已有的焦虑。

他之所以把妻子的出走，简单地描绘为"爱出门"，是为了在面对陌生人时，淡化妻子出走事件中的失德色彩，更是为了淡化自己内心欲望的失德程度，也有可能，他既不觉得妻子是失德的，也不觉得自己是失德的。这种淡化只是刻意彰显自己的妥协。如果，妻子只是"爱出门"，那他也好办了，他的压力就不该有这么重。

我头头是道，侃侃而谈，在我谈话的过程中，一丝忧虑从我心头掠过，我和曹景是不是面对着同样的问题？曹景是用出差代替了旅行，那不是真正的旅行，我则假装自己是因为工作走不开。我甚至怀疑起自己的职业选择，起初，我的老师问我为什么选择这个职业的时候，我给出的回答就是："我从小跟着父母，搬家太多次了，就希望过安定一点的生活，这个工作正好可以在家做。"

对曹景和我，都一样，李志亮是一个可以恣意行走的替身，一个外部世界的引入者，一个"他者"，一个阴郁的男神。

一旦理解了这个逻辑，就是有后果的。

二〇二一年三月到九月，曹景结束咨询后的半年时间里，我偶然会想起他讲述的事，也偶然会想象血红天空和黑色大地的景象，但都是浮光掠影，稍纵即逝。直到九月，看了那些照片之后，一个晚上，我突然梦到了那个场景，梦里，那个黑色的人影披着漫天的血色霞光，不停向我走来，却永远走不到我面前。惊醒之后，我莫名其妙想到两个字:感染。

之后，我需要在一个月时间里，前往五个地方开会或者工作，在那几个地方，我少则停留三天，多则停留十天。我去了很多以前想去却没有去成的地方，李志亮的形象，时不时叠加在我看到的人和事之上。在大同云冈石窟，看到那些严重剥蚀的佛像，我联想到的，却是照片上李志亮的脸。在平遥古城，一个卖砖雕的小店，年轻的店主说自己卖完这批货就要去上学了，我问他，这种零工好找吗？你是怎么找到的？心里想的却是，另一个人，在过去的二十多年时间里，可能一直在做这种短期工作。

到了四川绵阳，正是华西秋雨季，这里已经连续阴雨许多天，我冒着雨去一条小街上吃米粉，在一家被油烟熏得乌黑的小店坐下，店主很快端上米粉，然后把围裙一卷，和一个孩子在厨房的后门坐下，面对着一条被绿萍覆盖的小河对话。他们讨论的是这个家的女主人，店主的妻子，孩子的母亲。这个母亲，显然也有些不同寻常之处，"她从哪里来的，莫得人晓得"，"她整天坐在窗户前头，对住这条河看，这条河有什么看头，臭的哟"。

显然，她不在这个家了，有可能是短时期去了别的地方，也有可能是永远消失了。我凭着断断续续听到的几句话，拼出一个轮廓。自从开始关注李志亮的故事以来，我突然发现，现实世界里的"失踪"实在太多了，这些消失的人和他们的故事，被一个隐蔽的大数据库，不断推送到我面前。此刻，大数据又在工作了，它知道这正是我要听的故事。可我不想再多知道一个失踪者的故事了。

回到酒店，我有两天不想出门，天气似乎也在配合我，始终阴雨连绵，给了我不出门的理由。两天后，我买了动车票，离开了绵阳。

我的抑郁状态被彻底激活，是在二〇二二年五月。在家封闭了将近两个月之后，一天晚上，楼上突然传来了"嗡"声，很长，很有金属感，就像曹景描述的那样，像"在头顶上悬挂了一个巨大的金属钵，然后摩擦钵的边缘形成的回声"，这个声音每天晚上十一点准时开始，第二天早晨八点结束，在这个时间段里，它响十分钟，停五分钟，然后再来十分钟，就这样循环。我毛骨悚然地想到，我的"鱼缸低频噪音"来了。但此时此地，我不可能像天泽县的王林平那样，挨家挨户地去查找声音来源，小区是封闭的，单元门是封闭的，即便没有封闭，大城市居民楼的邻里关系也不可能给我这个机会。

因为李志亮的故事，我想当然地以为，这个噪音的来源也是鱼缸。我于是在业主群里发问，谁家养了鱼，谁家有鱼缸，能不能在增氧泵下面放一个减震垫，能不能把鱼缸挪开一点，不要靠墙放。但业主群的全部注意力，都被抢菜占据，没有人注意到我，哪怕我在刷屏。我试着录下这个声音，发现它录不下来，我@我周围几户人家，他们陆续回答了我，说自己没有听到什么声音，我打电话给物业，甚至报警，都没有结果，警察打来电话，声音非常疲惫，说即便出警，也还是要交给社区来协调。

这个低频噪音持续了一个月后，终于有一天，群里有个邻居回应了我，说她也能听到这个声音，我看到她的楼层，有点犹疑，她在四楼，而我在九楼，即便我已经知道，曹景故事里的那个鱼缸噪音，也是跳空传播的，但四楼和九楼相差得也太多了。我还是加了她，问她是在什么方位听到这个声音的，她说是在朝北的屋子里，她怀疑那是屋后的加工厂发出的声音。当那个噪音再度出现的时候，我打开了我朝北的屋子 —— 两个月来我只在白天进去过，果然，那个噪音比我在朝南的卧室听到的，要强烈得多，打开窗户，窗外，一百米外，一个平房院落里，一个形似水泥搅拌机的巨大的设备在工作，轰轰作响，并且喷出白雾。它发出的声音打在我们北面的墙上，沿着墙壁传送到朝南的卧室，就成了我听到的声音。向市长热线和市政、环保部门投诉之后，那个声音消失了。它消失得如此容易，让我有点意外。它的来历如此简单，也让我有点惆怅。

被这个噪音笼罩、无法入睡的深夜，我在抖音和快手上看视频，开始是什么都看，后来就变成只看旅行视频，原因非常简单——越是无法出行，越渴望出行，只有看户外旅行视频纾解。这个原因是如此简单、赤裸和直白，如此理所当然，让习惯用幽密的语言和复杂的理论进行心理分析的我，感到无比震惊。

李志亮就在这些旅行视频里，无处不在。

看"巡游轨迹"，看着两位主人公开着车，在大盘鸡发源地沙湾城外，在公路边停下车，买了一个西瓜吃，他们的脸就慢慢变成了那些旧照片上的李志亮。"白强游记"，主播在湖北宜昌827厂，走进已经被废弃的厂区和生活区，在食堂打饭的窗口向里望去，"李志亮在外面这么多年都吃什么"这个问题就出现了。"黑皮晓洁一起看世界"，夫妻两人在新疆兵团，钻进七十年前挖的地窝子，仿佛就会吵醒睡在深处的李志亮。"向西行""浪迹天涯""米奇妈（房车旅行）""陈雄（极限户外）""扬帆在旅途""小白的奇幻旅行"……镜头里那个热爱荒山、废墟，正在走遍中国、走遍星球的人，对他们家乡的人来说，也不过是一个又一个李志亮。

看着看着，我就明白了，曹景其实已经找到了解决之道：把他的感受分享给我，不，传染给我。他的生活停顿了，新进展变少了，那口井，让他有了匮乏和枯竭之忧，他急需新人加入，和他一起，搬运新东西注入井中。

他一定用了很长时间，在平台上选择合适的咨询师，再一个个去了解他们，二〇二一年这样的年份，他有的是时间。选定目标之后，他还会继续通过微博、抖音和别的平台了解咨询师，看他们是在什么环境里长大，是不是易感体质，是不是和他同频，对荒野、废墟、失踪、死亡是什么感觉。我在抖音上仅有的十个视频，那些晚霞、鲜花、荒草、废墟，那种在"恋生"和"恋死"之间的摇摆，足够让他最终确定要联系我。

的确，我生长的环境与他和李志亮几乎一样，所以我完全能够理解他，在我理解他的同时，甚至在我起心动念的一瞬间，我就已经被感染了。我希望他能让他一个人的信仰，去经受更普遍的审视，他其实已经在做了，给我看李志亮的照片，就是给我埋下种子，拦住风沙变成沙丘，等待一个时机激活它。他知道必然有这么一种时机。

我一边疲惫不堪，精疲力竭，一边毛骨悚然——我每天看到的荒野、废墟和我想象中的李志亮带给我的感受，就是毛骨悚然。我决定向别的咨询师求助了。我用的是曹景用过的方法，先在平台上找咨询师，然后通过他们的自媒体去了解他们，最后我圈定了一个人，一个叫刘茵的咨询师，在业内有声望，翻译过几本心理学著作，操办过很多线下项目。

　　尽管我们的职业规范是，让我们尽量减少社交暴露，她显然也遵守了这个规范，但我的职业经验，让我足以通过非常少的材料，就能了解一个人，我通过她的不到五十条微博了解到，她在东北和内蒙古交界的地方出生长大，那个地方，是一个叫牙克石的城市，有工厂、废墟、林业站，也有森林、河流、草原和荒野。她在微博上转发一个荒野旅行视频的时候说，她哥哥有个朋友，毕业以后回到牙克石工作，教书教画画，对荒野非常着迷。她还说过一句话："咨询其实就是陪着来访者一起探险。"我预感她能了解我的经验。

　　五天时间，每天五十分钟，咨询开始后，我告诉她，我也是咨询师，之所以来找她，是因为我在一次咨询中被感染了，希望她有准备。然后告诉她，我的出身来历，我中学时候遇到的霸凌，我的复仇方式。我怎样入行的，接触过哪些理论。我怎么遇到曹景的，我对他的分析，他讲述的故事在哪些地方影响到了我。她说："这是个击鼓传花游戏，只不过，第一个接到花的人，有点不太寻常，他让这个花变成了花束。"我明确地感受到，她理解了。

　　在她看来，曹景出生于一九八〇年。这是一个刚刚经过巨大动荡的时代，时代遗留下种种创伤，而在当时的背景下，人们仍然停留在集体主义的生活方式中，为生存本身而活。

　　"在这样的背景下，天性不敏感的人，就可以随波逐流地选择大众生活，而对于敏感的孩子来说，很多东西，时代的、父辈的，自身成长中经历的所有所引发的情绪，是没有地方可以放置的，只能自己默默承受，自己用自己的方式尝试解决、解释和突围，或者就变成了一个秘密的困兽，成为抑郁和焦虑的来源。

"症状是一种表达。很多人内在的隐患，日常处于潜伏状态，会让人隐隐不安，但是人都有逃避的本能和功能，在成长过程中，形成了自己的防御机制，实现了表面的平衡和相安无事。不到迫不得已，没有人会主动地去查看。但是经年累月积累在那里，一直是隐患，有一天被一些相关事件激发，隐患就藏不下去了，趁机呈现，也是在用这样的方式寻求关注，寻求解决的路径。

"想要症状消失，或者说获得某种程度的'痊愈'，最好的契机，是在某个故事中找到自己，放置自己，以自己的真实肉身为这个群体的故事找到结局，也为自己的隐疾和故事找到结局。完成自我的叙事，也完成这一类人的叙事，自我实现了完整和意义，症状也就消失了。"

没过多久，我就找到了结束这个阶段性抑郁的契机，完成了"自我的叙事"。这个契机非常简单和直接：我们"解封"了。

此后，我休息了两个月，打算回老家的前一天晚上，朋友约我去一个新疆餐厅吃饭。这家餐厅似乎是按照新疆时间来运营的，晚上九点半，我和朋友落座之后，旁边临窗的一个大桌，才开始有人前来，到了十点，陆陆续续来了十二三个成年人，他们带了四五个小孩，小孩子对饭菜兴趣不大，简单吃了点，就在店堂里奔跑和看电视。成年人们坐在那里，互相问候，寒暄，烤肉和大盘鸡陆续上桌，白酒，啤酒，红酒，酒换了几种，有人开始轻声哼歌，老板及时送来两把琴，一把吉他，另一把琴我不认识，冬不拉？热瓦普？我分不清楚，但已经有人开唱了，一首非常沉郁的歌，唱歌的人闭着眼睛，表情深沉而痛楚。

他唱完歌，他的朋友们开始鼓掌，我也示意朋友一起鼓掌，他们听到我们的掌声，向我们点头示意，坐在左侧的一个光头男士，招招手，似乎是请我们坐过去的样子，我指指自己，一个疑问的表情，不等他回应，就坐过去了。

"你们从哪里来？""乌鲁木齐，不过我们是博尔塔拉人，不是乌鲁木齐的，乌鲁木齐嘛是省会，我们不是省会的，我们是小地方来的。他们一家，维吾尔族；他也是；他，柯尔克孜族的；这个是他女朋友，维吾尔族，他，蒙古族；他们三个，汉族。""你们是亲戚吗？同事？""不是的，我们是朋友，汉族的这个朋友嘛，到我们那里援疆，援疆你知道吧，支援新疆，我们就认识了。他们是你们这里人，今天晚上是他们招待我们。""你们刚才唱的是什么歌？""《萨马勒山》，你没有听过吗？"

我搜到了那首歌，《萨马勒山》：

萨马勒山我挚爱的故乡，像镜子一样的湖水，如今我是士兵却不是为你而战，每天都是煎熬。
你总是一次又一次地，出现在我的脑海里，
生我割下我脐带的我挚爱的土地。
我们没有马，双脚已麻木没有知觉，
好像已经走了十五天，
好像已经快到下一个战场了。

"再唱一个。""好，再唱一个。"琴交到了另一个人手里，他调调琴，唱起另一首歌，似乎是蒙语，坐在我旁边的一个年轻小伙子，看我一脸茫然，拿出手机，找到正在唱的这首歌，给我看歌词，《阿拉套山》，也是和山有关的歌：

啊朋友，我想听你歌唱，
唱唱我们的夏尔西里时光。
草原繁花把我们埋藏，
我们静静或坐或躺。
啊朋友，我想听你歌唱，
唱唱我们的爱情和酒量。
欢乐的宴会直到天亮，
你不停把《黑眼睛》唱。
啊朋友，我想听你歌唱，
唱唱我们的父母和家乡。
白杨树下说起父亲病况，

脚下厚雪咔嚓地响。

好朋友，我想听你歌唱，

唱少年的愿望是风的愿望，

唱那达慕大会的骄傲荣光，

唱我们寻找的天堂就在身旁。

啊朋友，我想听你歌唱，

我已经在回家的方向。

阿拉套山就在我的车窗，

痛楚般的欢乐心中回荡。

　　他唱完了，我忍不住问："你们以后就不走了吗？"唱歌的男人故意用了一种不满的语气调侃说："哎，咋了，你们这里不能来吗？""不是不是，不要误会，我希望你们留在这里啊。""你们这里我们留不下，太贵了，我们就是路过一下，他们一家，后天去广州了，他要去海南，他要到厦门去，你旁边的这个到成都去，就是这三个汉人兄弟，还在你们这里。新疆太冷了，冷的地方出来嘛，都往热的地方跑。你不唱一个吗？我给你伴奏。"

　　那个晚上我和他们一起坐到凌晨两点，最后在路边告别，整个晚上，没有想起鱼缸噪音，没有想起李志亮。和他们在一起的那几个小时，仿佛是一个巨大的包裹着我的茧里的事物，他们根本不知道这个茧的存在，他们的不知道，把这个茧击碎了。

真正的最后一击，是在我回老家以后，和老同学聚会，我简单讲述了这一年多我遇到的事。在一个个给他们打电话约饭约酒的时候，我突然产生奇怪的感觉，感觉自己又在复刻二〇二一年二月的曹景，像他那样联系旧日朋友，希望一种更有人间气息的关系给自己支撑。

只是我的结果比较利落，所有这些，在我讲完自己的事后，就戛然而止 —— 我被同学的一句话掀翻，抑郁猛然刹车，也许是暂时终结，但终归结束了。也可能因为，我是间接感染，我身上的"毒株"毒性已经比较轻了，所以能被轻易终结。

就一句话："对县上的同学来说，你就是个失踪者啊，你还到处打听失踪者的事情，明明你就是，你还不知道你吗？"

"你还不知道你吗？"是我们方言中的表达方式，带点轻微的贬义，你还不了解你吗？你还不知道你是个什么东西吗？还有一个第一人称的说法："我还把你不知道吗？"我知道我，我知道我是什么东西。所有的失踪者，血红天空黑色大地中黑色的行走者，他们就是我，我就是他们。我早都走出去了，我本来就身处不安之中，不用制造安稳的幻觉。我不用对他们有所寄托，我不会继续供奉了。

在那天酒局的中间，我给曹景打了语音电话，把自己最终的发现告诉了他。我说，我有预感，我不会再梦到他的梦了，梦里那个人已经走过来了，我已经看清楚了他是谁。他有一张脸，所有人的脸。我们要和"李志亮的血色黄昏"共存了，它来过就不会被彻底清除，但我知道接应它的是什么了，内部，我身体里的荒凉感，外部，时代的节点。每个人头顶都有鱼缸，也都有嗡嗡作响的时刻。

曹景说："那就好，多保重。"停了一下，他说，"出来走走吧，我已经出来了。"

"好的，是时候出来了。"

而在别处，在别处，李志亮早已经出来了。

他在四川的小城，开了一家很小的面馆，为顾客做一碗面。下午四点才出摊，晚上十点收摊。

他在国道边上，开了一家修车铺子，他是矿业机械厂的先进员工，修车对他来说不难。

他在甘肃、青海、新疆开包车，走大环线，一天八百块，从春天跑到秋天，冬天休息。有时候遇到好人，有时候遇到难伺候的人，遇到难伺候的人，他就不那么高兴。

他在宁夏，在贺兰山下卖饮料，他找了一个很好的位置，游客经常会在那里停留，停下来就会买点水和零食，顺便让他帮着拍张照。

更多时候，他都在行走，行走中的他，面目清晰了，甚至有可能带上了微笑。

他走在戈壁、荒野、草原上，风滚草滚过马路，远处有群黄羊遥遥望着走路的人。

他走在花海里，花海中，戴着彩色头巾的女人们，埋下身子在劳动，拔草，给花草浇水，把鹅卵石捡出来，扔得远一些，鹅卵石总是会吸收阳光的热量，变得滚烫，烤坏这些八瓣梅、万寿菊和波斯菊。鹅卵石是捡不完的，今天捡掉，明天还会出现，那足以证明，大地在震动。

他走在小镇的街道上，杂货店、五金店、小吃店，在他的视线里不断出现。街道尽头走过一些人，他们拉拉扯扯地，正在奔向某个葬礼，有人穿着白色的孝服，有人举着白色的纸花串、招魂幡，有人拎着一大袋花卷。

他在车站的长椅上休息，坐在对面的老人抽着纸烟，断断续续和他聊天，终于，他温和地说："你怎么不找个工作，找个工作好啊。"

他把房车停在青海的雪山下的营地，清早推开窗，窗外不远处，就是悬崖、山谷，和对面的山峰。营地的朋友走过来打招呼，他们说着什么，也许是说昨天睡得好不好，也许是说下一段路怎么走，也许是在商议中午吃点什么，"我们在张掖买的丸子还没有吃呢，中午一起吃，我支桌子去"。

他坐在乡村大巴上，车窗外开过一辆拖拉机，拉着满满一车秸秆，一个孩子趴在秸秆顶端，牢牢地抓住捆秸秆的大麻绳。冬麦已经破土了，淡淡的绿色铺满整片大地，黄昏的雾气正在散开，雾气最深处，有人点了火堆，也许是在烧落叶。火苗很亮，火色很红，似乎足以让整片大地温暖起来。

他在西藏的雪山脚下，看见了日照金山。不枉早上五点起床。他想。他哈出一口气，他听到不远处有转山的人说话的声音。那声音带着轻微的回声，在山下回荡。

他在塔吉克人聚居的小城，坐在全城唯一的一家咖啡馆门前。旅游的季节已经过去，漫长的冬天就要开始。天边有淡淡的霞光，一个穿着黑色羊毛长袍的老人，沿着墙壁的阴影边缘，走向街道尽头。

他走在河西的玉米地中的白土路上，阳光很好，白土路很硬，在玉米地中间，像一条静静的白色河流，玉米已经结穗，绿色的叶皮被撑开。四下无人，他手舞足蹈，甩着手脚，似乎手脚长到一步就能跨出去很远，像走在水上那么轻松。

他走在大理三月街，街中心，售卖特产的人，支起巨大的舞台，在迪斯科舞曲中，一边唱歌，一边介绍他们的特产。路边的小摊上，摆着色彩瑰丽的物品，动物的皮毛、骨头，晒干的草药。天上有一朵飞碟形状的云，也许真有个飞碟藏身其中。

他走在太行山的山道上，已经是秋天，树叶正在变得金黄，偶然可以看到小小的院落，可不敢小看太行山深处的小院，就是最落寞的小院里，也至少有一个精致的佛像，一片异常精美的壁画。小小的院落，至少要有一件宝物，才能在太行山里立得住脚。

他走在琼海城外的防浪堤上，浪花扑上来，打湿了他的鞋子，渔船正在离开港口，开始一天的工作，有人站在船头，穿着白色的T恤，又有一个人走出船舱，也穿着白色的T恤。后出来的那个人，把手臂搭在另一个人的肩膀上。海对他们来说，依然那么新鲜，每天早上，都像是第一次看到。

他不停地走，不停地看，永不疲倦地，投身风景，风景不是墙，风景可能是幻景，可能是肥皂泡，需要走进去，需要戳破，让它破碎，让它成为泡沫。

大地上，星球上，无数人兴高采烈地、手舞足蹈地，或者平静地、坚忍地行走着，一百亿双鞋也不够他们这么穿的，他们不顾一切地行走着，戳破一幕又一幕风景的幻景，风景的肥皂泡，让它们破碎，直到自己成为别人的景色。

镜头拉远，地球也在宇宙里转动着，平静地，坚忍地，向宇宙深处发出隐秘的信号，而那个召唤着它穿越，穿越后就能抵达另一个胜境的黑洞，那个入口，或许就挂在一辆自行车的车把上，以蓝色野菊花的形象存在。

写给雷米杨的情歌

> 这层面具之下，又是另一层面具。我永远也揭不完所有的脸孔。
>
> —— 克劳德·康恩

"像西部片。"

落座，放下水杯，河澜急不可耐望向车窗外，一双手握住桌上的水杯，搓来搓去。窗外景象，确如他所说，"像西部片"。雪后的平原一片洁白，白到失去立体感，只能凭借淡淡的、狭长的阴影，揣测原来的地形。推测的结果多半也是失真的，一切都变得柔缓，连人们接收它的感官也变得柔缓。偶有没被雪覆盖的陡坡和山岩，黑的部分格外黑，像斑驳的煤块。山岩之上，红日正在升起，天空从淡蓝变成微蓝，白杨树在雪地上投下纤细的长影。

"你是第一次看见雪吗？"秦芳明本来想刻薄两句，到底还是收回去了。年轻人浅薄的快乐，也算不得错。如果一定要追究，就显得自己老气横秋。

他顺着河澜的眼光望出去：红日，雪野，树影。他的感受完全两样：车窗外看起来一片静白，没有温度感，甚至偏于温暖祥和，他却仿佛站在雪地里，雪沙被近地的风刮着，从鞋帮和裤管之间那一寸空白，灌进鞋子里。他是真感受过雪的。雪对他而言，并不只是一幅明信片似的画面。他下意识地动了动身子，把裤管蹭下去一点，仿佛要遮住那一寸空白。

"不是第一次看雪，倒是第一次看见这么没遮挡的雪。以前我爸爸带我们回家，都是赶着夏天去，说冬天太冷。"河澜又掏出手机来，拍个不住。一群乌鸦像是要配合他，从一片白杨树林子里飞起来，飞得非常有力，黑色的骤雨一样，在天空中画出紧绷的直线，转眼就不见了。河澜赶忙换了视频模式，拍了十几秒视频，等到乌鸦飞远了，这才把身子往后一塌，心满意足地靠在椅背上。

"这里坐着还好吧？"负责接待的小陆和秦芳明的助理小高从车厢那头走过来，小陆用眼神在秦芳明和河澜之间连了两道，像是要蹚出一条信号线，然后落在秦芳明这里，"要是走国道，就看不到这么好的风景了，说不定现在还在路上排长队。"

秦芳明并不在意坐动车，但小陆觉得自己作为主办方，有义务反复道歉，反复解释。因为雪，下了飞机，住机场酒店；因为雪，派不了车接，要一大早起来坐两小时动车。但因为大雪是不可抗力，小陆解释得异常坦然，很难找到这么清爽明亮的理由了。

"幸亏最近演出少。"河澜说完，觉得不妥，又补上一句，

"要是前半年，也拿不出这么几天时间做两场演出。"

"就当回家嘛。"秦芳明也不在意，给了个更稳妥的理由。

"刷刷手机也就到了，您两位要是缺什么就跟我说。"小陆一边说着，一边挥手拦住推着售货车经过的列车员，从售货车上拿下几瓶水，两盒水果，放在秦芳明和河澜中间的小桌子上。电话响了，他接起电话，对两个人指指电话，就往车厢连接的地方走。

"出门的时候给你的快递你拆了吗？"助理小高一边撕水果盒外面的保鲜膜，一边问秦芳明。

"忘了。"秦芳明站起来，探手到行李架上的包里，拿出一件薄薄的快递，暗暗有点疑惑，小高跟了他也一年多了，到现在还没看出来他的疑心病有多重。歌迷也好，品牌方也罢，寄来的东西，但凡是食物，哪怕是知道来历的，他也是看一眼就丢掉，至多拍张照片发个微博，配上"被你们爱着""泪目""感动"之类的字眼。不知道来历的，看都不看就丢掉，至于玩具和摆件，都要拆开看过，用德力西和优利德的两种辐射检测仪测过，但终归还是不放心，转手就送人了。也不是没想过挂闲鱼卖掉，但周期太长了，又要在身边放很久，而且那些物品的特征太明显，没准就被人认出来是谁的闲鱼账号。

昨天这件快递，是出门的时候，在公司楼下的快递柜取出来的。秦芳明当时觉得小高有点多事，如果东西太大件，

　　　　　　　　　　　　　　晚春情话

还得回公司放一次，但一取出来，小高带着询问的语气念出收件人的名字，赵 —— 玉 —— 磊，秦芳明愣了一愣 —— 那是他的本名。接过快递，看地址，家乡寄出的，排除了法律文书的可能。捏了一下，似乎是一封信，他拆了快递信封，里面还有一个老式的牛皮纸信封，信封正面印着红框，红框里照旧写着他的本名。这一次，他没有拆。把信封放进包里的时候，想起美剧里看到的细节，谋杀案的目击证人打开一封信，里面喷出一道烟雾，证人瞬间倒地。

　　玉磊同学，很多年没见了，你还好吗？

　　说是很多年不见，似乎也不对，毕竟我们留在家乡的同学，还能听到你的歌，看到你的消息。同学们都觉得很欣慰。

　　昨天在商场的服装店里，还听到你的一首歌，一听就是你的声音，我查了一下，是你最近几年的代表作，叫《塔拉》，我就站在原地不动，完整地听完了那首歌，这几天也一直在循环播放。

　　这首歌让我想起我们那时候的很多事。

　　"循环播放"……现在的人只说"循环"了，一说"循环播放"立刻就把自己归到古代人的范围里，那首歌写的也不是当年的事，不是写给任何人的。但来信的人要觉得是，那就是吧。

秦芳明戴上耳机，在手机上找到《塔拉》，虽然是自己的歌，通过音乐APP听来，倒像是首次听到：

　　他带你看，他的珍藏，／蜂蜜色的秘密时光，／他给你看，他的渴望，／雪豹一样神秘光芒。

"华语流行乐的化石"，综艺节目《歌手来了》给秦芳明贴过这么一个标签。和许多过气人物一样，秦芳明不喜欢被贴标签，总觉得自己是完整的，不应该只有一个突破点。直到他发现，这种标签能给自己续一口气。能续多久不好说，终归能让媒体有话说，给观众增加记忆点，让演出商重新提起兴趣。这口气到期了怎么办，再找新的标签。都是这么一口气一口气过来的。

何况，他……的确算是化石。少年歌手，拼盘磁带，"囚歌"，广州音乐茶座，签约歌手，94新生代，香港唱片公司，唱片业没落，彩铃，演出业的十年黄金时代，社会化民谣，唱歌综艺。三十多年时间，华语流行乐的关键节点，他多多少少都在场，或深或浅参与过。

出道的机缘来得非常偶然，对他来说，却是必然。那时候流行过一阵子少年歌手，确切一点说，是少女歌手，赵莉、田昕光、钱贝妮、程琳、朱晓琳、丁小青，接连出现，接连成名，少男歌手也有，始终没成气候——那时候的男女歌手是有模板的，一个邓丽君，一个刘文正，少女歌手通常要学邓丽君，少男歌手的声音条件却有点尴尬，学不了刘文正。

本地电视台在歌唱比赛里拎出了他——因为他早熟。他的资质，其实不是唱歌，而是——异常早熟。小时候在大院里组织游戏，学生时常主动跑老师办公室，不是为了当学生干部，是希望被老师记住，希望被众人爱和关注。自打报名参加电视台的歌唱比赛，他就一路战战兢兢却也异常老到地到处认老师，没有比赛的时候也经常到电视台去坐着，自称"实习"。起初，门卫让他打内线电话叫人出来接他，熟了以后，也不要人接了，由他径直走进去。

他隐隐约约看出一点，这个行业要的是不是孩子的孩子，披着少年画皮的成年人，可以是少年，但不能真是少年。那正是他这种人。

他央求父母为他买了件军大衣，因为电视台人手一件。化好了装，换了演出服之后，人人都披着军大衣。军大衣是上一个时代的遗留，是抢军帽、穿黄大裆的升级版，又有一点行业中人的自矜。似乎穿上军大衣，就是在等待了，等待化妆室，等待演播间，等待上台演出，等待被召唤。军大衣是等待的制服。他熟练地穿上军大衣，熟练地把军大衣裹在演出服外面，并且不扣扣子，像每个穿军大衣的演员一样，即便是三九天气，即便是在户外。"冷不冷？""不冷。"每个穿着演出服，裹着军大衣的人，都被这么问过，"不冷"是有戏在身的人的特异功能和神秘特权。他一开始就洞悉这一切。

他也不明白，他为什么会成为"他这种人"，父母都是普通干部，并没有特别世故和市侩，也没有经历过什么动荡。和他一样在场面上露面的小孩子，并没有普遍显得早慧，出出进进都还要父母带着，像是父母的傀儡。唯独他不一样，他异常自信地觉得，世界上的事情都和自己有点关系。后来他发现，这个行业里，到了一定层面，多的是他这种人。

电视台不知道怎么用他，就偶尔请他在少儿节目里唱儿童歌曲。来来去去那么几首，多数是卡通片或者电影主题曲，《小小少年》《乡间的小路》。适合少男的歌非常少，好在他没有彻底变声，女声的歌也能唱。用拼音标记的方式，学唱了几首日本卡通片歌曲之后，电视台一致认为他"能唱日文歌"，他就硬着头皮唱下去了。他也发现，"我要我要找我爸爸，去到哪里也要找我爸爸"，这样的歌词，用日语唱出来，少很多尴尬。

地方电视台也仿照央视做春节联欢晚会，人力物力有限，做得荒腔走板，摄影、灯光、舞台调度，没有一样过关。有位观众写来批评信件，其中一句话迅速传遍全台："你们好像就是为了拍出一种在破仓库里唱歌跳舞的感觉。"一九八五年春节前夕，又是做联欢会的时候了。有位导演提议，既然现场晚会难做，批评多，不如做电视散文和电视音乐专题，选若干喜庆的散文诗、若干歌曲，录好了，配上画面放在一起——其实就是 MTV 合集。于是请了众多歌手，五位来自北京，十位来自本地，唱了几十首歌，连唱带演，加上主持人画面，算是祝贺新春。花的钱，投的人力、物力一点都不少，但至少不像是在破仓库里拍的了。

他准备了几首刘文正唱过的歌，《太阳一样》《耶利亚女郎》《春风吻上我的脸》，编导要他把歌词抄来看看，拿了歌词一看，苦笑一声"现在的孩子也太早熟了"，就这样否决了，后来换成《飞行船》《最高峰》和《飞翔，飞翔，我飞翔》。当地乐队扒带子配伴奏，没有专业的音乐录音棚，就在电台的录播间录音，小小一间房子，挤着几个人，录播间的暖气又格外热，个个满头大汗，但人人都觉得自己做的是了不得的事情。

那时候的他，经历了几场歌手大赛，若干电视节目录制，来来往往接触了些人，已经有了准备——献身于名利场的准备。但名利场对他而言，还十分模糊，可供借鉴的，只有一本小说：西德尼·谢尔顿的《镜子里的陌生人》；一张报纸：《北京青年报》；和一本杂志：《大众电影》。读完《镜子里的陌生人》，看到吉尔把中风的托比推到水里，他竟然有点释然。人生一旦败坏，哪怕只是败坏了一点点，都不值得继续下去，应该彻底摧毁，自觉一点的，就该自我摧毁。后来看恐怖片，看到一队青年男女闯入禁地，有人受了伤，他也希望受伤的人尽快死去，不要拖累别人以及整个故事。他后来有点诧异自己，少年时就给自己打了这么狠辣的底。但到了他自己崩坏了、受伤了，他却还是死乞白赖地活着，佯装无事地挺着，从没想过会拖累谁。

给他提供借鉴的，还有电视台的某些时刻。有一天，他逃了课在电视台办公室候着——其实也不是候着什么具体的事，就是让人看到自己在那里。突然间，一位女主持人冷着脸走了进来，把化妆包往桌子上一掷，然后又坐了下来，呆了两秒，侧了头，若有所思地往门口看了一眼，眼神并没有跟过去，失焦地落在后面，像落在身后的一双鞋。然后又把头转了回来，眼睛和眼神才合在了一起，呆了两秒，狠狠地拉开化妆包，拿出一个小镜子，一支眉笔，用力画起眉毛来，左画画，右画画，突然又停住了，把眉笔攥在手心里，笔尖攥折了，折了的笔尖，带着轻微的声响，掉在桌上。他在一边看着，虽然不知道发生了什么，却似乎已经全部知道了。他屏住呼吸，像个躲在窗帘后的凶案目击者，明明自己也在危险边缘了，却并不想凶手赶紧走掉，而是希望凶手给还在吐着血沫的受害者补上两刀，早点结束这一切。

歌唱了，节目播了，城里讨论了一阵子，他读的中学和附近几所中学小学，都知道出了一个少年歌星。附近学校的学生，结伙成帮到学校门口等他放学。看到他出了校门，也不说什么，就是挨着挤着，像一窝热切的小老鼠，还互相抱怨着"你挤我干吗"。一种最初的情欲，荒莽的爱，没有成形的焦灼。热闹了一段，也就冷却了。校门口的小学生也不见了，毕竟是北方城市，投一颗石子，能漾出的涟漪有限。

但十五岁少年从此就心不在焉了，他深切地意识到：要继续唱下去，要出专辑，上电视，上央视，走穴赚钱，就要离开这个地方。他攥着拍摄 MTV 时留下的那几位大牌歌星的地址，时常给他们寄明信片，絮絮叨叨说些甜言蜜语，直到那些地址陆续失效。

他耐心地读完了高中，耐心地考到本地师范大学音乐系，耐心地练琴、练声，并且始终没有断了和电台、电视台的联系。偶然得到一点报酬，就用在买衣服、收拾头发和买磁带上。心里某处有点慌，因为周围的人，也逐渐追上了他的成熟。他的成熟，因为早，这个时候就是烂熟了。他曾经觉得自己的十几年，活的是猫狗的年纪，一年顶人类七八年。然而到了某个顶点，就失去这个特权了，一年也就是人类的一年。但猫狗年纪是有后遗症的，就算活成人类的八十岁了，还是个小猫小狗样儿。

也许不是熟了，烂了，是累了。在学校和电视台、广播电台、演出场所之间奔波，请假、逃课、撒谎，堆积起来的累；冬天的早上五点起床化装，化装之后眼巴巴地披着军大衣等着，录像室总被占，彩排总被打乱，那种冷热交替，那种烦躁，一点点蔓延的，感冒一样的累；无法推托的聚会，聚会上的酒，生猛的黄段子，一边说着"要保护嗓子"，一边说"不喝就看不起我"，看到少年被呛得满脸通红，充满虐感的大笑，溺水一样漫上来的累；总是伸出指甲尖给人握的矜持女演员，评说时事满脸忧患，却不肯把车马费分给同伴的男记者，和围绕在每个人身上的诡秘传说、诡秘关系，密密织出的累。

只要有三个月不那么累，就可以重生。再长一只手，一副肩膀，甚至一颗心，也不是不可能。这是少年的特异功能，这项特异功能恐怕此后难再。对他来说，也只有大学那段时间，让他可以反复重生。

三个人共用一间琴房，时间表由三人自己协商，他常常选下午时段去练琴练声。琴房朝南，春天的下午，朝南的琴房，热烘烘的，不知是谁，在墙角丢了一双舞鞋，慢慢被蒸出异味。好在窗外是一片果园，梨花开成雪堆，梨树树干却是焦黑的，蜜蜂嗡嗡地闹作一团，似乎那点微不足道的甜蜜也值得一抢。甜美、皎洁的花树下，堆满杂草、枯枝和垃圾，破损的黑胶鞋，被枯枝遮住一半，仿佛埋了一截尸体，塑料袋落满了土，要等一场雨才能飞得起来。他只要平平地看出去，就看不到垃圾，只看得到梨花，他坐在琴凳上，弹着唱着，觉得自己又有了力气，跟着春天焕然一新。

每两周要上一次公开课，一个月一次小展演，尤其小展演，都要当作正式演出来做，编排、彩排、找服装、化装，这个演藏族姑娘，那个扮演解放军，这个扮演荷花仙子，那个扮演四小天鹅，古今中外一锅烩。所有人抱怨着、诉苦着，抱怨着服装太重太臭，道具间老鼠筑窝，却也掩饰不住兴奋。时不时还要排合唱，他偏爱的都是冷调子的歌，没法让舞台闹起来暖起来的歌：《牧羊姑娘》《海韵》，对面山上的姑娘，黄昏海边的姑娘，歌里的姑娘不回家，姑娘成天在山海间游荡，给人看见，给人歌唱。

和艺术系有关的谣言，也代代相传一般，及时更新，及时添上新的面孔。某老师是色魔；某班花在附近歌舞厅伴舞；某酒店扫黄，抓到八个女郎，六个来自艺术系，由学校出面领回，名单也迅速流出。有了在电视台见过的世面打底，他敢于戳破这些谣言，"李东追不到明蓉，就把明蓉列到名单上，列到名单上又怎么样，还是追不到"。这是他的休憩之地，他得让这地方舒适干净点。

夏天的午后，午睡醒来的他们，睁不开眼睛，到处弥漫着刺鼻的臭味，是厕所的下水道堵了。地下的污物，像被呕吐一样，泛了上来。头天翻墙出去看录像被抓的同学，被辅导员从各系喊了出来，拿着粗橡胶管，扛着大粪叉子，拎着塑料桶，去疏通下水道，人人脸上带着古怪的笑。其余同学带着些侥幸，扒在教学楼窗口围观，扛着大粪叉子的劳改者们，带着古怪的笑向围观的人挥手，围观者们于是欢呼了，伴着口哨。但这不算什么，这不算什么，临时扛大粪叉子不算惨，总有一天，始终要扛着各种看不见的大粪叉子，而且无人喝彩。

也有秋天，在秋天追过落日，他和同学，走在去食堂打饭的路上，看见落日慢慢坠下去，突然热情迸发，把饭盆往花园边的水泥台子上一放，骑着自行车，向着落日的方向去，似乎追到了落日，落日就不会成为落日。当落日终于无可挽回地堕入某个深渊，冷风突然袭来，他们丢下自行车，向着落日呼喊。

有种种微妙、种种妙不可言、心荡神驰、波光潋滟；也有种种狰狞、种种难堪，有长夜难宁、石沉大海，鬼影一样流动的流言蜚语，角落里唧唧嘈嘈的声音。有夜晚，也有黑油一样的河水，带着腥味噗噗流动，河边的人影，汇合又分开，河对岸有人放了两支小小的烟花，引起更大的期待，却又恬寂无声，没有下文，稍纵即逝的烟花是对所有人的亏欠。有房间，也有挂在墙壁上的波姬·小丝的照片，图钉松了，照片掉下一半，那曾被遮蔽的墙壁，没有沾染尘烟，也没有被晒出旧痕。四年，只有那么四年，再也没有那么四年，金粉流离的四年，如同宝志和尚撕开的面容后，偶然露出的观音面相。只是一瞬间，神异和骇怪相伴的一瞬，却也足够永志不忘。

所以，他们或者她们，如果觉得他的哪首歌是为那段时间写的，为他们之中某个人，或者全部人写的，也都没错。如果有人愿意认领，那就领走，有人心生疑窦，甚至发出控诉，那就控诉。没有那段时光，也就没有今天的他，没有那一个个春天的重生，他就真的坠入疲累地狱，从此不得超生。和他一起铸造过他的人，有指认、命名、诠释的一切权利。后来的人，即便是当真铸造过他，也没有这样的权利。

何况，有些歌也确实是在那段时间写的，也是为那段时间所写，《恋如青果》《枫树岗》《写给雷米杨的情歌》《雷米杨的黄金时代》，他不说，也不会承认，却期待有人认领。

你说你是在街头偶然听到我的歌声的，
你站在原地听完了歌好像是第一次听到啊。
你看看周围有没有人注意到你的失神啊，
你投入人潮消灭自己像消灭一座黄昏的沙堡。

上了接送的车，小陆就赶忙让司机开了音响，连了信号，放出这首歌来。然后转头对秦芳明说："您的歌里，我最喜欢这一首，《写给雷米杨的情歌》，我有时候会念成'雷杨米'。"

"现在的年轻人还听这么老的歌吗？听老歌不是显老吗？"

"现在的歌也没什么好听的，除了听国风和一些电影歌，也就是听老歌了。"

"那倒也是，所以我们这些人还有一碗饭吃。"年轻人都不爱听这种丧气话，所以秦芳明常常要说这种话，有一种破罐子破摔。而且有一种知道自己纯粹是为显得破罐子破摔才说这种话的得意。

旁边的河澜接话了："您是什么情况下写这首歌的？"

这种问题倒是秦芳明很爱回答的，而且一提起来就滔滔不绝："那时候刚到广州，听了 Suzanne Vega 的 *Tom's Dincr* 和 Dire Straits 的 *Brothers in Arms*，就想写个类似的歌，半说半唱这种，你听那句'你投入人潮消灭自己像消灭一座黄昏的沙堡'，和'轻轻地哼起的也许就是，写——

给——你——的——情——歌'，模仿的是 *Brothers in Arms* 里那句 And though they did hurt me so bad，也就这一句。第一版编曲和我要的不一样，广东歌坛那时候也做摇滚和民谣的，但还是流行歌的样子，唱的时候就要特别强调旋律。还好，那时候有艾敬和李春波了，大家知道了有城市民谣这么个东西，也愿意听，也就红了，我自己总觉得不像。二〇〇六年我又做了一版，就用了一点点电吉他，后面铺了一点模仿管风琴音色的背景，管风琴是在鼓浪屿的管风琴博物馆录的，不是录音室录的，听不出来吧，这一版才是我想要的样子。你听的这个是广东时候做的。"

"那我听听二〇〇六年版。"小陆说。

"Suzanne Vega 和 Dire Straits 都不错。"听到 Suzanne Vega 和 Dire Straits，小陆满脸茫然，秦芳明就看出他其实是不怎么听音乐的，再提到他们的时候声音也疲沓了，刻意表现失望，小陆大概是听出来了，有点尴尬。现在听到有个二〇〇六年版，就像得了解救，手忙脚乱一阵找，一会，车上音响里放出了二〇〇六年版，小陆松了一口气。

"尚雯婕昨天晚上发了首新歌，还没来及听，你给放一下。"接连听了几首自己的歌，秦芳明有点腻了，让小陆换了歌。

小陆突然指指窗外："这是您的母校吧？"

"哦，是，没变。"

校门没有换，迎门的行政楼没有变，百年老校，变不

　　　　　　　　　　　　　　晚春情话

了，至少门面不会变。建筑都是俄式的，方正，憨厚率直，灰调子，被雪盖着，格外有异域的感觉，几个年轻人，小心地踩着化了一半的雪，从大门走进去，像是走向荒野。秦芳明看了一眼，竟然不记得自己在这间学校的时候，有没有经历过这么大的雪，甚至连有没有下过雪，都有点糊涂了。可能是不喜欢雪，也不喜欢冬天，就自发地从记忆里抹掉了雪。他一向有这项本事，后来他发现，这是活下去必须要有的本事。

小陆见他看得入神，以为他沉溺在往事里了，沉默了一会，又转过头来，捏着一摞宣传手册，给河澜和秦芳明各递了一本："这是咱们电影节的手册，咱们的两场演出节目表都在里面，您瞄一眼。"

听着这一声声的"咱们"，秦芳明倒是有点出神，他生活在这里的那些年，这里的人是不会用"咱们"来套近乎的，这里的人都嘴笨，可能是荒野太多了，人都收不住心神。对这里的人来说，自来熟是外来物种，是异形，不是肉里长出来的，仿佛某种面具。也就是这几年，这里的人也开始用"咱们""您"，也开始喊"哥"了。秦芳明始终不习惯，觉得用这些词的家乡人都像是被上了身，一人头上一个刚出壳的小异形。

接过电影节手册，在手里晃了晃，秦芳明并没有打开看。出场次序和演唱曲目，是要提前商定的，但他不知道为什么，突然失去了兴趣，就说让他们随意安排。这种微小的排场是要争的，尤其是十几年不曾回乡，更是要争，但他突然厌倦了。手册到了手里，他其实想看看，自己家乡能搞出个什么样的电影节，自己又被排在了第几位，终归按住了这一点好奇心。

到了酒店，进了房间，秦芳明才打开手册，看到几个熟人名字，一些熟悉的歌或者舞。开幕式演出，自己是最后一个；首映狂欢夜，自己是倒数第二个。估计是这几年，"压轴"到底是最后一个还是倒数第二个的争论，反反复复，把人搞糊涂了，索性轮着来。和他换着压轴的颜雨宁，是这两年突然出来的一个歌手，抖音粉丝八百万的红人——还没有彻底被这样的红人压下去——也可以了。

想起那封信，翻出来又看了一遍：

陈玲去了十一中，觉得教音乐没什么前途，后来就转了行政，现在是教务处主任。张斌龙在中学当了一段时间老师，后来调到区教育局，二〇〇五年到乡上当副乡长，结果在那里一待就是十年，前几年才调回来，也错过了继续升职的时机。王泽灵去了市歌舞团，后来辞职去北京，就再没有消息了，不知道有没有和你联系过。韩娟娟做生意了，她家本来就是做生意的，盛亚商场有一层楼是她家的，但是去年又看到她家的这层楼挂出来法拍了。我就还是在铁路学校，业余时间带带艺考班，也可以了，生活很安静。有时候也会忍不住回想我们那时候。

微信叮咚一声，是河澜发来的照片 —— 他窗外的雪景，冬天的微绿的河，河两岸的冰雪，和披着雪的树。秦芳明有点不耐烦 —— 自己又不是看不到，但瞬间就释然了 —— 这孩子还真是没见过大雪。这兴奋是真的。

这些年，秦芳明很愿意在别人身上发现这些小瑕疵：这些一瞬间的真情流露，一瞬间的慌不择路。对他来说，这类似于演坏了的戏，忘掉的台词，劈叉的声音，失控的剧组，是难得的让人喘口气的时机。结果，要什么就有什么，他瞬间就被海量的瑕疵包围，他也就对瑕疵脱敏了，但他还是会时不时被这种小瑕疵触动一下。于是也到窗前向外望了一望，也拿出手机来，拍了一张照片，却没有往朋友圈和微博上发。

那时候不是这样。那时候，他还有些兴致。

当歌星，务必要去广州。在同学和相识里，他不是最早去广州的那一批。那时候的电视台还是好地方，和电视台有关联的人，舍不得去广州。野路子歌手，没有线索，没有引路人，也去不了广州。更何况，人们手里多半没有钱，去广州，至少要有一张火车票钱和半年的生活费。

大二的时候，有同学趁着暑假去了广州，开学之后半个多月才返校，给出的故事版本是：一到广州站，还在站前广场，行李放在地上，还四下张望的时候，几个人一拥而上，抢走了行李，还在他胸口和脸上捣了几拳。失魂落魄地在车站附近游荡的时候，遇到一位大叔，大叔和他攀谈，了解了他的遭遇，收留了他两个月。这两个月，他去音乐茶座试唱，也去了沙河顶的几家唱片公司毛遂自荐，还去朝拜了星海音乐学院。在音乐茶座试唱了一个月，挣了一点钱才回家，老板觉得他唱得好，不让他走。两个月时间里，大叔"天天给我做饭"。

在他口中，广州光怪陆离，包括"花都特别大，篮球大的红花从树上掉下来，能把你的头给砸破"，"饭吃不惯，满地黑蠕蠕的虫子，天气又湿又热，一去就起疹子，痒得不得了"，"治安很差，到处都是黑社会流氓劫匪，一条路走过去，能把你抢三遍，晚上唱完歌，从音乐茶座出来，马上就要坐出租车才安全一点"。

同学一片哗然，哗然于"广州乱得很"，也暗暗揣测自己一旦去了，有没有可能遇到愿意收留自己的好心人，全然没有听出这里面的不合常理之处。要到很久之后，秦芳明才慢慢明白一点：他同学的广州历险记背后，应该有另一个版本。他惊讶的是，从来没出过门的十八九岁的年轻人，一旦去了广州，就能自然而然地给出另一个版本的故事来，仿佛那是天生的能耐。他把这归功于广州，北方人去了广州，就要有这些能耐才行，没有也得长出来，这开着篮球大的红花的地方，是一个异世界。

后来的两年时间，他慢慢打听着，结识着，终于在电视台的老师那里找到若干线索，老师有个同学，在广州做书商，从香港的八卦报纸和周刊上摘些东西，拼凑成各种秘闻周刊，非常畅销。老师跟那同学联系了，那同学听说有年轻老乡要来，很愿意做个接应人。又有老师说，自己的同学在某个乐队打鼓，也可以帮助推荐。

毕业之后，他并没有马上走，先在市电视台工作了大半年，拿了编制，算是砸了个窝，才去了广州。详细问过广州的花销，算算以前攒的钱，也够抵挡半年了。没有告别，也没有纵身一跃的悲壮感——这件事已经在想象里发生过无数次了。就带着一万块钱和全国粮票，向着那个遍地大红花的目的地出发了。

那时候，北方正是冬天，坐着火车南下，越往南，越绿，到了湖北，春天已经像像模样了，车窗外的大地上，成片的油菜花，夹杂着一块又一块明亮的水塘，水塘边一丛丛嫩红的草，大约是某种苇草。再往南，论季节还是春天，车窗外的景象却已接近北方的夏天了，墨绿的树木，点点红花，路上没有人，非常安静，没有人看花。没有人惊讶。

因为有过在春天重生的经历，他对春天，或者对貌似"春天"的一切事物有了不切实际的期望，觉得自己每到春天就能焕然一新，只要一个春天，就能死而复生，涤尽满身烟尘，一个巨大的机遇，一个庞大的事件，一首爆红的歌，一场赌博，一次投机，都有可能是这个春天，就连那些形形色色的骰子，都有一种春天旷远的味道。

在火车站没有被抢，没有丢失身份证，办理暂住证也还顺利，住的地方虽然老旧，但却方便，隐隐能听见些市井之声。也在接应老师的引荐下，去音乐茶座试唱，他大约知道广州著名的音乐茶座，有东方宾馆、中国大酒店、红珊瑚、红玫瑰、紫罗兰这些，这间茶座不在最著名之列，装修也有些破败之相。茶座老板，是任何场合都一身西装、头发油光锃亮的中年人，在穿短裤T恤的广州人里有点格格不入，后来才知道是湖南人。

湖南老板，起初并没对他的表演发表任何意见，平时也很少出现在茶座，唱到第三天，秦芳明看见他坐在台下，似笑非笑，下了舞台，就过去跟他打招呼，他说："没有听见你说开场白呢。"他以为这"开场白"是唱歌前的开场词，就笑着说："今天已经说过了，你可能没听到。"一周后，湖南老板又来了，这次来得早，完整地看了他的演出，但打照面的时候照旧说："没有听见你的开场白呢。"

秦芳明骤然明白，这"开场白"可能是什么暗语，不知是什么见不得光的事，有点恼了。第二天就去别的音乐茶座试唱，好在，吞吐量巨大的广州码头，有的是地方容得下他，这一次，他小心留意了周围的环境，也请乐队师傅指给他看了老板本尊，是穿短裤T恤的本地人，于是唱下去了。广州老板，没有要他说"开场白"，他始终也没弄清楚，湖南老板的"开场白"到底是什么。

没有那么容易，但也没有那么难。在音乐茶座唱了三个月，乐队乐手拉他去北京录歌，火车来火车去，在棚里待了两天，在一张名为《悔恨千古》的"囚歌"专辑里，唱了两首歌。

　　那时候，迟志强的那张《悔恨的泪》已经火了快三年了，传说卖出去三千万张，跟风出的"囚歌"专辑，足足有两三百张。眼看风头过去了，新的风头还没有来，大家就继续试着做，等新的风头。这张《悔恨千古》，其实也不尽是"囚歌"，不过是挂个名头，收了十二首伤心情歌，请了两个大牌歌手，一男一女，唱了四五首，算是镇场子，其他的就交给不大出名的歌手唱，以便摊薄预算。

　　秦芳明唱了两首，一首崔健的《浪子归》，一首费玉清的《梦驼铃》。他署的还是"赵玉磊"的名字，其他歌手，也有用真名的，也有用化名的。两位大牌歌手，也说好用化名，"阿英""阿强"之类，等到上市了，标的却还是他们常用的名字，两位歌手打电话来，吵了半个小时，没有结果，也就罢了。

　　录音的时候，秦芳明对这两首歌算不算"囚歌"提出一点疑问，录音师有点不耐烦了："你就只当这两首歌，一个是劳改犯劳改了十年回来，不敢进家门；另一个是劳改犯在你们西北筛沙子，在沙丘上往家的方向看，看来看去看不见，就泪流满面。"这种解释木兔离奇，却让秦芳明想起电视台的那些编导、摄像、录音师，既不拿他当孩子，又拿他当孩子，时常给出这种离奇的气氛诱导。他能看穿他们的心思，却又愿意接受这种诱导——因为省事。他觉得自己随时能把自己扳回正道，随时可以深沉得起来。这种省事、敷衍、临时抱佛脚，都是有代价的，终有一天要显影。

想要录歌出专辑想了很久了，最后却是以这种方式实现，秦芳明还是有些不甘心。这种不甘心，刚好和听到自己的录音作品的喜悦对冲。总算有了新经验，总算有了两首歌握在手里，而且落脚不过三四个月，也算有个交代了。也是这次新经验，让他明确地感受到"南方"和"北方"在音乐上的分歧。所谓"囚歌"，其实都是俄罗斯民谣传统下的歌，是过去时代的遗风，只有北方人才唱得出来、做得出来，南方人之所以不做"囚歌"，恐怕是因为在下大雪的地方生活过的人，和没有见过雪的人，对这些歌的感受完全两样。从北京回来，他竟然有点想念北方了，不是北京那个北方，也不是家乡那个北方，而是所有的北方。

有了第一次，很快有了第二次，第二次也是去北京录，录的也是拼盘，专辑名叫《错！错！错！》，他唱了四首：一首崔健的《错》；一首《美丽的错》，甲丁作词的一首歌，电视剧《野草坡》的插曲；另一首苏芮的《你是唯一的错》；还有一首《错！错！错！》，其实是陆游的《钗头凤》，谱了曲，改头换面，加上感叹号，显得血泪淋漓。其余的几首歌，都有个"错"字在歌名里。也算是概念专辑了。

机会始终有，都是零零碎碎的，录各种拼盘，给公司写司歌，给各种协会社团写会歌，偶然去广州"四乡"（广州附近的城镇）演出，也给大牌代唱。他也想过找一份白天的正式工作，那时候大学生少，找工作不难，甚至不难混到编制，但他觉得自己的目标，并不是一个小学或者中学老师的职位。下南方的人，都是怀着一鸣惊人的愿望来的。更何况，整个南方，都在一种心醉神迷的气氛中，人均冒险家，人人跃跃欲试，规规矩矩上班，是要被人笑的。反而常有白领和学校老师，在茶座和歌厅兼职，总之，终归是要江湖再见的。

以前设想过的出头路数，被星探发现，唱片公司老板在音乐茶座听完歌，直接到后台来签约，都没有发生。参加唱歌比赛，也是一条路，唱歌比赛要多少有多少，"红棉杯"羊城新歌新风新人大奖赛、"省港杯"歌唱大赛、"穗台杯"青年歌手电视大赛，还有各种KTV歌手大赛，有的成了品牌，有的只办一届就销声匿迹。但他在北方电视台的经历，让他对这些比赛多少有点忌惮，类似一种创伤后遗症，总觉得那里面有无数说不清的关系，要相当的靠山才能打通关节。而他要的还是一个传奇，干净利落的传奇，歌唱比赛不在传奇之列。

最后靠的不是传奇，还是人情。合作的乐手，把他推荐给了唱片公司企划部的老师。他带着自己录的小样，直接去了唱片公司，还怕老师们不听小样，就直接弹着钢琴唱给他们听。不敢参加歌唱比赛，却敢直接到唱片公司去展示自己，甚至敢于面对一群陌生人，不知深浅地说出"我会看总谱"，他起初觉得自己是在自信和不自信之间摇摆，后来慢慢领悟到，自己的自信和不自信，是有选择的。

也还是没有那么畅快。断断续续商议、试唱、试录许多次，这期间，第一次见到SSL模拟录音台，第一次有人给配和声，第一次拍宣传照，第一次以"秘密新人"的身份接受采访，这样兜兜转转，直到一年后，才终于签约。也是这期间，公司还拿了几首他写的歌，去给别的歌手唱，不至于引来恶评，却也并没有大火，所以，他有点意外为什么会签他，他们也非常坦白地告诉他：在那漫长的考核期的后半段，正好艾敬和陈劲出了专辑，他们也想做一个城市民谣风格的歌手，他写的歌，曲风和他们比较接近。他心想，曲风接近，或许因为，他们都是北方人，都是在下大雪的地方长大。

后来并没有按照城市民谣的路数来做，还是做成流行乐。专辑名叫《我怎么让你知道我心底的真》，六首他自己写的歌，四首选来的歌，其中两首是编曲老师的作品，又放了一首主打歌伴奏曲，一共十一首。专辑出来，三首主打陆续上了"广东新歌榜""岭南新歌榜""广州新音乐排行榜"。上了榜，公司才肯给一首歌拍MTV。

他看出公司不是很有把握，没有进一步追加宣传费用的意思，自己跑了附近几个省的电台，自己到电视台要采访。南方的电台电视台，作风和北方略有差异，但也大致相仿，终归没有难住他。他手边随时带着一个小笔记本，列着工作计划，写写画画，打过交道的人都说："不像歌手，倒像个白领。"

　　终于到了四处都能听到主打歌的时候，五万张十万张，销量慢慢升上去，企划部的老师为他庆功，吃了饭，喝了酒，从KTV出来，已经是深夜，在街边站定，却看见街边一道栅栏后面，一个老洋房的花园里，一棵从没见过的树，挑着一树巨大的红花，朵朵都有脸盆那么大，在夜色里，似乎每一朵花都龇牙咧嘴。他被这一树红花吓得酒也醒了，有一瞬间，他几乎觉得，自己是有了幻觉，定定神望过去，那一树巨大的红花，还是笃定地开在那里，像虚焦的镜头变清晰了，倒不那么狰狞了。他突然想起当年那位闯广州的同学说的话，终于相信了他描绘的广州，是真实存在的，自己一直没有遇到那个广州，或许只是侥幸，像游戏人物，开了另一条故事线，就避开了原有线路，生长出一个平行宇宙，但原先那个宇宙，始终是存在的。

　　第二天他特意路过那里，那树红花还在，被一点雨雾罩着，反而有点零零落落的意思，不像夜里那么凶悍。附近的音像店，正放着他的歌："请让我，试着相信，好像生存必定要靠近水源；请让我，慢慢靠近，不要因为我是与忧伤同来就拒绝我。"

　　春天是来了，但和他想象的春天有点两样，和他那年经历的春天也有点两样。他也不疲倦，也不惊喜，也并没有觉得自己焕然一新，他只是偶然觉得有点彩虹似的波光，像蜘蛛网似的从自己脸上拦过去，痒酥酥的，似有若无的，撩在身体深处某个器官上。也许是过敏呢？他想着。

"我有点感冒，嗓子痒痒的，怕影响明天演出，先回去休息了。"

坐在秦芳明旁边的歌手美树，站起来向大家告别，用眼神把全桌人扫过，像是在每个人脸上撩了一撩，是经常上舞台的人的习惯做法。她的助理闻声从旁边的包厢赶过来，两个人迅速向着门口移过去，都不见脚移动，像是会某种神奇的武功，小陆慌忙追到门口去，给他们调度车辆。

秦芳明瞬间有点恼怒，他已经把告别的话排演了许多遍，就是没有下决心说出来，毕竟，这都是家乡人，就是这一犹豫，被美树抢了先，一旦错过这个离席的时机，就不知道下一个气口在哪里了。

"我陪美树姐一起回吧，就不用再安排车了。"

说话的是桌子那头的演员张洁洁，她趁着这个松动的气口站了起来，旁边包厢又跑出来她的助理，两个人又是一阵移形换影大法。秦芳明知道自己更加走不了了，这种酒桌上的气氛像一间玻璃房子，人越少，剩下的人越有义务撑着那间看不见的房子。

一会儿工夫，楼下一阵说话声、车声，车灯打在窗户玻璃上，随后又是一阵寂静，包厢里的人，都没来由地觉出一种荒寒。马上有人举起杯来，没头没脑地说："咱们预祝电影节圆满成功，开幕式演出圆满成功。我们这种二线城市的电影节，跟一线电影节不能比，又因为疫情，从夏天推迟到冬天，九九八十一难，还能请到各位老师，那可是太荣幸了，我们电影节全靠各位老师给撑着了。也请不到什么好片子，这两年也没人拍片子了，至少咱的开幕式嘉宾都是大咖。"

旁边包厢里，又跑出一个人来，以为又是谁的助理，定睛一看，却是河澜，在动车上，他穿的是长羽绒服，这会脱了羽绒服，一身说唱歌手装扮，宽卫衣，肥裤子，脖子上圈着一个金色的耳机，有种现了原形的意思。河澜边走，边大大咧咧地喊着："都走了吗？后面不是还有烤全羊？"

负责陪客的几位官员，一阵哈哈，招呼河澜坐下，一位略微年长的官员，周围人都喊周部长的，用了一种长辈的语气，对河澜说："委屈小河了，坐小包厢，啊，不过你也别在意，这桌子都是前辈，你们年轻人坐在一起，也有共同语言。"

秦芳明不大喜欢河澜的歌，但又觉得，他有几首歌，用中国神话作为说唱的材料，加入佛乐和圣咏元素，倒是很有想法，内容也跟得上形式，有些歌词非常出挑，跟别的歌手一味重复"整条街我最狂我最大"比起来，的确高出一筹。秦芳明能看出来的，别人也能看出来，所以，前几年说唱红极一时的时候，河澜顺利借着说唱综艺出道，三个月时间，抖音粉丝涨到三百万。就在那当口，有人发微博爆料说，他恋爱期间出轨，还配了几段他在酒吧里和别人暧昧嬉戏的视频。他虽然发了个声明，说那是他们恋爱之前的视频，并不是发生在恋爱期间，"那时候年轻心不定，不知轻重"，但没能抢得先声，就败下阵来。足足有一年没声没息，看着风声略微过去了点，才又活络起来，说唱却凉了。他立刻改了曲风，抱上传统文化的大腿，走古风电子路线，半红不黑地扑腾着。却又碰上这波新冠流行，演出稀少，演出报价折了一半不止。

这边的电影节之所以肯邀请他，大概是想取悦年轻观众，不能不点缀一点年轻人喜欢的玩意，加上地处偏远，不在旋涡中心，好也罢坏也罢，请来演出的人有道德瑕疵也罢，没有恶炒的价值，掀不起什么水花，反而有了一种没着落的宽容。但轻蔑还是照旧轻蔑的，既瞧不起他的音乐风格，也瞧不起他靠山不够硬，就安排他和助理坐一桌，还要大张旗鼓地点出来。老家官员的这种做派，秦芳明非常熟悉了。但好像，所有地方有点权力的人，也都大致如此，不过发生在老家人身上，秦芳明就格外能觉得。

河澜倒是真不在意，一种北京长大的孩子的不在意，这种不在意，秦芳明倒是欣赏的 —— 因为他没有。正准备招手让河澜坐过来，他已经大大咧咧搬开椅子，坐到秦芳明旁边来，双手往两腿之间的椅面上一拄，开始倾吐衷肠了："秦叔叔，起初看到演出名单上有您，我就特别想来，您知道我爸爸跟您是一拨的，他老跟我说起您，等您得空，跟我讲讲你们那会的事，我爸爸不爱讲，我就是想听。"

这种酒后衷肠是例行节目，但河澜提到了过去的事，秦芳明就觉得还是有点别致的，于是笑说："你爸爸也没少跟你说以前的事吧，你上《说唱青春》的时候，不是讲过你爸爸的事吗？不是还改了你爸爸的一首歌吗？"

河澜一笑："您也看了？还不都是节目组安排的，说我最大的炒作点就是我爸爸，改一首我爸的歌，能争取评委，增加记忆点，他们也好写稿子。我那不是刚上道吗？得交点东西表表忠心不是，连夜改了一首，说不行，不能是不出名的歌，就得是当年烂大街的，听吐了的，别高估观众的记性，更别高估观众的品位，你不能比观众高太多，就只能高一寸。就又改了一首，那首把我改的哟，那么酸的歌让我怎么改，我爸他自己都不爱听那首，也得改，还成了，他们评估观众还是有一套的。您看我那么改成吗？九十年代的歌，其实一点都不落伍，就看你怎么用。您那首《写给雷米杨的情歌》不就是？那时候国内还没人那么写歌唱歌吧？我第一次听那首歌，跟听外国歌似的，心想，这也太先进了，太前卫了，太牛了。所以您多给我讲讲你们那时候的事——对了，我这一口一个你们那时候，您不生气吧？"

秦芳明没回答生气不生气，只说："那时候也不是没人那么写歌唱歌，《女孩与四重奏》不就是？《寂寞让我如此美丽》也有点，张浅潜、舌头乐队、左小祖咒，不都是那时候的？还有何静、杨炀、希莉娜依、曹崴，不知你听过没有。要是那个时代再坚持些日子，听歌的人就培养出来了，就敢放开手脚了。可惜了，网络歌一出来，彩铃一出来，就都又回去了。不过，你听了以前的事又怎样，要帮你爸爸写回忆录吗？我们都还没到写回忆录的年纪吧？"

河澜说："还真是因为我爸爸，看他成天失魂落魄的，好像经过那事儿，不能唱歌了，就等于是死了，所以我就想，把他经过的那时候拼出来。这以后，我遇到当年认识他的人，都多问着点，恨他的、喜欢他的我都问，这么多年了，恨的也恨不起来了，爱的也没多爱了，都是客观评价。"

"拼出来又能怎样？"

"拼出来 …… 也不能怎么样。就好像 ……"

"就好像？"

"就好像，他过去的生活有个鬼屋，我想看看鬼屋里到底有什么。"

"你 …… 还不知道鬼屋是什么样的吗？"秦芳明本来想说的是，你这几年的经历，不就等于进了鬼屋吗，幽灵总要以同样的方式敲两次门，敲过上一代人，也不会饶过下一代人，依然是同样的时机，同样的地点。又硬生生咽了回去。

"我这 …… 啊这还不能算，我想看看什么事情能让人心灰意懒成这样，我还没有心灰意懒。"

正说着，桌上有人说："又下雪了。"

一桌人都向窗外望过去，果然下着雪。窗外有一盏路灯，带灯罩，光线沿着灯罩，在窗玻璃上画出一条对角线，半明半暗的两个长三角形，暗处的雪隐没在黑暗里，明处的雪在光线里翻滚，像是从那条对角线上播撒出来的。

"一下雪，就感觉快过年了，这一年太快了。"桌子那头有人说。

河澜嘴里随即噼里啪啦地，模仿起鞭炮声来，说唱歌手的基本功。

秦芳明心想，有一种鬼，是鞭炮声也赶不走的鬼。

秦芳明认识河澜的父亲何林杰，是在他的音乐茶座时代，两人都在音乐茶座跑场子，常常打照面。

那时候，都已经看过几本《香港周刊》了，知道这叫"识于微时"，但这通常是要在发达了以后说出来的，那时候还不知道这算不算，只当是种寄托，以为将来有一天，能坦然说出"识于微时"来。

都是北方人，都是科班出身，声音相似，形象相似，歌路相似，甚至连性格也像，只不过，秦芳明圆熟些，何林杰有棱角些。比如说场面话这方面。有些场子有主持人，有些地方没有，即便有主持人的场子，歌手一旦登了场，也要说几句吉利话，给歌与歌之间做个连缀，秦芳明十分厌恶说这些串话，但也悉心学习，把常用的句子记了些，应对自如，甚至渐渐能和主持人打情骂俏，说几句脱口秀。

何林杰就不，冷着脸上台，冷着脸下台，唱完就走。意外的是，竟然也成了风格，时常有人夸他"够酷"。秦芳明就有点后悔了，原来这样也可以。但取悦别人这件事，只要有了第一次，就要有第一百次，上台戴的第一个面具，就是下台前的所有面具，万万没有中途变脸一说。秦芳明只好一直笑下去说下去了。

但他们之间最相似的地方，只有秦芳明才能看出来，他们都是身在曹营心在汉，是永远的异乡人。何林杰的音乐启蒙，是大厂俱乐部吉他队，他对音乐的爱慕，是和大厂青年的友情搅拌在一起的，他不是一个人在唱歌，他从一开始就随身带着那些大厂青年的眼光、评判，还有大厂青年惯有的笑骂、真心假意的嘲讽以及醉酒的夜晚，他身边有个随用随取的后援组织，他必然接受不了南方的听众评估方式，他迟早要用北方的方式来唱歌。

秦芳明没有这种后援组织，自从十几岁战战兢兢地投身名利场，他就是独狼，没有人扳正他，他就渐渐接受了自己必将取悦别人的暗示。但他和何林杰的相似之处在于，都是唱了流行想做摇滚，唱了摇滚想做民谣，在这处想着那处，吃了五谷想六谷，这种永远异乡人的妄念，始终没有被他消灭掉。他有点担心，担心的不是何林杰比自己更快成名，而是担心他过早发现自己在这个世界上是有后援的，更快出营而去，更早拥有唱歌的自由。

秦芳明之前从没觉得这个问题如此迫切，直到何林杰出现在他面前，并且展示出和他的相似之处。他只能继续期望，期望自己一旦遇到大学时代的那种春天，那种焕然一新的机遇，涤荡身心的时刻，也能有棱角起来，成为一群更广大的人中的一个，甚至可以成为世界上的所有人。

他们后来都签了唱片公司，秦芳明签在梦时代影音，何林杰签在金经典唱片，也都改了名字，那时候的艺名，都要像普通人会用的名字，略微出挑一点、艳一点就好，也不能出挑太多、艳太多，何林杰却改了个名字叫"何赫克"，完全不是歌手艺名的作风，秦芳明后来才知道，何林杰是在向古希腊神话里的英雄赫克托耳致敬 —— 可惜是个悲剧英雄。

秦芳明出了第二张专辑的时候，何林杰才出了第一张专辑。金经典唱片下了血本，给拍了六首MTV，虽然其中两首，是用另外几首MTV的多余素材剪出来的，到底也算是用了心思。秦芳明的第二张专辑，只拍了两首MTV，尽管这张专辑里，一口气出来五首有传唱度的歌。他就只能看着自己的歌，被专做卡拉OK大碟的公司，配了泳装女郎的画面。

但是，那些泳装女郎，还是惊到了他，也都是从广东这地界上搜罗来的少女，可能是广东人、湖南人，可能是北方人，个个来历不明，个个无名，却又个个美貌惊人，皓齿明眸、气息爽朗，比公司MTV里所有的女演员都美都妩媚，那种妩媚，得是相当充沛的自信才能撑得起来的。谁生的她们，她们怎么长大的，她们的妩媚平时都用在何处，她们应该也有春天吧。那种从里到外，把所有细胞都换掉的春天，出租屋也摧毁不了，五十、一百的劳务费也打不垮。她们在那种境况里，又是什么感触。

"春天"这件东西，成就了秦芳明一生的迷思，他不停地找东西来喂养这种迷思，有时候是靠重温，有时候是靠强行体味别人的感触。一旦读取成功，就能让他想象出一条青草长堤，落花的大道，水边孩子的吵闹声，所有这些都被朦胧的金光笼罩，一旦这些形象接踵而至，他就又能活了，又停止那种快速的腐朽了。亲临青草长堤，或者落花大道，都未必有这效果。必须是某个瞬间，某些元素耦合出来的这个假想中的季节，才有这种焕新机制。"春天"成了他的能量库，无法言说，也不能交付给别人。

何林杰也会有这种能量库吗？ 是什么形式，什么味道？他觉得何林杰像另一个自己，他必然也有这样的季节，可能他的春天是秋天，他的青草是沙砾，他的焕然一新得凭借某种腐朽的事物，他的养料是肥料，他的萤火是腐草，他的一切都可能是他的对立面，但他必然也有一个春天。

开幕演出是在大剧院，门口铺设了红毯，在白雪地里格外触目。秦芳明伸手按下车窗，往外看了一眼，没料到白雪竟这么晃眼，几乎睁不开眼，眼泪瞬间就出来了，就又把车窗调上去了。

小陆转过头来，对秦芳明说："您是想看雪啊，明天早上我们带您去，有一块地方特别好。待会儿啊，咱们就从这个位置出来，就是左边这个门，里边是贵宾厅，就是咱们等一下要去的地方，咱们就在贵宾厅化装。"如此这般交代了一番，又说，"这您都熟，我就是给您提醒一下，到时候我就不带您了，有专门的工作人员来找您。天气有点冷，您就辛苦一下，好在是下午，今天也没风。"

的确都熟悉。贵宾厅装修豪华，化妆间同时也是休息室，门口贴了打印的标签，写着演员的名字，大牌一人一间，其余的两三人一间，休息室里，沙发和按摩椅之外，镜子、台子乃至衣服架子一应俱全，显然不是临时改的，应该是经常做演出。这倒让秦芳明有点意外，十年前回乡演出，还在老剧院里，十几个人用一个化妆间，门一开，厕所味马上进来了。

化妆师拎着化妆箱进来，含笑打过招呼，说了些仰慕的话，又拿出几张 CD 请他签名。都是规定动作，秦芳明也一一配合，相应做出惊喜、不能置信、欣然应允等等表情。问过化妆师是哪里人，中午吃饭了没有，没有吃饭的话助理小高那里有零食，并且提前主动提出："等会弄完了我们合个影。"

助理小高则窜进窜出，四下打探情况，一会又跑进来了，对秦芳明说："颜雨宁正在化妆室咆哮呢，楼道里都听得到。"秦芳明不想在化妆师面前显得八卦，但还是忍不住问了一句："为什么？"小高赶忙从头到尾交代一遍："说是中午接受了一个采访，采访的记者是省电台的，结果采访完了，记者说自己还有个视频自媒体，有二十万粉丝，采访的画面和声音，公家要用，她自己的自媒体也会用，还要颜雨宁给录两个 ID。"秦芳明问："那他给录了没有？"小高说：

"当时给录了，完了越想越生气，就说自己是被迫的。"秦芳明笑了："能强迫他什么呢？这个年头了，都是末路狂花了，还在乎这个。楼道里的咆哮声要是给录了视频，那画面感可不得跟《闪灵》一样，又招得全网批斗。"

秦芳明梗着脖子，被化妆师摆布着，没有听见那咆哮声，却像是已经听到了。这三十年，密布着歇斯底里的号叫、卡通巨兽一样的咆哮，还有各种各样老鸨子似的阴笑。他突然想起什么地方，有类似的场景，而且是新近发生的，努力想了一会才想起来，是那封信里的一段：

前几天读到弗吉尼亚·伍尔夫的《普通读者》里，写斯威夫特和斯苔拉的那篇，斯苔拉死了，又过了很多年，斯威夫特老了，精神也不好，有时候会狂怒，然后又沉默下来。有一天，有人听到他在喃喃自语，"我就是我"。看到这段，不知怎么就流泪了。想象着他坐在黑暗里，沉浸在自己的世界中，对着打扰他的人吼叫，然后又喃喃自语。有时候想起你，就会把你套到斯威夫特身上。我想到的你，都不是舞台上的你，而是舞台后的你，一个人坐在化妆室里，不想开灯，就想一个人坐一会。有人推开门，打开灯，你就怒吼了，"你他妈的把门关上"。不知道这样假想好不好，但在我的假想中，你就是这样一个人，从我们的生活里失踪的一个人，亦真亦幻。虽然你一直在，虽然大街小巷都有你的歌。

他是从什么时候开始失踪的呢？ 大概是从换了唱片公司开始。

三年合同期满，秦芳明没有和梦时代影音续约，转签了华妙唱片，老板是香港人，秦芳明是华妙唱片在内地签的第二个歌手。签约两个月，事先说好的唱片计划并没有开始，只是吃吃喝喝，四下兜风。突然有一天，老板打了电话，要他去他的 —— 花园，他们都这么称呼他的别墅，老板的语气轻描淡写，似乎什么事也没有。那时候才是下午四点，夏天的下午四点，天还是亮的，蓝到无辜，似乎不会给任何坏事做背景。他却隐隐约约觉得，刚到广州时，没有给音乐茶座的老板说的"开场白"，可能要补上了。

华妙和梦时代，完全两样。梦时代号称商业唱片公司，底子还是国有的音像出版社，国企做派，加上一点出版社的气质，部门设置也和图书出版社相仿，主编、副主编、发行部、资料室，互相之间的称呼也是老师。社长一年到头难得见到几次，平时来往稍多的，多半是企划和制作部门。只不过出出进进的人时髦些，但那时候的时髦，其实也很有限。

最出格的一次，也不过是，上海的大音像商过生日，提前给社长打电话，点名让梦时代的几个歌手去"拉一拉气氛"，大约相当于唱堂会了。社长是国营单位的老好人，曾在电影里演过海岛小民兵，念过大学，从编辑一步步走上去的，宁肯自己去烘托气氛，万万不肯让歌手去跑这个场子，"要是正常演出，连夜坐卡车也得去，这种场合，这一去成什么了？"那边的音像商半开玩笑丢下一句话："我都把话说出去了，要是不来，咱们以后就不做这个朋友了。"秦芳明听说了，主动要求去唱这场。跟着社长去了，唱了，收了红包，一行人被盛情招待着，又去杭州玩了几天，毫发无损地回来了，说起当初的如临大敌，都有点不好意思。

华妙公司，不像公司，倒像个……家族。秦芳明第一次看到老板许嘉伟，以为是钱小豪，仔细再看，又比钱小豪粗糙很多，脸色也晦暗些，能看得出一点江湖痕迹，做派也是江湖人做派，和员工打得火热，吃饭喝酒，都要员工陪着，"大哥""老板"乱叫。歌手不但要签唱片约，还要签经纪约，影视演出全部签掉。歌手录歌，煲了汤让人送到录音室。

许老板在僻静的位置买了大屋，又在公司附近的大厦上置办了一层楼，也不像住处，也不像办公室，时常喊员工去喝酒唱歌。除非他喝醉了，否则谁都不能走，然而他始终不醉。

许老板的别墅，秦芳明去过两次，地方宽敞，却疏于打理，说是"花园"，其实只种了红白粉紫几种颜色的九重葛，又点缀了几棵矮紫薇和鸡蛋花，地上铺了些百日草和蝴蝶兰，都是广东最常见的花草。花树之间的杂草，也没有清理，由着它们生长。这些杂树乱草开花的时候，也异常热闹，但终归像荒野里的花木，有点趣味，也是野趣。

到了别墅，来开门的是个小伙子，秦芳明从没见过的一个人，大概是新换的，也不问秦芳明是谁，默不作声开了门，让秦芳明进来，又锁了门，不知道是什么门锁，"咣"的一声，像是古庙里的声音。

许老板在客厅里，站在落地窗前，不说话，背着光，看不清楚表情，沙发上坐着一个女郎，倒是在亮处，只穿了一条牛仔裤，上半身什么都没有，就那么静静坐着，看到有人来，整个身子弹了一下，扭头看向老板，露出一个询问的表情。许老板走了过来，穿着一件睡袍，睡袍带子在身侧垂着，睡袍里面什么也没穿。女郎走过来，在他面前站住，垂着头，用蓬松的头发顶在他的下巴上，一只手轻轻搭在他的腰上，他的呼吸全打在那些深褐色的鬈发上，呼呼的，鬈发顿时又热又湿，他感觉到了这点，就迅速屏住呼吸。一切都是不对劲的，都和想的不一样，静穆黯败，却又荒淫无耻，毫无兴致勃勃之感，却又剑拔弩张。他清楚地听到自己的脑子里，清脆的一声"啵"，像开了一瓶酒。

那天他离开的时候，已经是深夜了，没有人送他，那个小伙子又幽幽地走出来，替他开了门，他打开自己的车门，坐到座位上，拉上车门，一下没关住，又拉了一把才关住了，打开车内灯，静静坐了一会，他才听到车外的虫鸣。低头看见自己的膝盖，几排密密的血点子，已经有点发紫了，大概是跪在波斯地毯上的时候压出来的。

黄白线在车灯里交替着，路面在车灯里，是　种颗粒度很粗糙的青灰色，像是用最廉价的 DV 拍出来的画面。然而他的注意力全不在路上，交替的黄白线，反而倒带一样，让他把刚刚经历的事回放了出来，他慢慢觉得不对劲，觉得恶心。

他没有那么天真，到广州也六年多了，也有放纵，有将计就计，但当天经历的一切，还是让他觉得不对劲，整个场景里，不对劲的不只有那种混乱，还有一些细节，从混乱与混沌之中浮现了出来，像从沼泽泥潭里伸出来的惨白的手臂，挣扎着，也召唤着。他渐渐醒悟，他以为那是一场三人游戏，其实许老板是通过那位女郎，对他实行了侵袭与把玩，尽管许老板碰都没有碰他，女郎只是工具，是桥梁、中介或者导体。

但许老板要的就是这种关系吧。性对他们来说不是必需，但又是必需的流程，是控制，但也是结盟，最原始的结盟。光有合约还不行，还得有这层结盟关系。

当天晚上，他反而睡得异常深沉，似乎自己终于背叛了自己，终于不只是和世界的表皮维持一种体面又虚假的关系了，而是刺破了表皮，向着表皮之下的黏液伸出了根须。在模模糊糊进入睡眠的一瞬间，他还在想，他们香港人，会不会录像呢？

"还有多远？"

"平时也就二十分钟，今天得四十分钟吧。"

河澜问过司机，就安心往后一靠："今天这场子还可以，条件比我想的要好，您知道吗，我这人虽然干着这行，但不知道怎么的，老有些古怪的想法，站在台上，就希望哪里出点事，跳舞的裙子给扯了，大灯爆了，舞台塌了，我自己唰一下掉下去，观众哄堂大笑，又害怕又希望，是不是有点变态。"

秦芳明："我也想说这场子还可以，你把我的话说了。"

河澜笑了："那您当我没说。我小时候，我爸爸经常就说，我老是抢别人话，天生的话痨，话痨怎么唱歌呢，还好有种唱歌方式特别适合我，叫说唱，配乐话痨。"沉默了一会，又对秦芳明说，"您知道我爸爸为什么不唱了吗？"

秦芳明是知道的，但他一直回避着，不肯知道更多更细，听了河澜这么一说，知道回避不了，就淡淡问了一句："不是受了伤？"

河澜说："受伤是受伤，但受的伤可太不一般了。"

秦芳明："嗯？"

河澜低着头，两只手的几个手指对来对去，像在打架，然后把手一撒，说："那天晚上是有演出的，演出完了，回酒店路上，他中途下了车，找地方去喝酒，你跟他认识，知道他是有这个习惯的，甭管在外地在家门口，演出完了，铁定找个地方喝一杯，还得是有演出的地方，有时候还上台去跟乐队一起演一段，都是看外国摇滚乐队传记学的，以为这就特别率性。正走着，就遇上歹徒了，五个人。但是那天遇上的歹徒，也没抢手机，也没抢钱，什么都没抢。几个人上来把他架住，先把他的卫衣帽子一掀，把他的头往路灯方向一扭，看了看他的脸，像是在认人，这当口，他也看清楚对方了，不认识，他就来劲了，上半身被架着，就跳着脚说：'嘿哥们，认错了吧？'那几个人不说话，从头到尾都没说话，然后其中一个手往上一抽，朝着他胸口来了三刀，不是左胸，不是心脏那边，是右胸，还有一刀是在肚子上，都不在要害上，所以还是他自己去的医院。但是后来就没法唱歌了。他说，这肯定是同行找的人，问他可能是谁找的，他说不知道，他说谁都有可能。哦，对了，他说，那五个人里，还有人用了香水，一九九八年！拦路行凶的人用香水！"

秦芳明始终没说话，到了这里，接了一句："光知道是受了伤，不知道细节。"

河澜说："他们公司不让说，连受伤都不让说，不让给媒体报，也不给周围人说，住医院的钱都是公司出的，五个同事轮换着照顾了一个月，但就是不让说，那时候你知道的，出了这种事是说不清的，受伤了？嘿，怎么受的伤？情杀？仇杀？毒贩子？欠债不还？什么都给你安上。开始瞒了一段，结果没瞒住，说实话，开始不瞒就好了，这么一瞒，更说不清。消息一出去，果不其然，各种版本都出来了，最离奇的一个版本，谁都想不到，说他傍富婆，又跟富婆的女儿好上了，富婆女儿的男朋友气不过，找人来给他点教训。他这才知道厉害。在这个圈子里混，连一个趔趄都不能打，第一次伤害，痛吧？苦吧？哭不出来吧？还有二次伤害，三次伤害，比第一次挨刀还可怕，你有半步走不稳当，旁边盯着的，一个个跟秃鹫一样，立马就上来了。"

秦芳明说："当时的确传得沸沸扬扬，搁谁都受不了。"

河澜说："我爸这人你知道，挺混不吝的一个人，东北厂子里长大的，你也知道，出门背个绿书包，搁块砖，揣根钢管，书包就在脖子上挂着，脖子垂着，背弯着，书包手里捧着，一不对就马上抽出家伙来，他跟我说过，那时候满街都是挂绿书包的小伙子。得亏跟着厂子里的俱乐部玩，学了吉他，后来搞摇滚乐队，凭着弹吉他上了大学，不然早就进局子了。他后来算过，他们当初一起混的人，只有一个，进去得早，出来得早，反而保全了，现在人还在，别的都不在了。这样长大的一个人，受了这个伤之后，人全变了，成天担心这担心那，有时候还哭，让人特别难受。"

秦芳明略微有点诧异，他们这个年代的人，怎么会知道这些，于是跟了一句："你爸跟你说得还挺详细。"

河澜："他不给我说给谁说呢？唱不了歌，幸亏有点钱，早早在北京买了房子，伤好了以后，就在商场楼上找了块地，后半辈子就干上吉他培训了，后来又拉了几个哥们，加上二胡培训、架子鼓培训，就敢叫音乐学校，开始没人去，就让我拉着同学去，当种子，现在的话就是托儿。慢慢、慢慢到现在。"

秦芳明："你也别到处说，别直播的时候播着播着说出来了。"

河澜："现在还是不能说，平台上说这些事？马上给你咔嚓了，血腥暴力都不能说。上了综艺更加不能说，比以前还不能说。刚出事的时候，还能现场还原，现在人们看到的就是瞎编的版本，毕竟都觉得经过时间考验了不是，人们更愿意当真了，这说明什么，说明人们爱信这个。人们爱信什么，什么就是真的。我在综艺上提起我爸来，怎么说的？"河澜换个坐姿，端着一点，用了一种刻意娘娘腔的声音说，"我父亲热爱音乐，但因为身体原因，不能继续他的音乐理想，我想替他完成梦想。"

秦芳明笑了："就算一直唱下去，也干不了啥了，那一年是几几年？（一九）九八年，没过两年，都上网听歌了，谁都不买磁带 CD 了，到了二〇〇三年，MP3 播放器一降价，降到几百块钱，彻底没戏了。就各自扑腾吧。你爸要是没受伤，后来还是得心灰意懒去教吉他。我都开了三年唱歌工作室，唱歌结合心理疏导，哈哈哈，心理疏导！光唱歌根本没人来，还得心理疏导。来学习的哪里知道，全场最有病的就是台上这人，我！"

河澜："您尽瞎说，您还犯得着赚这个钱？您就是闲不住。您知道我为啥跟您说这些？一来，您跟我爸认识；二来，您太像我爸了，方方面面都像，就是比我爸混得好。"

秦芳明："也就那样吧，也没好到哪里去。好年月赚的钱，是留不下来的，都以为将来还能赚这么多，就使劲造。到头来一看，还是两手空空。"

秦芳明其实不能确定河澜为什么要跟他说这些，有点猜不透，河澜是知道，还是不知道。他觉得自己像个凶手，虽然知道所有人都被美剧普及了凶手会重返现场这个常识，轮到自己成了凶手，还是忍不住要到杀人现场去看一看，至少要在门口张望一下。在犯罪现场的逡巡，三十岁的时候是风险，五十岁的时候是生趣。

正说着，司机提醒说："快到酒店了。"

河澜快速地对秦芳明说："明天早上，咱们早点起来看雪去。"

秦芳明："小陆说了要带我们去。"

河澜："估计他们也就是那么一说，刚才我听见他吩咐事呢，说我们今天演出太辛苦，让酒店给单独备早饭，十点半再喊我们下去吃饭，吃早饭。"

第二天一早，天还没亮，河澜就发微信喊秦芳明去看雪，说他在小红书上找到一个地方，非常空旷，能看到日出。秦芳明犹豫了一下，还是答应了，不是怕影响河澜的兴致，而是想知道，河澜到底是知道还是不知道，为什么单单要两个人出去，是想给他三刀呢，还是要把他推到河里，还是要在荒天野地里说出真相，然后把他丢在雪地里扬长而去。他竟有一种以身试险的期待。

在餐厅吃饭，下楼，河澜叫的车在门口，和昨天送他们的车一模一样的一辆七座。上车，出城，不多时就到了城外，远远看见一片雪野，一片淳厚的白，一大片白色中，有一片白杨树林，一条河，河边树上拴着一条小船，大概是夏天时候给人拍照用的。天已经有点亮了，太阳还没出来，四下里各种蓝：灰白蓝，淡蓝，深蓝，墨蓝。

河澜下了车，又回头扶了秦芳明一把，下了路基，到了雪地里，深一脚浅一脚往前走，秦芳明跟在他身后，越发觉得一场审判就在前面。有点怜惜那片白雪，想着少踩坏一点是一点，就踩着河澜的脚印往前走。

到了雪野中间，河澜站定了，望了一会，深呼一口气，转头对秦芳明说："来，要拍照不，我帮您拍照。"

那天晚上的事不是偶然，那天晚上的事，是许许多多个夜晚堆积出来的。

许老板扳着指头算过。何林杰抢了原本属于秦芳明的《明亮明亮的眼睛》去唱，拿到当年全部重要音乐奖的男歌手奖。抢一次不算，半年后又抢了一首《你是我的春日迟迟》。还抢了秦芳明的电视剧角色，《北方记忆》里的张小林。

最重要的是，各处的演出，一旦请了何林杰，就不请秦芳明，演出公司的江老板说过："两个人处处都像，两个都请，不如请一个，多唱两首就是。"又听到一段谣言，说秦芳明十五岁就出来跑场子，学历都是假的，是女客人帮着买的。不知是谁造的谣，可能是何林杰的公司放出来的，终归也算在何林杰身上。

许老板这才发现，他高估了自己，也误解了内地的唱片业。他本以为，内地娱乐业也和香港一样，一通百通，唱出来，就可以接广告、演电影，唱歌在前，宝山在后。做了几年才发现，内地唱歌是唱歌，演电影是演电影，没有那两间大学的背景，连电影圈子的一个口子都豁不开。总算商讨到一个角色，又被何林杰夺走，不由把所有失意都算在何林杰头上。

那两天，许老板的屋子里，突然热闹起来，人来人往的。到了晚上，闲杂人等都打发走了，许老板把他按在沙发上，拍拍他的膝盖，对他说："坐。"然后坐在对面沙发上，打出去一个电话，说的是广东话，但秦芳明全都听得懂："唔使咁多人嘅，两三个就够啦，又唔系李小龙，单嘢搞掂就由深圳返香港，过咗关咪万事大吉咯。"

放下电话，用手扶着额头，眼睛却在打量秦芳明，然后幽幽地开口了："最紧要还是你开心，你要是不开心，我再拨一个电话，他们掉头就上楼。"

仿佛一道空气墙在两个人中间，旁边大厦上的霓虹灯，一下红，一下绿，一下紫，一下黄，颜色轮番打到许老板脸上。远远传来一声汽车的鸣叫，紧接着又是一声海上的汽笛。

秦芳明数着霓虹灯的颜色，红，绿，紫，黄。又数了一遍，红，绿，紫，黄，开了口："大家都要开心才好。"

许老板起身，过来拍拍秦芳明的肩膀："兄弟同心啦。"

三十多年了，我们变化都很大，我经常有种感觉，觉得自己变成了另一个人，和那时候的我完全不一样的一个人，活了五十年，活出几生几世的感觉了。但有些事没有变，有些感觉也还是没有变，就是这些没有变的东西，让我还能爱惜自己。我想你也是这样吧。

看完了信我在黑暗中沉默了很久，我像个坏脾气的孩子不许别人打开灯啊，下一分钟又要登场就像无事发生过，轻轻地唱出的也许就是，写给你的情歌。

这些年你回过家吗？听说你把父母都接走了，那是不是再也不会回来了？

明亮明亮的眼睛，好像是星星，／明亮明亮的忧伤，穿透我心灵，／牵着回忆的是你的身影。

华妙唱片向地震灾民捐款 300 万。

1 月 3 日，凤飞飞在香港去世。一个时代结束了。

初升的红日，像是刚刚生出来的，湿润，憨厚，纯真，没有一点杂质，雪地上的幽蓝一点点退却。一层贴地的风吹过来，脚踝有点凉意。秦芳明弯下腰，把袜子往上拉了拉。

河澜脸上有个欣然的表情，"太阳出来了"，仿佛太阳起落需要他的解说。然而秦芳明并不觉得河澜制造的各种语声是多余的，可能正因为有他们在一边观照，说些废话，太阳才是人世间的太阳。

秦芳明说："你不想写首歌吗？"

河澜："写啥啊，看看就好了。"

想象中的一切都没有发生。秦芳明终于确定，河澜不知道，由此也可以推导，何林杰也不知道，甚至可能完全没有想到。知道不知道，又能怎样，死的人死了，失踪的人没有音讯，疲惫的人了无生趣。这个世界正在一点一点，变成一个无我世界。消融，消失，分崩离析，什么都没有，什么都剩不下。

红日的纯真状态，只有十分钟。十分钟过去，它的上半部分就变成了淡淡的金黄，一弯红色沉淀在底部。风停了，不那么冷了，一点倦意涌上额头。秦芳明产生一种奇怪的感觉，似乎自己消失了，不存在了，自己看到的风景，是另一片风景看到的。

河澜慢慢坐下去，然后躺在雪地上，双手摊开。秦芳明也跟着他坐下去，一旦坐下，就仿佛在雪里扎了根，可以感觉到雪的暖意，他把手按在雪地上，印出一个深深的手印，然后对河澜说："你知道吗？我跟你爸爸聊过一次，聊挺深，但就那么一次。"

秦芳明和何林杰有过一次深谈，是关于失踪者。

那是在一九九六年的"南方风云榜"颁奖结束后，秦芳明凭了第三张专辑《我是真的相信人世间》拿到男歌手奖。这张专辑之所以用了这样一个名字，多半因为他第一张专辑里有个"真"字，卖得好，拿了奖。他们略微有点迷信，又觉得"真"字可以当作形象点，他的头三张专辑，收了五六首带"真"字的歌，专辑名字，也务必有个"真"字，宣传文案，一波比一波热烈，"世间最真挚的声音"，"明月遇见清风，真挚的他刚好遇见你"，"我为你生，我为你真"。

何林杰获得提名，没有拿到奖。那两天时间里，两个人在台上台下打过许多次照面。颁奖结束，何林杰奖项落空，一起退场的时候，对秦芳明说："完了一起出去喝一杯？"

照例有庆功宴，还要一起唱卡拉OK，但秦芳明竟有些盼望这"喝一杯"。庆功宴结束，就随意给了个理由，出了门，让服务生喊出另一个包厢里的何林杰，一起找了间有演出的酒吧，坐定之后，何林杰拿出电话来，指指关机键，秦芳明立刻会意，关了电话。何林杰说了几句话，又叫服务生来低语几句，上台去唱了几首歌，又把秦芳明也推上台去唱了几首。秦芳明下了舞台，正有几个人围着何林杰签名，何林杰又拉他过去签名。

这突如其来的友谊，这随性出游，兴许可以成为一段佳话，秦芳明甚至已经想到了娱乐记者会怎么写这段交往。

"过几天我想回趟家。"何林杰说得平淡，但秦芳明却觉得一种亲密感在酝酿。

"回去看家人？"

"不，回家去找一个失踪的人。我有个邻居哥哥，比我大十岁，中专毕业就在厂子里上班，人很帅，对我们都很好。上了几年班，有一天留了一张纸条，离家出走了。他说他要走遍中国，走遍大地，走遍整个星球，让家里人不要找他。再也没回来，也再没消息。十年前的事了。我想回去找找线索，看看能不能找到他。"

"能找到吗？"

"可能找不到。他走了之后没多久，城边的垃圾堆里发现一具尸体，像是男的，烧得焦黑，都怀疑是他，也不确定是不是他，案子到现在没破。但是我觉得不是他，这十年时间，不管找做什么，都会想起他来，好像能看到他在公路上走，在小镇子上走，在沙漠里走，在废墟里走。一想起这些画面，我就什么都做不下去了，情绪特别低落。我怀疑他真的一直在走，然后就像一个发射塔，把他到处走的画面发射给我，干扰我，让我觉得活着没什么意思。"

"那就找找试试，就当是了个心愿。"

太阳又升起来一点，阳光经了雪地折射，让人睁不开眼睛，河澜闭着眼睛听着，说："他从来没有跟我讲过这件事。"

"这太怪异了，不太适合讲给亲近的人，亲极反疏。就要讲给有一点点熟悉的人，讲完之后再也不见的人。"秦芳明没有告诉河澜的是，他们的确再也没有私下见过面，那次深聊半年之后，那个失踪者的画面也进入秦芳明的大脑之后，何林杰第一次抢了秦芳明的歌。

他忽然想说点什么："你知道我有个老板，香港的，叫许嘉伟。"

"嗯？"

"后来死了。"

"哪一年死的？"

"二〇〇五年。"

"怎么想起说这个人。"

"当年的风云人物，突然就那么死了。"

"所有人都会死。"

（感谢李广平老师提供的背景资料和建议）

雷米杨的黄金时代

　　了解雷米杨名字的由来，也就了解了他的出身：杨是他生母的姓，米是他生父的姓，雷是他后父的姓。不言自明的难堪，前路未明的辗转。幸亏那时候，人们对婚姻动荡的人还有点敌意，这约束了杨女士和雷先生，让他们尽管相处得并不愉快，却也没有继续流转下去。否则，雷米杨的名字，还会有下一次变动，以及下下一次变动。

　　雷米杨对人生笼统的印象是脏、乱和挤。他后父的三个孩子和他母亲带去的两个孩子，加上两边的亲戚时不时托付到他家来过暑假寒假（假期过了也并没有接走）的孩子，一大家子人，差不多十张嘴，都在吃，都在吵，谁都知道别人是自己应得的食物、衣服、下铺的分享者，谁都饶不了谁。大家互相折磨，互相训练，告密、撒谎、撕打，即便是最残酷的生存训练，也不过如此。

　　雷米杨的生父读过一点书，他和生父比较亲近，和生父在一起的那几年，给他垫了一点底子，这让他从小就和他的兄弟姐妹全不一样，他懂得表达对他们的蔑视，也懂得掩饰这蔑视。他不和他们抢，他躲出去，另辟蹊径，趁着家附近的五金仓库卸货的时候，拖了一只装过自行车架子的木头箱子回来，放在院子角落里，在箱子里垫了厚纸板，再铺了垫子，拿各种书在那里面读。那暗黑的空间使他有一种禁闭与隔离的快感。

后来他又在箱壁上掏了个方洞，权充窗子，从那窗子里，可以看得见外面一棵叶子碧绿的果树，而那树枝上的枯叶和树根处的杂物，刚好不在视线里。他给自己布置了一个隔绝的、封闭的空间，尽管外面打的打，吵的吵，这些因着书、绿叶子，就像是另外一个世界的事，完全可以不管。

雷米杨的大学生活，给他留下的印象依然是脏、乱和挤。已经是扩招第三年了，学校为着增收，趁着新规务力收自费生，学生增加了，学校却没做好准备，新校舍没建起来，食堂宿舍都是旧模样，于是，一切有四面墙和一个顶的地方，全充当了宿舍。宿舍里寸土寸金地放着床、桌、箱和一切零碎东西。不放东西的地方，挂着刚洗的衣服被单，散发着肥皂浮浮的气味，宿舍外满是垃圾、污水，一双脚永远摆脱不了那种小心翼翼的感觉。厕所里的水箱时常坏掉，走在过道里经常睁不开眼睛。

因为人多人密，而且这人多人密是突然发生的，大家全都觉得恼怒，觉得有冤无处诉。饭厅里没有人愿意排队，大家一面用力挤，还一面齐声喊着号子。几乎每天都可以看见大师傅踩着菜盆子跳到窗外，挥着菜汁淋漓的铁勺子追打和他起了口角的学生，哪怕被人抱住了，还兀自骂个不停。有一次停水一周之后，每个淋浴喷头底下都有六七个人，每当有人出来穿衣服，都会被等着用衣服箱子的人围观，大家都懂得心理战术，要是心理素质稍差，就免不了要在众人的注视下落荒而逃。

雷米杨课余在旱冰场打工，他在柜台里替人存鞋取鞋。用指尖捏过那一双双潮湿的、有气味的、散发着余热的鞋子之后，下了班，他总会反复地、厌恶地洗手，恨不能长出一双新手来。人生对于雷米杨而言，就意味着脏、乱和挤。

一路读到硕士，终于毕了业，他签了外省的一所大学，名叫北方联大，他仔细查过那所学校的资料，学生不多，他也看过那里的地图，学校是在城市近郊，附近就是农田和荒野。还是不放心，签约前，他匀出三四天时间，去那座城市和那所学校看了一眼，学校所在的区域在城市边缘，学校则在边缘的边缘，坐落在三个乡的中间，方圆几十里地全是果园，旁边有一所农业大学，还有个工程学院，几所学校共用一个车站，共享一个站名，坐公交车到市中心至少要三十分钟。学校里还有苏俄时期的建筑，宽敞寂寥。

收拾行李时，他把过去的日记、信件及一切字纸都烧掉了，不留一点边角。过去的那些人，帮助了他的也好，伤害了他的也好，他统统不愿记着。对他来说，那不过是他那段难堪岁月的人证物证。

去北方联大报到是初秋。下了火车，他在车站的广场上站定了，周围还是熙来攘往的人，因着广场的宽广，非但不觉得拥挤，反而觉出人的渺小来，雷米杨深深吸了一口气，那时候车站的大钟敲响了，不多不少，正好五下。雷米杨心里隐隐浮起《自新大陆》的音乐来，他觉得，他的黄金时代来了。

他往北方联大打了个电话，那边答应了派车来，约了个地方要他等着。等了一两个小时，司机找见了他，说是轿车面包车都派出去了，只好开了通勤车来接他一个人。因那司机的语气分明是抱歉的意味，他小心地不露出欣喜的表情来——一辆大客车，接他一个人！他木着脸上了车。

司机是个精瘦的中年人，姓李，一望即知是那种沉默寡言的人。雷米杨自己是不大活泼的，在长袖善舞的人面前，一向觉得拘谨，然而遇见了比他还不善言辞的人，他反而觉出一种优越感，异常活泼。一路上他问三问四，不多时就知道了这司机的家庭情况、北方联大近年来的重要典故轶事。已经天黑了，车窗外是黑莽莽的树影，灯已经点上了，旷野里东一盏西一盏，让人觉出一种乡愁来。他暗暗希望这路再长些，再远些，越远越好。

到北方联大，是夜里八点多。大客车像一节柔软的火车，在校园里左拐右拐地穿行着。车窗外的建筑大都是早年的苏俄式样，水泥的廊柱、拱门、木格子窗，窗子上还有半圆的气窗，屋顶是铺着瓦的，这里那里一座又一座小小的天窗。他一点都不吃惊，一点都不觉得陌生，一切都是理所应当的，都是为着让他看到而铺陈的。那俄式的楼里应该有长而高的甬道吧，也该有木制的旋梯，像早些时候的电影里那样，一点点月光从窗格子里推进来，把窗格子切得四分五裂，平平地躺在水泥地上，还应该有一声惨叫，那是发生了谋杀案。

第二天一早，他先去办了相应的手续，又去拜访了学院的副院长，在学校招待所住了半个月后，他得到了一间单人宿舍。收拾好宿舍，剩下的大半天时间，他去买了大卷的深蓝色的壁纸回来，把一面墙壁糊成蓝色，又扯了些很厚的布料，到学校附近的裁缝店做成了窗帘挂起来。他甚而等不及第二天去取，就坐在裁缝店里等，翻着几本他根本看不懂的服装书。看着看着，看见裁缝店里几卷玫瑰红的纸，来了灵感，用纸剪了些吕胜中的那种小纸人，布置屋子时，把红纸人或贴或挂，深蓝和玫瑰红的色差，让这屋子显得深远。这蓝色是他的臭氧层，这小纸人是他的守护神，让贪吃不长进的兄弟姐妹、散发尿臊味的学生时代、潮而热的旱冰鞋，全都近不了身。

新分配来的老师，按规定是要打一年杂算作基层锻炼的，要送报纸、送文件、照顾学生。因为扩招后的学校实在太缺人手，雷米杨得以免去这一年的报童生涯，直接代课了，一周十节课。什么都是称心的，什么都不像是真的。雷米杨走在路上都忍不住要跳起来摘树叶子。

第一节课，他用粉笔把自己的名字大大地写在黑板上，几乎将黑板占满。事先他就决定了要小小地幽默一下，所以就说了："我的字不好看呀，不过，要我这么一把年纪还练字，多少有些不人道吧。"也不算幽默，但引得哄堂大笑。他写了一个"法"字在黑板上，从"法"字的诞生和流变开始讲起，趁势罗列出一大堆法学专家来，中间时不时想起老师的教导，"故事，要讲故事"，故事，他多的是。下面渐渐鸦雀无声。对这效果，他相当满意，下了课，他夹了一支烟在学生中间坐下问这问那，已经很像老师了。

这一天，雷米杨刚下课，系办老师说有人找他，那人坚持不肯到接待室去等，现在站在文科楼大门口，雷米杨去一看，却是他后父的儿子、论岁数该他叫哥哥的雷学明。雷学明早早辍了学，在这城市的一家工厂当工人，听说他分来这里，特意来看他。见了面，雷米杨含糊地叫了一声哥，雷学明连声地应着，一时不知说什么好，就扬了扬手中提的一袋水果，讷讷地说："来看看你。"雷米杨就问："吃饭了没有？"雷学明也就照实答："一下车就过来了，还没有。"又说，"这儿可真难找。"

两人一同进了饭馆，为点菜谦让了一阵，结果还是雷米杨点了。等菜过程中雷米杨意识到该问问母亲和后父的情况，就问："妈和爸还好吧。"得到的回答是："还好还好，只是爸现在减了半碗饭。"雷米杨又挨个问了他的兄弟姐妹，总之是混太保的混太保，混网吧的混网吧，嫁了人的挨了丈夫打，回娘家了住不下，不过是这么一些事而已。只几句话，两人都紧张万分，雷学明更是一头的汗。问完了家里人的事，又问起雷学明的情况来，雷学明说："你嫂子听说你到这里当了大学老师，就催着我叫你上家去吃顿饭，小东子的数学不好，你正好可以给他教教。他一不好好学，我就说你看你叔叔，你看你叔叔，你长大可别跟你爹一样没出息。"说完了，自己先笑了。雷米杨不知说些什么好，连忙说自己是学文的，数学也不大好。两人再找不出什么话来，顿时觉得桌子的空，都不约而同催起菜来，幸好，菜及时地来了。

服务员上汤的时候，雷学明是欠着身子用双手接的。雷米杨不由觉着一阵烦乱与不明白，这一家人的出现时时提醒着他的来历，号令他生发责任感，剥夺他快乐的权利。他是个从黑白的全家福照片上逃出来的影子，通过修炼使自己有了血，有了肉，有了生人气。而那照片上空出的一块，时时提醒着他的影子生涯。他要么回到那没有希望的、垃圾场一样的世界中去，要么让那世界彻底地断了念，再找不到他头上来。

出了餐厅，送走雷学明，雷米杨站在路边，看到路上停着一辆面包车，车身上写着"定制西装"，一行小字写着电话，却没有地址，他心念一动，过去敲敲车窗，问西装店的地址，司机倒也爽快，说自己也要回店里，不如载他过去看看。他依言上车，进城，到了西装店，选了布，裁缝师傅拿起那块布来，在他身上搭着比画着，又搭到塑料模特身上给他看。塑料模特是白色的，脸部和全身轮廓极为完美，臀位也远远高于常人，他看着看着，对裁缝师傅说："你量它就好了，就按它的身材做。"裁缝师傅说："那怎么行，照着它做了，你要穿不上了，人哪有那么完美，人都是有各种缺陷的，就连两条腿，其实都是不一样长的，除非你做了衣服不要穿，就是挂着看看，有人是这样的，就是做来看看。你身材也不错的，已经算是缺陷较少的了，你担心什么。"雷米杨只好转着身子，让裁缝师傅量他，心里想的，却是那个塑料模特穿上他的西装的样子。

塑料模特当不了他的替身，回去路上，他想起来的，还是家里的事，连带着夜里也没睡好。第二天他红肿着眼睛，憔悴不堪地去上班，别人问起，他反而拿家里人当挡箭牌，说和哥哥一起吃饭，喝多了酒。又把雷学明带来的水果分给了办公室的老师们，直到大家把果子吃得连核都不剩，他才长长吁了口气。他忽然联想起《聊斋志异》里的故事：夜叉鬼把死人的枯骨变成金锭送给别人，到了夜间，那骨头会刺进人的脚心，将鲜血全部抽出来。他自己也被这荒唐的联想逗笑了。

不过个把月，雷米杨就和上上下下都熟悉了，院里有些管理方面的事，也会找他帮忙。这天临下班，学生处打过来电话说，有人举报，他的班上有个学生，有两个名字且完全不一样，可能是冒名顶替上大学的，要他协助调查。当时正有个冒名顶替上大学的事，被媒体报道出来，引起轩然大波。当事人抓的抓，判的判。北方联大战战兢兢，生怕这种事轮到自己头上，正等着看第二件类似事件出在哪里，却没想到自己可能会是第二个。

雷米杨匆忙赶到学生处，大致了解了事情始末。他班上有个叫严鹭国的学生，本省生源，二十岁，性格内向，和同学不大合得来，这不算离奇，离奇的是同学叫他的名字，他常常回不过神来，起初大家以为是他性格就这样，容易走神，直到有一天，他拿出一张中学同学的合影，合影的背面，对应的位置，写着几个人的名字，属于他的位置，写的是"艾建川"。同学们于是想起来，他的课本扉页，写的名字也是艾建川，大家都以为他是为了省钱，用了上一届学生的旧课本，但两件事叠加，就有了疑点。于是，有人在体育课上，站在远处，故意大喊一声"艾建川"，这一次，他没有走神，很快回过头来，茫然地望着声音来处。

学生处副处长，递过严鹭国的学籍表，这张表格看起来没有什么异样，但在亲属和社会关系那一栏里，雷米杨发现了不寻常之处：父亲，杨建仁，生于一九五二年；母亲，马秀红，生于一九五四年，已去世；姐姐，池音，生于一九七七年。一家人姓氏完全不一样。若 "艾建川"是本名，那么，父亲和儿子的名字里，都有一个"建"字，犯了起名的忌讳。他填写的户籍所在地，是偏僻县城的偏僻乡村，这一类地方，有严格的规矩，不可能让父亲和儿子的名字里，出现同样的字。雷米杨见过两代人不小心起了这种名字的，结果被人嘲笑"简直像是平辈兄弟"，有龌龊的恶意在里面。

"你调查一下吧，先找学生谈话，再到户籍所在地的派出所去，我们给你出函。去之前先给那边打个电话。"

"我刚来，还不熟悉情况"这句话，本来已经在雷米杨的嘴边了，另一个想法同时出现，自己的生父和后父，遇到这种事，大概率是要推托的，自己必须要反方向操作，刚到院里，能把这件事处理清楚，也能让人留意到自己。他这一走神，处长以为他答应了，马上就说："那我就给你们院里打电话了。"

先找严鹭国谈话。严鹭国是班长从足球场上喊回来的，进了办公室，还穿着运动裤，裤腿挽到膝盖下，胸前后背各有一大片汗湿。见到本人，雷米杨才把眼前的人和他在课堂上的位置对上号，严鹭国经常坐在最后一排，长得异常端正，圆中带尖的脸，鼻子和嘴都生得非常纯朴，只是那眼睛黑不见底，毫无表情，像是结了冰的窗子上化出的两个洞，后面藏着整个的夜。雷米杨在来学校之前，已经打定主意，不和学生有过多交往，但这张脸的某些地方，还是很惹他关注，后来他明白了，那男孩子的相貌和神情都有些像少年时候的他自己。

"辽宁一个大学出了个事，一个农村姑娘，爹是个瘸子，妈在县城给人当保姆，她千辛万苦考上大学，结果，大学录取通知书到了他们村上，被村长给截了，村长让他女儿拿着录取通知书，冒名顶替去上了大学，那个真考上大学的姑娘，就留在当地，种地，嫁人，直到冒名顶替的毕了业，上了三年班，留在农村的姑娘才发现自己考上过大学。这事你怎么看？"雷米杨很为自己的迂回感到得意。

"这事和我有什么关系？"

雷米杨从桌上拿过一张纸，写下"艾建川"三个字，又拿出那张学籍表，一起推到他面前。

"哦，这个？"严鹭国显然大为吃惊，"我和我姐都是收养的，用的还是以前的名字，后来临到高考，才改了名字。"

"为什么要改名字？"

"找阴阳先生算了，说这个名字好，姓什么都不重要，反正也不是亲生的，我们那里有个人当过一品官，姓严，就用了他的姓，严在我们那里是大姓。"

雷米杨有些愕然，在他们想象中无比复杂的事，其实竟然这么简单，经这么一解释，处处合情合理。他有些为自己的先入为主和郑重其事懊悔了，就补上一句："学校还是要核实的。"

"那你们核实，你们查。"严鹭国一边说，一边把挽着的裤腿放下来。

第二天，雷米杨动身去了严鹭国户籍所在地。先坐了五个小时大巴，到了那边市里，又坐了一个小时中巴，到了县城，先去教育局，教育局知道了来由，带他去查了严鹭国的资料，又派了人带着他到严鹭国读过的高中去。一路查问下来，确认是本人参加的高考，代过课的老师和班主任都可以做证，也出了证明，同时提供了一个情况，严鹭国是高二第一学期才转学到这里，来之前就改了这个名字。"高考移民吧，这也不犯法，能考上大学也挺好。"严鹭国的班主任幽幽地说。班主任也姓严。

雷米杨松了一口气，整理了证明，又往学生处打了电话汇报，学生处就说，派出所其实也不必去了，但为了不留后患，还是让雷米杨去了派出所，查了严鹭国的户口底卡。在迁到北方联大之前，户口是挂在一户姓严的人家户口上，这就和班主任的说法对上了号，多半是高考移民。雷米杨本想去那户人家核实一下，又一想，自己要查的，不过是是否冒名顶替一项，再查就是多事了。坐了长途大巴回了省城，到学生处和院里反馈了情况，交了证明，写了报告，又找严鹭国反馈过，这件事就算了结了。

过不几天，严鹭国来找雷米杨，说他父亲想请雷米杨吃饭，以表感谢。雷米杨就问："你父亲过来看你？"其实是期待严鹭国说"是专门来感谢你的"，没想到严鹭国说的是："我们家就住在学校附近，我到这儿上学前，他们就过来了，租了个院子。"雷米杨也见过不少父母陪读的，但有陪读能力的，实在犯不着让孩子上北方联大这样的学校，他不免越来越好奇这家人。他本想避个嫌疑，但好奇心驱使下，就去吃了这个饭，也算是认了这个人情。一起吃饭的，除了杨建仁父子，还有两个陪客的，学校附近可选的餐厅不多，一行人还是去了雷学明和雷米杨吃过饭的那家餐厅，不过这次是在包厢里。

严鹭国的父亲杨建仁，浓眉大眼，黝黑壮硕，身体鼓鼓胀胀的，把一件白衬衣撑得没有褶皱，留着寸头，鬓边星星点点的白，皮肤紧绷，喝点酒，眼睛周围先红起来，只是表情跋扈，看得出以前绝非善类，不过被年岁压住了，张狂不起来。唯一不协调的是，他脸上偶有一丝闪闪烁烁的惶恐，动不动脸色一暗，时不时抛出一句"我们现在不行了"，似乎是感叹家道中落的意思。说起"看上一个房子"，后面就要补上一句"我们现在不行了"，说起城里开了一个新商场，也缀上一句"我们现在不行了，不然买一层"，说起新上台的区领导，也是"我们现在不行了，不然早把关系搭上了"。两个陪客的，也是一脸写着"非善类"，装扮非常奇特，一个穿着件深咖啡色的褂子，另一个明显文过眉，两个人的袖口都露着一截文身，举杯的时候把袖子往上一抹，一个文的是"忍"字，另一个文了一只潦草的狼头。文身洗过，没有洗彻底。

介绍穿褂子的那位时，杨建仁说，他会轻功，是他们兄弟里的轻功大王，号称"野虎子"，一跃一丈高，在华山山巅也如履平地。穿褂子的草草地作个揖，算作响应。吃过了饭，杨建仁要穿褂子的表演轻功，褂子兄没有反对，就算答应了。一行人就走到院子里，看褂子兄展示轻功，院子里只有铁栅栏，不适合上墙，一行人又走出去，找到一个有高墙的院子，文眉兄过去跟保安说了几句，保安显然也好奇，探着头跟了过来，几个人就静静望着褂子兄。褂子兄沉着脸站在原地，猛然出手，虎虎生风地打了几把拳，然后又站定了，转向墙壁的方向，一个助跑，蹦到墙上，借了这股力，贴着墙斜跑了两步，往上一蹿，果然到了墙头，又在墙头轻手轻脚地跑了几步。保安这才回过神来，连连喊"别把瓦踩坏了，快下来"。褂子兄矮下身子，用手在墙头一按，跳了下来，落地又是一矮身子，不急不喘。杨建仁带头鼓起掌来。

雷米杨一路跟着，倒也并不局促，从米家到雷家，一路在穷街陋巷里打转，这类人他见多了，但他从前见的多数是年轻人，这是他第一次见到这些人老了的样子。他从前见的，只能叫混混，眼前这些人，却算得上"风尘中人"。况且，他的两个父亲，都是软弱涣散的人，一辈子不知道算计，处处攻守失据，眼珠子都是散黄的，看人的时候，永远是迎着阳光睁不开眼的样子，看到杨建仁这种跋扈倨傲、眼睛精光四射的人，反倒有些景仰。有了这种景仰作为依仗，他就觉得自己是安全的。

过了一周，严鹭国又带话来，说杨建仁想请雷米杨周末到家里吃饭，"我爸说了，这附近也没有什么好馆子"。雷米杨犹豫一下，还是答应了。

下午四点，严鹭国来找他，带着他往他家走。他家离学校不过十五分钟路，就在一条砖巷的尽头，进门看见一座两层白色小楼，楼前有个院子，一半花园，一半是红砖地，已经是秋末了，花园里满满的是摇曳着的八瓣梅，红紫白粉地开着花，边上又是一大丛蜀葵，一样的红紫白粉，又散乱地种着几棵向日葵，向日葵已经结过子了，花盘子还没有被割掉，黑乎乎地垂在那里。花丛后面，是几棵花楸树，密密层层的花朵，瀑布一样垂下来。还没下霜，这些花还能开些时候。花园边，立着一把帆布伞，一个女子在伞下的躺椅上侧躺着，看着一本书，一只手掌着书，另一只手垫在头后面，封面上的书名又大又黑，《犯罪心理学》。看到有人来了，那女子直起身子，脸被身体顶进阳光里，瞬间看不清眉眼，雷米杨只觉得那脸像是一团白色的雾气。从此，他关于那年秋天的记忆，都被这图景笼罩，八瓣梅、向日葵、花楸树、猛然被日光照到的脸，那种干燥、温暖、安静的感觉，一旦感受，就再也不能忘记。

严鹭国对雷米杨说，那是他姐姐。一边说着，一边进了屋，骤然从亮处走到屋子里，雷米杨过了片刻才适应，才看清楚屋子里的情形，屋子里的异域气氛就更浓，地板是深红色的，屋子当中摆着一块绚烂的波斯地毯，墙上也挂着两块类似配色的壁毯，猩红打底、深黑、夜蓝、土黄、墨绿各种颜色的线条交织，图案是些细密的花朵、葡萄。几个沙发的沙发布，颜色稍浅。屋子里唯一清爽点的是白色的抽纱窗帘。窗子是狭长的，窗台很低，离地不过一尺，窗框是白色的，一格一格的木窗框。

杨建仁和严鹭国在客厅陪着雷米杨聊天，不时看见两个四十多岁的男女在厨房进进出出，严鹭国就侧过头对雷米杨说："这是我们家的师傅，两口子，一直跟着我们。"也不见油烟，一会就张罗出一桌饭来。餐厅也在一楼，面积不大，朝北，落地窗，白纱帘，十人圆桌，完全就是一间包厢的样子。吃饭的就是杨建仁、严鹭国和雷米杨三个人，不见那个女子，雷米杨也不好多问，吃到一半，门口一阵拖拖沓沓的脚步声，那个女子蹭着一双拖鞋进来了，手里拿着一本书，还是《犯罪心理学》，进了餐厅，朝着雷米杨似笑非笑地做个表情，算是打招呼，然后把那本书往桌子上一扣，先叹了一口气，似乎吃饭是最不情愿的事，然后把两只胳膊围在胸前的桌子上，塌着腰，开始扒拉饭菜。

雷米杨闪闪躲躲地看了她好几次，才把她逐渐看清了，脸狭长瘦削，眼睛里像是养着一窝玻璃弹球，一下散了，无神了，一下又灼灼地聚成一堆，精光乱窜。身体也是瘦削的，整个人看起来轻飘飘的，仿佛肉体和灵魂的密度都比别人低。坐在椅子上，像是一根淡金色的羽毛款款搭在那里，什么地方有些绒羽扑簌簌地在颤抖。是拉斯·冯·提尔或者卡拉克斯电影里才会出现的那类女人，有一种非我族类的美。

没有白酒，没有文身文眉的非善类手下，没有轻功表演，加上白纱帘，开着花的君子兰，敦厚的弟弟，心不在焉的姐姐，出出进进上菜的两口子，这一家人就像正常的一家人，杨建仁也像个正常的父亲，时不时对雷米杨说"我们没有管过建川，你把他多盯着些，有啥事就跟我说"，"我还有好多事情要问你，你要不嫌麻烦就经常来"，也时不时说道女儿两句："你把那阴暗的书少看些。"那女子回敬："书阴暗？还是你们阴暗？"雷米杨不知不觉地，也站在杨建仁这边，但语气委婉许多："看这些书，是要准备考证吗？"那女子似

124　　　　　　　　　　　　　　　　　　　　　　晚春情话

笑非笑地回答："没有，就是喜欢，就是喜欢阴暗的事情。"

直到饭吃完，雷米杨也不知道她叫什么名字，只听见杨建仁和严鹭国"丽丽""丽丽"地叫，又隐约记得严鹭国的学籍表上，他姐姐的名字里有个"音"字，不知道叫哪个才好，也没有人介绍，就没名没姓干搭话，有时候不得不提到她了，就说"鹭国姐姐"。说到严鹭国，也是"鹭国"和"建川"混着叫，一桌子四个人，名字却有好几个，凭空多出好几个人。饭快吃完了，杨建仁终于定调："还是叫严鹭国吧，不然在学校叫岔了，说不清楚。"

当天夜里，雷米杨回到住处，想起第二天的课，一字一字地写起教案来，有一段要引《红楼梦》里的话，他就翻出后四十回来看，正看到宝蟾送酒那一回，耳边听到有人在远处把一截钢管当当地敲了四下，雷米杨被这声音惊回，正要细听，却了无声息，这时候，窗子前有个人影从窗帘的皱褶上曲曲折折地拖了过去，随即房门给人敲响了，不多不少，也是四下。

原来是那个女子。她站在月光里，眉目宛然，手里提着一只柳条筐子，说是送些水果来。自顾自走了进来，把柳条筐子往桌子上一放说："今天吃饭的时候爸说让你带些果子走，后来你们都醉醺醺的，就给忘了，害得我送过来。"说着，连连甩着手，眼睛望着雷米杨，目光灼灼，跟白天那种懒散的样子判若两人。雷米杨就说："你跟白天不大一样。"那女子就说："我是夜行人。"听了这些话，雷米杨活泼的一面又登台了，就问："你一个人来的？"那女子说："鹭国一起来的，在楼下等着。"雷米杨知道了严鹭国在附近，虽然是在楼下，也安心许多，就笑嘻嘻地从筐子里拿出一个果子递上前去："借花献佛。"她微微一笑，弯腰过去看他桌上的书。雷米杨因为心里有鬼，怕她看出是宝蟾送酒那一回，走过去要把封面反过来。她已经看见了，咯咯笑了一阵，捂着胸口，一只手往前伸，做了一个中毒挣扎的样子，然后靠在墙上，头一歪，一副毒发身亡的样子。雷米杨见她并不在意，就跟着笑了。这才敢稍微打量她一眼，发现她穿的仍然是白天那一身，脚上仍是一双厚底拖鞋，心里一动，笑着说："我总不能跟着严鹭国叫你姐姐吧。"她也不说话，在桌上捡起一支笔，就在他写的教案空白处画了一只带叶子的苹果，并在果子里写上"艾丽娅"三个字。走的时候，又要借书，说送东西的筐子不能空着回去，就用那柳条筐子装着走。他觉得她有些孩子气，却又觉着新奇。

　　送她离开时，走过长廊，因为没有灯光和背景，两个人都没了演戏的欲望，只是沉默着，就听见艾丽娅说："我还没上过大学，我爸说女孩子不忙着找工作，先玩两年，遇见合适的，就嫁人算了。结果一玩玩了七八年了。早知道这样还不如去读个书。"他不知道她为什么要说这些，却又觉得这是最应当不过的。在楼下见了严鹭国，就默默跟着他们，一直送到他们家去。走在路上，她很自然地伸出手来，拽着他的胳膊，他浑身一僵，本想找个时机挣脱，又觉得那样显得自己小气，也就松弛下来，到了他们家门口，她才说："你完全不用送这么远。"雷米杨笑了："怕你的拖鞋掉了找不见。"黑暗里，他慢慢笑起来，却又怕她看到。

她通常是晚饭后来找他，找到他，下楼，出校门，左转，就走到荒野里去。再熟悉一点，就是他找她，去她家，在客厅里等一会，等她下楼，出院子，右转，渐渐走到脚下有了野草的绵软。起初有些麦地，渐渐麦地也稀疏了，直到麦子和野草混杂在一起，大地就放心地把自己交给了荒野。他们就在荒野里走着，有时候说话，密集地说话，有时候长久地沉默，有时候有风，有风的时候，他们就倾斜着身子，好像是在向风示威。她有时候提起凯瑟琳和希斯克利夫，说他应该置办一身大衣，后来也果真去置办了一身，他穿着大衣，竖着领子，她穿着厚毛衣，不时把围巾往后一甩。冬天来了，荒野里只剩了些干枯的冰草、芦苇和曼陀罗，星空在他们头顶，她指向天空，一一指出，这是什么星座，那又是什么星座，最亮的是北极星。北极星炯炯照临。要站很久，才能觉出星空是在旋转的。那么就站很久，站到星空开始旋转。

一旦建立起了左转走进荒野的默契，她也就开始放心地展现自己的几副面孔，尤其是世故一面。从省到市到县区，到大学和大企业的人事任免，省会几大富户的姻亲关系，流言或者真相，她都了然于心，所有人的名字都很自然地流出来，像是一个又一个熟人，不需要任何注解，也像是率先认定了他也知道这些人，他也只好不疑不问，只当那是她的意识流，只要体会那种律动就好，不一定要深究。

"任伟平本来是她家的司机，天天相处哪能不出事，怀了孩子了，没有办法，那也只好嫁给司机了"，"他成天跟富二代混，以为他们喜欢跟他玩，想着先玩着，玩着玩着就可以做买卖了，等到他想给他们的楼盘供涂料了，才发现根本没戏，哪能轮得到他，玩是玩，生意是生意"。他笨拙地跟随着这些话题，艰难地理清其中的人物关系，琢磨着他们的微言大义，思索着这些有钱人为什么一眼就能看穿那些急于攀附的穷小子，凭借用打火机点烟的姿势就能做出不和对方合作的决定，一边想着双手接菜的雷学明，皮肤紧绷的杨建仁，和他文眉文身的手下，还有学校那个小世界里的复杂关系，牵着烈性犬在操场边逡巡的学生处处长的儿子，在教师公寓聚赌的锅炉房工人。他也有他的意识流。世故的关系，和旋转的星空搅拌在一起，丝毫不违和，越是在荒野里，越是要谈论人，越是在荒野这样的无情之地，越是要谈论人间关系，凯瑟琳和希斯克利夫在荒原漫步时的谈话内容，恐怕也无非如此，荒野和人间关系，哪些算是树木和枝叶，哪些算是树木下恒久不变的岩石，其实很难说。

一次一次荒野散步，似乎是要找一个合适的距离，去看清楚人间。在荒野里讨论人情世故，反而有一种出世之感，像在星空俯瞰人世，像在刚刚出土的人殉墓葬前欢歌跳舞，即便有残忍，残忍也被风干了。

从荒野回来，回到她家。杨建仁往往等在那里，或者刚喝了酒回来，或者在家里自己喝了点，皮肤被酒点亮了，眼睛周围有些红晕。他对雷米杨，已经没有起初那么倨傲了，换了一种姿态和语气，零零落落地吐露一些事，似乎要交心，似乎又在试探，要在交心和试探间，和雷米杨建立一种联系。一起吃饭，一定要把雷米杨灌醉，甚至坦率地说出自己的目的："你从没在我们面前出过丑，光看我们在你面前出丑，你这种人啊，不可交。"雷米杨迅速就觉察了。和艾丽娅漫布下的阴暗不一样，杨建仁有的是另一种阴暗，一种冠冕堂皇的阴暗，不怀好意的，阴恻恻的，因为这种阴暗是这浓眉健硕的男人自带着的，雷米杨愿意不那么警觉。但现在他有了交心的企图，这种阴暗就变成了一种令人不愉快的温情，反而让雷米杨有了警惕。

在杨建仁零零落落的袒露中，他本来被埋藏的疑问，又渐渐抬了头。元旦前，学校照旧要组织一些活动，诗歌朗诵比赛、辩论会，到了法学院这边，就是各种模拟法庭、普法话剧，雷米杨是从这些活动中磨炼出来的，也是这类活动的受益者，他自然而然地替严鹭国报了名，还推选他作为学生代表，接受电视台采访。名单打印出来，才喊严鹭国到办公室来，给他看名单，略微有点得意。严鹭国看到自己被写上名单，并没有那么兴奋，反而欲言又止，似乎有什么难言之隐。第二天，严鹭国又到办公室来找雷米杨，要他把自己从名单上去掉，理由是杨建仁不想让他参加这些活动，甚至把原话转告了雷米杨："不要抛头露面。"听到这个说法的那一瞬间，雷米杨恼羞成怒，毫不犹豫，当着他的面，取出名单，画掉"严鹭国"。等严鹭国走了，他又想起来，他要带艾丽娅参加几所大学联办的"青年狂欢节"，也被杨建仁拦下了。

他起初觉得，这是因为小地方的有钱人，有一些自己的规矩，对"抛头露面"有发自内心的蔑视，但紧接着，又来了一件事，让他觉出更多异样。有一天，他走去他们家，走到砖巷尽头，看到那里立起一根漆成白色的钢管，三米多高，不知道要派什么用场。下一次再去，发现那根钢管上，安了一个监控摄像头。到了他们家，几个人神色紧张，急得团团转，裺子兄正在出主意："我一个蹦子蹿上去，把摄像头砸掉。"杨建仁说："你这么一蹿，也就让他们看到了，不如就从根子上把线剪掉。"不过，他们终归是没有砸摄像头，也没有剪线路。摄像头似乎只是静置在那里，并没有真正派上用场。从这些事里，雷米杨咀嚼出一种恐惧来，他们似乎是不希望被人看到，不希望被人觉察，似乎在躲避什么，而他们躲避的东西，是他无法想象的。

一件件事情累积下来，雷米杨也就越来越想问杨建仁，一家人为什么要改名换姓，为什么离开家乡，为什么躲躲闪闪，是在躲债，还是在躲避仇家。对严鹭国和艾丽娅到底是不是收养的，他也满心怀疑。雷米杨自己就来自重组家庭，对别人家庭的气氛特别敏感，他不能不觉得，杨建仁这一家人，这种看似散漫实则深厚的亲密，实在不是收养关系能够培育出来的。收养关系的家庭，更不会敲锣打鼓声情并茂地告诉别人，自己一家人没有血缘关系。他问过艾丽娅，得到的回答是"你觉得呢？他们说的话，你相信也行，不相信也行"。也试探性地问过杨建仁，说法比较委婉："小学同学和大学同学里，都有让人收养的，那个惨啊。"杨建仁神色冷漠："那都是命。"

　　有时候，在他们家，会遇到褂子兄和文眉兄，他终于记住了他们的名字，褂子兄叫把彦杰，文眉兄叫阴嘉珍。有一天，他去找艾丽娅，她不在，杨建仁在卧室里，说是喝醉了，只有阴嘉珍坐在客厅里，他不好立刻就走，就和阴嘉珍聊了一会，从开始聊天，雷米杨就下意识地在心里计算时间，计算着什么时候结束聊天算是恰到好处。没想到，没聊几句，阴嘉珍幽幽地开了口，说的却是："我知道你看不起我们这些人。"雷米杨慌忙直起身子说："我倒怕你们看不起我。"阴嘉珍照旧用了那副口吻，说："我知道你觉得我文眉毛很怪，觉得我是丫丫子。"雷米杨简直慌不择路："我都不知道你文了眉毛。"阴嘉珍比画了一下自己的眉毛，呵呵一笑："这么明显的，你再不要言不由衷了，我们外面混的，把你们读书的看得清楚得很，你想啥我都知道，就是说破与不说破。我文眉毛有我的道理。"雷米杨说："什么道理？"阴嘉珍说："我们那里，有个铁算盘，算命看相都会，灵得很，二十年前我陪着联手①到他那里算命，联手算完了，铁

────────────

　　① 亲密的朋友。

算盘说给我也看一下，上来第一句，就说，你亲缘薄，我问说，你怎么看出来的，他说，你眉毛中间断开着呢，亲缘薄，一辈子没有家人支持，没有家人照顾。我就再没有说话。回到家一看，眉毛就是从中间断开着呢，就这位置一道子，刀疤一样。这不行，这得想办法，开始是自己画眉毛，买了个眉笔自己画，后来有文眉的，我就跟着文了一个，文眉的全都是女的，岁数大的女的，就我一个男的，我也没有管，就文上了。文之前我问了，能不能光把那一道子补上，别处不要文，不行，要文就从头到尾文，我就从头到尾文了一个。不应该那时候文，现在文眉技术比那时候好。但是也没办法，不文就还是在外面晃着，文了眉毛就遇到杨哥了，就把他跟上了。把彦杰情况和我差不多，把彦杰只不过是眉毛没有断开，把彦杰的手相不好，我们这些人的命，不是写在脸上，就是写在手上。"雷米杨不知道阴嘉珍为什么突然要跟他说这么私密的话，只好就着他的话往下问："你真的亲缘薄？"阴嘉珍："我亲缘薄，铁算盘说了，我无父无母，也没有兄弟姐妹，亲戚也离得远。没有说错。从那以后我就彻底信了命了。以前我不相信，以前无法无天。"

雷米杨回到宿舍，拿出镜子，仔细看了自己的眉毛，眉毛是连着的，没有稀疏，没有断痕。他和阴嘉珍不一样，他有父有母，兄弟姐妹一大堆，不过他心里某处有个口子，他知道自己和把彦杰、阴嘉珍是一样的，区别不过是眉毛断没断，他没有写在脸上，也没有写在手上，他写在心脏上。但

　　　　　　　　　　　　　　晚春情话

他又觉得，自己和他们是不一样的，他不在乎，他觉得自己应该不在乎。

从那天开始，再见杨建仁、把彦杰、阴嘉珍这三个人，他就有一种羞耻感。他不能不觉得，自己一直在锻造一个"假自我"，努力、上进、处处占先，唯有这样，才能覆盖掉旧日生活给他的羞耻感，以及在家里受到的限制。但这个"假自我"只有在陌生人面前才成立，在熟悉的人，特别是那些和他建立起亲密感，甚至还原了一部分家庭场景的人面前，那个假我就施展不开。艾丽娅是假世故，意识不到这个假我的存在，杨建仁、把彦杰、阴嘉珍是真洞彻，这种洞彻是从本能里生出来的，他们本能地想要越过他自觉不自觉建起的防御，直抵他的羞耻感，和他有更多的联系。但雷米杨一向是，他觉得自己可以主动展示自己的羞耻感，却不能忍受别人主动碰触他加了伪装的部分，他把这视为一种侵犯，但他永远不可能主动展示自己的任何感受。相信他人是一种习惯，他没有这个习惯。

寒假他回了家，艾丽娅坚持要他留了地址，要给他写信。他们同时发现，自己很是有写情书才能的，刚刚过去的九十年代的滥调，像某种沉默的基因一样，同时在他们身上复活。她写"看到这个案子，郁闷了好几天，人的恶让我心碎。天阴阴的，也不想开灯"，他就写"笑起来吧，没有人知道我们为什么微笑"，她写"鹭国陪着我去了荒野，一个劲地喊冷，一路喊着要回去。我看见野地尽头有人点了一堆篝火，我就想，那或许是你点的，或许你串通了鹭国，特意要他带我来看，或许下一分钟，鹭国就会说，你猜那点火的人是谁？"他就写"坐在火车上，去老家，车窗外都是黑夜，我就想，你的脸如果映在车窗上，也就像是映在天空上"。她给他写了信，常常觉得意犹未尽，就用手指蘸了印泥，在信纸上按个手印，又在手印上添几笔，成为一只苹果，另一只手印上添几笔，成为一只红鹅。白纸黑字的，加上这红指印，看起来像是卖身契，她要的正是这一点似是而非的暗示。而他觉得，这些信在未来的某一天，是可以拿出来给人看的，甚至可以出版，成为一本著名的情书集，他要的就是这种近乎表演的真情，带着皮肤的真情，而不能像克里夫·巴克的恐怖片那样，打开一个魔方，触碰一个机关，就剥掉皮肤，露出肌肉血骨，释出心魔。

还没有开学，他就提前返校，她早早在他宿舍等他，见了面，浅浅拥抱一下，他知道自己身上还带着外面的寒意，但那种寒意配上拥抱和被拦阻的呼吸，又有一种特别的暖意。这次，他们抱得格外久，久到必须要发生什么，作为一个高潮。他把她抱起来，举起来，他没想到，她竟然是有重量的，但那重量又很轻，像抱了几卷宣纸，反而有一种力量，要把他抽上去，他在和这股力量较量。

起初，他像在澡堂里，像在《神曲》的插图里，所有人都裸体，所有裸体的人在互相打量，互相比较，他担心自己的皮肤不够光洁，胸脯不够饱满，器官不够完美，逐渐地，那些互相观看的人消失了，甚至澡堂也消失了，没有外人，没有肉体审判者，他不会分心了，他投入进去，他觉得自己像个生涩的桃子，被剖开，渐渐觉得自己像个熟透的桃子，有个桃核在隐隐祟动。于是，桃肉稀烂，不可收拾。

元宵还没有过，春节还没有结束，河对岸的工厂区，辟出一条街来，挂了花灯，他就和她和鹭国一起去看花灯。花灯不知道是什么年代做的，仔细看，都是陈旧的，有裂痕，有污渍，有脱线，灯穗子上还挂着蛛网和仓库里的木屑，但只要通了电，夜又足够黑，就是流光溢彩的一条街，灯串闪着，巨大的荷花咔咔地转着。他就不愿意深究那些灯的陈旧，就只愿意接受这浮面的一切。她突然紧紧抓着他的一只胳膊，他瞬间就有了反应，不得不把手伸到裤兜里去，暗暗压制着。她浑然不觉，她觉得什么都是理所应当的，几个坏小子在人群里冲来撞去，使坏，在脚下丢那种小小的炸炮，她也不生气。

然后，是春天，然后，是黑暗。春天是黑暗的，一切临界的事物都是黑暗的。她的爱似乎跟着春天一起觉醒了，有一种强大的力量，几乎是带着毁灭性的热度前来。这世上的一切仿佛都成了她的同谋，春天来得特别透彻，特别明朗，花开得特别腥烈，吹过那些青碧晶莹的果实的风，仿佛每个分子都在膨胀、爆裂。她站在深不可测的花园深处，向着他满怀奥秘地笑，那些遮掩着她的，有着蜡质叶片的树枝，像是从她身上长出来的，天空中好像满布大大小小的旋涡，而旋涡的中心就是她。

　　有时候是在荒野里，她快走几步，突然停住了，回过头等他，表情是欣喜的，然后又疑惑了，仿佛并不认识他，似乎他走上前去，就要加害她。她和周围的草木、空气，甚至和那看不见的时间，有些奇怪的共振，那种共振是他能够体会的，但却是他不能理解的，或者说，不愿意理解的。每当他试图理解她，他家那几间黯败的屋子里，那昏黄的灯，灯下的人，就一起掉过头来，凝视着他，要把他喊回来。还好，此时此刻，他有武器，肉体的武器，肉体的工具，足以搭建一个临时避难所。许许多多人，也都有这间肉体避难所，他因此和他们成了同盟，不分富贵贫穷。

　　她不理会他的避难所，她总在试图摧毁他和他们的同盟。有一天，他和她站在河边，迎着落日站着，她又说起一桩凶杀案，一个小女孩，和家人吵了架，独自一个人去散步，不知不觉走到偏僻的地方，有个凶徒，看到小女孩是独自一人，就尾随着，"然后"，然后她做了一个掐脖子的动作，又用了一种悲凉的、自嘲的语气说："这就是不听话女孩的下场。"说完了，她似乎全然不觉得他在身边，向着那落日耿耿地望着，脸庞像个镀了金的神像，头发也像是撒了金粉，枯枯地飘飞着。他在一旁看着这张脸，满怀恐惧，却又像被吸住了似的不能走开，他成了石像，他已经成了石像，他觉出了她身上那种蛮横的、热情的、非现世的气息，也发现了那不可理喻的热情，他要么摧毁她的金身，绝了她的香火，要么成为她在凡间偶尔的眷顾。他知道他承担不了这样的爱，他觉得自己的心在缩小，慢慢缩小。

每每这种时候，倒是杨建仁和严鹭国的存在，让雷米杨有了安全感，在"拥有一个肉体"这件事上，他们是同盟，他们站在同一个裸体的澡堂里。杨建仁和阴嘉珍对他的侵犯，是直抵血肉的，至多抵达羞耻感这个层面，而她的侵犯看似温和，却是直抵灵魂的。她可能一直就是这个家里的一个幽灵，四处寻找案件、故事，一段可以听的音乐，一个可以攫取的灵魂，让他们心神不宁，好不容易来了个外人，似乎可以发展成同盟军，却又被她掳走了。他们在和她抢他，"今天风这么大，别出去了"，或者干脆就是"别出去了，给你说的啥你忘了？"

有种力量在这座房子里，在这座房子里的几个人身上蓄积，而她的力量在衰减。那种借助荒野、她的漫不经心，还有正当的男女之情为旗帜建立的力量，正在逐渐衰减。终于有一天，在他们又要去外面的时候，杨建仁换了语气对雷米杨说："我们爷父两个喝上点。"艾丽娅转身上了楼，在楼梯上又回过身来："我知道你要说什么，等你说完了，我再说。"

从那天开始，他们深入地进行了九次谈话。雷米杨之所以记得是九次谈话，也记得每次谈了什么，是因为他意识到这些谈话非同寻常，每次回到宿舍里，都会做个简单的笔记。他也记下了第一次谈话开始的日期，二〇〇四年五月二十六日。

是杨建仁挑起的谈话，但一开始，他并没有足够坦白。他像是热身一样，一点一点让他和雷米杨之间的关系热起来，让他足够袒露一些秘密。第一第二次，他只是讲了些自己青年时候的事，甚至他的性经验，每件事、每个人、每个场景出现之前，都没有任何铺垫和介绍，似乎雷米杨天然就应该知道这些事，而他没有义务做额外的普及工作，"黑石镇""马源坂""马莲滩"这些地名，"张广虎""曹只克""把国丰"这些名字，就是这样直接送到雷米杨的面前的。

到了第三和第四次谈话，"黑石镇"才从这些词语的碎片里再生，真正变成了一个镇子，而不只是一个单薄的地名。黑石镇在 N 省的东部，离南方很近，地貌更接近四川，无数高山，无数丛林，无数溪流，镇子就在一座山谷里，山谷中有一条河，河两边平坦的地方不多，很多房子都是依山而建，五万人住在这里。镇子的源起，已经没法考证了，可能就和西部的无数小镇一样，有个稀薄的由头，或许是因为有水，或许是山谷挡风，几个走累了的人，在这里盖个房子，养些牛羊，就有更多的人停下脚步，留在这里，就成了小镇。从明朝洪武年间开始，这里开始采煤矿，此后几百年，这里一直靠煤矿和黑砂器维系，后来因为战乱，矿业一度凋敝，但人口并没有大规模减少。到了五十年代，黑石镇有了矿业公司，煤矿开采量越来越大，人越来越多，房子却没有增加多少，只是一层层加盖，加盖的房子累累垂垂，向着山坡蔓延，曲折繁复，深不可测，整个镇子，青山绿水和累累垂垂的房屋，被煤灰染黑的道路、房屋、车辆，奇妙地混杂在一起，繁荣与衰败、落伍和时髦，也奇妙地混杂在一起。

小镇曾经有方圆三百公里范围内最繁华的百货商店，上新速度极快，附近市里的居民，也时常坐两三个小时大巴，来这里扯布、买鞋、买衣服、烫头，在买电器需要票证的时代，这里的电器行，货物最充足，每天都有卡车在门口卸货。这几十年的积累，让黑石镇在煤矿开始衰竭之后，都还有足够的底气进行挣扎，一九八八年到一九九二年的春节，黑石镇连续五年做起冰灯节，制作冰灯的匠人，是从东北高薪聘请过来的，匠人带着徒弟、小工，足有一百五十人，浩浩荡荡，来到小镇，在小镇各处出没，甚至导致小镇上出现了东北饭馆。

在这里繁衍生息的几大家族，张家、曹家、郭家、艾家，依靠着矿业公司，渐渐成了气候。张家是这些家族里，势力财力都最大的，拥有的矿坑最多，也有自己的车队和矿机门市部，"我们是艾家，我原来叫艾德冶，那两个你都知道了。都是亲生的，不是收养的。就是那么一说"。

到了第五次谈话，张家又不是这些家族里最有势力的了，最有势力的是艾家，张家是后起之秀，在艾家最厉害的时候，张家的几个人，都在艾家打杂，张家之所以能够牢牢站住脚，是因为他们有眼光，在八十年代初，从一辆车两辆车开始，逐渐承包了县城汽车公司经营不善的汽车队，壮大了车队，成了全县范围内垄断性的势力。但他们家族照旧住在黑石镇，毕竟这是他们起家的地方，而且，在那时看来，这里前景无限。

自从有人在这里居住，争斗就没有停止过，有了矿坑，争斗更激烈，械斗是经常的事，有的时候，两队人马在下面挖矿，凿穿了隔在中间的石头，打了照面，紧接着就是一场械斗。艾家有一家规模不大的矿山设备店，经常有人半夜敲门，购买彩条布，艾德冶和兄弟的那间屋子，和店铺只有一墙之隔，他睡在床上，可以听见一场买卖的全过程，喘着粗气敲门的人，开门的声音，剪刀丢在桌子上的声音，撕扯彩条布、按计算器、关门的声音，以及一声叹息。那声叹息，像是夜晚的阀门，叹息之后，就是万籁俱寂，世界又死去一次。那声叹息，让艾德冶有了俯瞰的眼睛，他似乎乘着这声叹息，飘荡在黑石镇上空，看着小镇关门闭户，房屋垒着房屋，像棺材一样，一直堆到山上。

挨到天亮，黑石镇照旧山清水秀，要是春天，漫山遍野都是野丁香，紫色，白色，喷香，只是不能凑近看，凑近看，白丁香的花瓣上，也有细细的煤灰，但好在，丁香只有一季，不等煤灰深入骨髓就凋谢了。生活在黑石镇的人，不像丁香只有一季，他们有的是时间，让煤灰浸染，指纹里，指甲里，头发里，嘴唇边的绒毛上，标识命运的掌纹里，都是煤灰。

第六次谈话，艾德冶的童年和少年又被修改了，他不是住在矿山设备店隔壁的孩子了，叹息消失了，夜晚消失了。第六次谈话里，他从小喝着牛奶，吃着巧克力，牵着大狗，在黑石镇闲逛，看到不顺眼的人，就装作放狗去咬，看到对方被吓得东躲西藏，他就哈哈大笑。张家和曹家的人，他也不放在眼里。

黑石镇和张家、曹家、郭家、艾家，就在艾德冶的讲述里，渐渐鲜明起来，他的讲述，有进展，也有矛盾、伪饰、颠覆，每次谈话给出的事实，都和上一次不符，有时候对自己有利，有时候对自己非常不利，时间线也完全是紊乱的。似乎是有意的，也似乎是无意的。当他意识到，自己的前言不搭后语，已经被雷米杨觉察的时候，就索性更加不管不顾。他甚至等不到下一次谈话再进行修改、覆盖，在当天的谈话里，就开始推翻之前的讲述。艾家一瞬间富有，一瞬间败落，他的狗这次是一九八二年死的，下一次就是一九八六年死的，到了再下一次，叙述里的狗就不是一只狗，而是很多只狗，所以才会死很多次。

不管细节怎么紊乱，有些事实是恒定的，而且，因为那些细节的天旋地转，更显得这些事实的牢固。有那么些年，黑石镇就像个法外之地，有一套自我管理、维系、轮转、吞吐的方法，依靠几百年形成的力量格局来达成平衡，权力的触手一度无法抵达这里，这里是旧有居民的栖息地，也是逃犯、小偷、亡命之徒、流放者、逃婚者、赌徒的目的地，有煤矿公司的工人，也有煤矿主、矿工、木材贩子、黑砂器手艺人，他们来到这里，被小镇遮蔽，也被小镇盘剥。但小镇自有魔力，一种昏沉沉、睡梦般的魔力，让每个人甘愿在这里昏睡、下坠。小镇的挣扎在一九九九年宣告结束。这一年，附近的市开始建设新区，新区的边缘，距离黑石镇的中心，只有十五公里。不论是几大家族，还是躲在这里的亡命之徒的命运，都开始水落石出，终归见得分晓。

到了艾德冶父亲这一代，艾家就剩下艾德冶父亲这一户，虽然手里还有几个小产业，但也已经大不如前。艾德冶是家里的老三，因为老大老二都抽上了包包，艾家就靠艾德冶一家撑着。对于艾家两位兄长是怎么抽上包包的，艾德冶也有两种截然不同的说法，一种说法是，两位兄长是在张家人的诱骗下，抽上了包包，另一种说法是，是艾家的两位兄长先抽上的，不但自己抽，还让张家的几个同辈男女染上了烟瘾，所以招致张家的仇恨。激发仇恨的，还有很多事，争矿、抢水、抢电之外，上香的时候抢了头炷香，年轻一辈的男女私奔，都会被写在隐形的账目上。在小镇还算繁盛的年代，张家、曹家、郭家、艾家的矛盾，还不那么明显，一旦小镇开始衰败，几大家族的矛盾就越来越激烈。艾家和曹家，在争斗中落了下风，艾德冶知道自己家不行了，打算韬光养晦，但另外几家人，并不给他们这个机会，务必要置他们于死地。艾德冶知道自己一家人没有退路。终于，因为一起矿难，政府派员前来调查，艾德冶把过去种种，告诉了调查组，让张家的几个人受到惩处，但艾家也就等于断了自己的生路，只有趁着张家气焰被压制的那段时间，卖掉些产业，交代些事务，离开祖祖辈辈生活了几百年的地方。

先到了外省的小城躲了一阵，同时四下打听，找到几户人家，这几家人都有沉默成员，或者是很小的时候就意外死亡了，没有销户，或者是去外地打工了、离家出走了，十几二十年没有回来，也没有音讯。艾德冶物色了几个性别年龄相仿的沉默户口，给了那些人家的老人一些钱，让家里的几个人，包括阴嘉珍和把彦杰，顶替了他们的身份。

至此，黑石镇和艾德冶一家的命运似乎讲完了。雷米杨和艾丽娅继续出去散步了。但雷米杨隐隐觉得不妥，这样的命运虽然惨烈，却依然太光明了，这世上哪有那么好的事，这世界哪有这么痛快，哪能让它意欲抛弃、意欲从自己的叙事里剔除的人，有个光明的惨烈结局。雷米杨知道还有下一次谈话，甚至还有下下一次谈话。那些更阴郁的部分，一定是藏在还没有说出的部分里，之所以延缓和分割成很多部分，只不过是为了减轻它的冲击力。他想起肖复兴在《可怜的马斯卡尼》里写的一段，听了马斯卡尼的音乐，想了解马斯卡尼的生平，却发现，那是一段可怖的往事："推门本想走进披戴新婚白纱的教堂，却一下跌入浓烟滚滚的火葬场。"他竟然有点期待跌入火葬场的瞬间。这种想法在艾丽娅那里得到了验证，当他转述艾德冶讲的事时，艾丽娅似笑非笑地说："等他们讲完了，我再讲。"她照旧讲那些阴沉的案件，诡异的灵异事件，再阴郁，也和她无关。

第八次谈话的到来，是七月十六日了，他照例到他们家去，在客厅里等着艾丽娅，艾德冶走出来，朝他招招手，然后自顾自进了屋子，他跟了进去，艾德冶说："要不，今天喝上些？ 把你们的时间占了，没事，你们有的是时间。"

黑石镇的山谷又徐徐展开，路两边的屋子向着山坡延伸，屋子中间的道路，被煤灰染黑的道路，向着山根推进，一直推进，推到矿坑的入口，机器轰鸣，敲击铁轨，在洞穴里喊话的声音，一起袭来。

艾德冶是在二十八岁的时候，才知道"一号坑"的存在的。那一年，镇上来了个四川裁缝，开了一间裁缝店，裁缝店很小，不过十几平米，生意却很好，几个月后，裁缝不见了，裁缝店一直关着，房东也没有把房子租给别人，一年两年，那间裁缝店还在那里，门窗上贴着的电影明星的时装图片也还在，他家乡来人找过他，没有下落；家乡人就又回去了。知道小裁缝的下落，是在酒后，艾德冶二十八岁的酒后，艾德冶的哥哥，那时候还没有抽上包包的哥哥，低声说："张广虎把人扔到一号坑了。""一号坑"是废弃多年的矿坑。不知道，就永远不知道，一旦知道，就有隐秘的气流，把所有相近的信息卷过来。从那以后，和"一号坑"有关的消息，时不时就传到艾德冶这里。明朝，清朝，有名有姓的人，都有扔进矿坑的，卖了面粉来收账的，不小心暴露了自己是带着现金的，最后的下落也不意外。这些年，这种事没有那么多了，但还是有。也有一些人，明明是有下落的，离开黑石镇去外地打工没回来的，年轻男女结伴私奔，后来还写信回来的，在传言里，都是给扔进矿坑了。

那天晚上，从他家出来，雷米杨一路不停回望，终于到了自己的宿舍，他关上门，没有开灯，在桌子前坐了好一会，才回过神来。他不知道艾德冶为什么要把黑石镇和艾家张家的故事讲给自己，是因为自己和艾丽娅的往来，需要一个背景，还是艾德冶觉得，自己是学法律的，会有一些司法方面的资源，至少，也懂得一些司法的方法，可以解决他们的麻烦。雷米杨觉得这是自己力所不能及的。

他还想到一种可能，一种他更加无法消受的可能，那就是，艾德冶也好，艾丽娅和艾建川也好，甚至也有把彦杰和阴嘉珍，都知道自己遇到的事情不可解，他们只是想倾诉、告解。如果再不给他们机会，他们大概就要在街上拦住经过的第一个路人，向他告解了。就在这发狂的边缘，他们遇到了雷米杨，比路人妥帖，比路人亲近，比路人知法懂法。他们知道自己的破碎，并且已经承认了自己的溃败，他们以为雷米杨是完整的、光滑的、温润的，有着取之不尽的抚慰的力量，他们把他当作一个和尚、神父、使者一样的存在。他们对雷米杨羞耻感的冒犯，始终没有成功，让他们更加坚信这一点，他们不知道那是雷米杨竭尽全力给自己包裹的一层画皮。

甚至，连倾听这些倾诉，也是这张画皮的一部分，他们不知道，雷米杨始终觉得，自己只有处处占先，经常做一些特别的事，才能维系别人对自己的肯定，而他们的倾诉和告解，无疑就是特别的事，是巨大的肯定，对这种肯定的渴望会成瘾，让他期待下一次倾诉，下一次告解。他们逐渐袒露了自己，却不知道雷米杨一直在舞台上。他们或许可以躲过摄像头，却躲不过这种始终置身事外的打量。艾德冶的讲述越深，雷米杨越能置身事外。

真正对他有所触动的，是第九次讲述。黑石镇，矿坑，最深沉的部分讲完了，就像一个巨大的蛋糕完成了，需要在尖顶点上一颗草莓。第九次讲述，就是这颗草莓。

"我们不行了，走下坡路了，没有别的原因，因为我变了。""你变了？""煤矿快挖完了，调查组来了，都不是原因，原因还是我变了，我有别的想法了。"

四十九岁的时候，一个晚上。他家的工头，送来一块煤，说是下午刚挖出来的："艾工（他们都仿照矿业公司的叫法，以"工程师"自称），你看看这块煤。""这块煤咋了？""你仔细看看。"

艾德冶不喜欢俯身看东西，尤其是外人在场的时候，他总觉得，身边的人会在他低头的时候，用重物砸向他的后脑勺，他用双手抬起那块煤，一直抬到眼前，他看到了，在煤块中间，镶了一个螺丝，或者说，一个像螺丝的物体，带着螺帽，两指宽，裹着薄薄的一层锈，看不出来原本是什么颜色，那个像螺帽的东西上，有模糊的花纹。螺丝有一半镶在煤块里，只露出侧面，看上去，已经在那里镶了很久。

艾德冶要很久才明白自己看到了什么，在一亿或者两亿年前形成的煤块里，有一个人工的物体，一个像是螺丝的物

年计量的事物，才能让他放下他的焦灼。他期待的机遇之大，只呈示了他的焦灼有多大。唯一让他意外的是，这个足够投射宇宙往事的机遇，就在他脚下。这更让他神思缥缈，他觉得，这煤块的存在，是"为了他"，这个念头一出现，他就觉得不妥，但这个念头一旦出现，就再也不可能打消。竟有一块煤是为他而生，竟有一个以亿以万计的机遇属于他。

雷米杨现在急切地需要另一个角度，艾丽娅的角度，艾建川的角度，或者来自黑石镇的任何一个人的角度，来击碎这个煤块带来的浩瀚和荒谬。他已经准备，周末去一趟黑石镇，落实艾德冶的讲述，看看那里面到底有几分真，几分假，或者都是假的也说不定。

雷米杨没想到，率先提供这个角度的，是阴嘉珍。第二天下了课，阴嘉珍在宿舍楼下等他，站得很远，看到他来了，微微点一下头，也不走近，他只有跟着他走，一直走到学校操场上，都去食堂了，操场上没有人，他们在看台上坐下，阴嘉珍说："不影响你吧？"他不知道他说的是不影响自己去食堂吃午饭，还是被文身文眉穿黑衣服的人找，会影响声誉，他呵呵一笑说："不影响。"阴嘉珍看向远处，说："你肯定要去查，不可能不查，我把你们这些读书人清楚得很，与其让你查问，不知道问出些什么结果，不如我给你讲，我知道你看不起我们这些人，但我们这些人没有假话，什么都写在脸上。"

分岔出现在艾德冶看到煤块中的螺丝的那个夜晚。从那天开始，艾德冶经常念叨"煤快挖完了，不如到外面去做点别的"，但不等他动手，一个传言开始在小镇流传，张家的儿子张广虎说，他把艾丽娅强奸了。

"他们纯粹是牲口。"阴嘉珍说，"他们纯粹是牲口，牲口都干不出来这种事。"

张家的儿子说，他和几个人把艾丽娅轮奸了，就在艾丽娅晚上出门的时候，挨倒在水的壶边的小牌上，艾丽娅的包被扔到了地上，包里的书撒了半条街，书的名字都被一一列出，几本日的小说，几本膏疴孕间的书。第二天早晨，艾丽娅才被人发现，鼻青脸肿，在市里的医院住了半个月。

每一个字，每个细节，都子虚乌有，正因为子虚乌有，所以不可能去报警，不可能反驳，不能报复，不可能说，没有这事，没有被轮奸，家里没有人得癌症，没有住半个月的医院，有证人证明她那半个月照常活动，不能，不能自证，甚至不能试图证明，也不可能去报复，这样的谣言，只要落地了，就等于发生了，报复是最大的证实。也正因为不能报警，不能反驳，不能报复，当事人就若无其事，自称"逍遥法外"。这个结果为的是另一个结果，为的是证明艾家已经垮了，没人出头了，而张家已经左右了一切。它是摸着人们的慕强心理编造出来的，只要能够"逍遥法外"，一个偶像就诞生了。

艾丽娅充分领会了一个词的全部含义：愤懑。她怒不可遏，胸口每天都像被灌进水泥，但她却只能转向攻击自己，她喃喃自骂，她自扇耳光，她在屋子里绕室疾走，头发大把脱落，迅速出现斑秃。她不应该相信，年青一代和上一代人不一样，已经从仇恨中松脱了一点，所以和张广虎正常来往，她甚至以为，年青一代正常交往，就能倒过来缓和上一代人的仇恨。她不能不觉得，自己被张广虎当作材料，就是因为和他走太近了，被看到了，被信手拈来了。

就在她把自己关在屋子里的那几天，有人送了一个包到艾家，包里装的书，就是传言中，她被"强奸"的那个晚上，她带在身边的书，几本言情小说，几本癌症治疗手册。没人把这件事告诉她，他们都觉得她必然会自杀，已经不需要添砖加瓦。

这不算完，张家是一步一步算好的，他们又放出一个谣言，并且和上一个谣言紧密相关，他们说，艾德冶为了给女儿报仇，已经搜集准备了材料，要把张家、曹家、郭家的掌柜的送进去。几百年来，这个小镇是靠着自己的方式来获取平衡的，从不会引进外面的力量，谁把这个力量引进来，谁让这个小镇裸奔，谁就是整个小镇的敌人。现在，这个平衡要被打破了。艾家的敌人，不止张家一家了。或者走，或者全都死在这里，艾家只有两个选择。这样仓促地走，就等于把大部分产业留给了别人分食。艾德冶带着全家离开黑石镇，那个晚上，的确月黑风高。

但艾德冶自欺欺人地认为，自己本来就是要离开小镇的，这正好是个机会，断了后路，就再也不会想着回来了。

他一路上安抚着家人的情绪："反正迟早都要走，把这地方嘛，有个啥呢。"月黑风高的晚上，车灯只有寸光，在狂奔的夜车车灯里，黄白线都是交叉的，而不是平行的。

"所以，不管你听到什么，查到什么，你都不要相信。他们太阴了，太毒了，和我们上一代不一样，我们打打杀杀，都是在明面上，都他流血，都是真刀真枪的，他们只要编几句谎就可以了，他们不简单，他们了不起。所以，他们让你要相信，没有什么源头给他，就是造谣，"阴嘉珍把落脚点落在这里，说明了他担忧着的，雷米杨在乎的是什么。

和艾家来往了一年了，有雷米杨在场的时候，他们从不曾讨论过这些事，没有商议过怎么躲避追杀，没有吐露自己感受到的风吹草动，但他不在场的时候，他们必然曾经反复讨论过这些事，每个细节，每种可能。雷米杨甚至能想象，他们经常会计算张家几个主事人的年龄，甚至会有意无意地多算几岁，好像他们老一点，动手的可能性就小一点。那种压抑，那种两面为人，不禁让他觉得心酸，也让他深切意识到，他不可能真正融入他们。

送走了阴嘉珍，雷米杨打了电话给艾丽娅，艾丽娅异常平静，平静到让雷米杨怀疑，他怀疑，阴嘉珍是艾丽娅派过来的，他已经开始想象，艾丽娅会给出另一个角度："我爸爸已经废了，他怎么可能跟调查组报告，是我报告的。"而她的仇恨一旦启动，就不只是报告经济犯罪这么简单，她必然会说出"一号坑"的存在，她可能才是导致艾家逃离的最后一点原因。

她还说，她把假发也丢进了"一号坑"。

她站在坑边上，距离那深不见底的洞穴，只有一步之遥。她第一次认真打量坑的样子。和想象中不一样，坑不是圆形的，更像半截裂谷，坑边绿草萋萋，没有腥风从深坑里升起来，也没有呼喊，萋萋绿草中，还有蓝色野菊花。开在那里的野菊花，也依然是野菊花。她从黄昏时候就等在那里，她甚至对那个坑产生了一种恋慕，一点亲切感，她甚至想象，如果纵身跳下去，要多久才能碰到坑底，也许，有没有坑底都说不定，跳下去就是深海或者星河，也说不定。

那天晚上，杂沓的脚步，无声的动作，极力压制的喘息之后，她把假发丢了进去，她一扬手，假发飞出去，下坠，坠入黑暗，然后再无声息。她觉得自己是扔了个替身进去，是替身张罗了这一切。扔掉了假发，她像是治愈了一场大病，心清目明。

他像是看见了这一切，她有假发，他有西装，他们都有替身，一个替身都不够，他们得有一千个替身，一万个替身，十万个替身，才能替得了他们在人间所有的罪过。他没想到他终归逃不了他一直在躲的东西，更想不到她经历过这些事，他既为她心痛，又庆幸在事发当时，在必须要拿出解决方案的时候，他不在她身边，不必承担这些结果。

"我帮不了你们了。这太大了。"他幽幽地对电话那头的艾丽娅说。

"你肯听这些，已经很帮忙了。"艾丽娅的语气没有一丝失望。

一周时间，他没再去找他们，也没有打电话。他们也没来找他，没有打电话。直到一周后的周四，他请了周五一天假，加上双休，加上周一没有课，一共四天时间，他计划用这四天时间，去黑石镇。坐的是周四夜里十点的火车，八个小时，天亮时候到了Ｎ省的省会，吃了碗面，坐了大巴，又倒中巴，下午两点才到。奇怪的是，越靠近黑石镇，越有种近乡情怯的感觉，似乎那个小镇和他有莫大的关系。一路旷野、林荫道，终于进了山谷，路边渐渐有了房屋，中巴司机吆喝说，黑石到了，他却犹豫了，小镇和艾德冶艾丽娅用讲述建立起来的形象，完全两样，路两边都是整齐的两层小楼，墙壁刷得雪白，有些墙壁上还有墙画。下了车，他不知道该怎么向人打听，只好问"矿机关在哪里"，得到的回答是，这是新区，那些老建筑都在另一个区域，要步行很久。九月的阳光还很猛烈，他顶着太阳走到了老矿区，慢慢蔫了些，没有那种触目的外来者的气息了，正好向人打听，矿机门市部在哪里，老的供销社、电影院、俱乐部、汽车站又在哪里。都在一条街上，半荒废状态，还在营业，但也比他想象中干净整齐。

他也知道，不花钱是不好张嘴打听消息的，于是先找了家饭馆，假托是来做业务的，点了饭菜，一边吃饭，一边问镇上的事，都有些什么大户人家，镇子上有过什么大事。随后找了家小旅馆，登了房子，给老板让了烟，随机问些问题。他们问他是干什么的，他说是来做业务的。不到晚上，两盒烟就散完了，就又到附近看起来最气派的商店里买了几盒烟，从商店出来，却看见对面的墙上挂着一条横幅："改革丧葬习俗，树立文明新风。"

张家、郭家、曹家、艾家都是有的，也都还在镇子上活动，械斗以前是有的，现在不让了，打架的都少了，以前的老房子拆了一多半，镇子中心建了新小区，偏一点的地方建了小二层，小二层不好，没地方停三马子。至于张家、郭家和艾家的事，镇上的人都知道一点，张家的跟艾家的姑娘谈恋爱，艾家的掌柜的不让，后来镇子上来了一帮河北人，要收购镇上的煤矿，艾家的掌柜的没看清楚形势，跟河北人合伙，后来河北人因为做假文件假合同的事情暴露，退出去了，艾家的就尴尬了，过了两年干脆搬走了。至于为什么要改革丧葬习俗，"以前不讲究，正常死了的山上随便一埋，不正常死了的，是矿下面透水了塌方了，挖不出来，后来成了习惯了，外地人要是死在这里，哪有地埋，就裹一下，扔到废矿坑了。能活下去就不错了，人不算个啥。现在不让这么干了，在镇子外面划了一块地当坟地，能火化火化，火化不了的要进坟地，再不能乱埋乱扔了"。

第二天第三天，雷米杨揣着两包烟，在黑石镇上游荡，偶然看到路边小院子门口，停着辆出租车，一个司机正弯腰擦车。经过这两天的摸底，他已经知道了，小镇上没有出租

晚春情话

车，附近的市里有，很多出租车司机，在镇上住，在市里跑车。他就过去搭话，说自己要包半天车，到周围看一看，司机非常警觉，用故作惊讶的语气问一句："不是记者吧？"然后和他谈了价钱，拉着他四处走了走，一路和他聊天，聊得差不多了，就告别，下车，四处打量，又包了一辆客货两用。如此这般，一天时间，换了四辆车，小镇的两条主要街道，经过了有十次。到了吃饭时间，找了间生意不大好的饭馆，和老板攀谈，竟聊得特别投机，甚至和老板认了半个老乡。吃完饭，老板邀请他去家里坐坐，他假意推托一下，就答应了。去老板家坐了两个小时，老板一家都在，山坡上一幢两层小楼，窗明几净，院子里停着一辆广本，老板一家差不多七八个人，就在家里闲闲待着，也不做什么，想起饭馆里只有老板一个人忙前忙后，雷米杨觉得有点稀奇，却又不便多问，也不想多问，毕竟他关心的是别的事。

　　第一天的顺利，让他松弛了些，他敢于问一些问题，而且不再曲折迂回，绕很多圈子，他直接问了煤块里的螺丝的事，得到的答案是：几年前，镇子上来了一伙人，四处行骗，煤块里的螺丝，就是其中之一，除此之外，还有煤块里的鞋印，煤块里的青铜方向盘，仔细看的话，鞋印上还有商标。他们先到矿上当矿工，挖煤的时候一声惊呼，说挖到了了不得的东西，可能是外星人留下来的，然后拿着这些煤块，高价卖给有钱人，受骗的不只艾家，还有另外几户人家，他们也出高价买了这些煤块，他们还高高兴兴地把这些煤块捐给了镇上，计划成立一个外星文明博物馆。这些煤块一度摆在镇长的办公室里，后来不知道去哪里了。

艾丽娅的故事，有了几个完全不同的版本，一个版本是：镇子上新来了一个领导，很年轻，艾德冶就让女儿去跟小领导谈恋爱，结果领导干了几天就又调走了，艾德冶的盘算落空，后来听说小领导又去另一个地方当领导，就带着全家跟过去了。另一个版本是：张广虎把艾家的女儿欺负了，女儿要报警，当爹的不让，女儿还是报警了，还牵扯出别的强奸案，张广虎给判了五年，张家说要收拾艾家，艾家就连夜跑了。还有一个版本，是这个版本的分岔版，张广虎只是嘴上逞强，说把艾家的女儿欺负了，没想到艾家的女儿竟然认下，说自己就是让强奸了，到公安局报警，没有证据，但也把张广虎调查了一阵子。但所有的版本，都有一个共同的起点，就是"艾家不行了"，也有一个共同的终点，张广虎活着。

雷米杨甚至怀疑，如果继续调查下去，问十万个人，就会获得十万个艾丽娅的故事，这些故事都从艾家不行了开始，艾德冶收到有螺丝的煤块，是最关键的节点。从那个晚上开始，就有了十万个艾丽娅，十万份哀痛，他要拯救她，就要消灭全部十万个分岔，十万份哀痛，少一个都不行。

当天晚上，小镇上有篝火晚会，小小的广场上，点了一堆篝火，男男女女，把上衣裹在腰上，权充藏袍，围着篝火，跳锅庄舞，他们转了一圈又一圈，越转越快，几乎转出离心力来，每个人都心醉神迷，脸色酡红，就靠这股力量，飘浮，旋转，有个人一个踉跄，被这股离心力甩了出来，差点被紧跟在后面的人踩到，他用手撑着地，近乎翻滚地脱离人圈，在空地上站了起来，理了理衣服，望着那个人圈，试图再度加入，却根本没有机会，他断开的地方，已经被补上了，他只有等下一支曲子，但也许这支曲子一完，舞蹈就结束了，他站在那里，特别惆怅。雷米杨站在人群里看他们跳舞，他们的欢乐洋溢，是对艾德冶讲述的事情的无声否定，尽管他们不知道，有个人在一千多公里之外的地方，向一个曾是陌生人的人，讲述了他们的历史，他们的生老病死，他们的恐惧，并试图重返他们当中，尽管舞曲早已经结束。

回到旅馆，已经夜里十点，到了旅馆门口，正要掀透明帘子，看到前台站着两个人，跟旅馆老板说话，本地方言，他不完全听得懂，但隐隐约约听到他们说的是："来外人了？以前来过没？""是个寸头，到处打听。""是记者吗？""不知道是不是记者，到处打听。"他的手已经捏着一片透明帘子了，打算丢下帘子就走，一放手，帘子"哗"的一声，三个人同时转过头来。他硬着头皮掀开帘子，走了进去，三个人，六只眼睛，像彩排过一样，齐刷刷地跟着他走，他不敢回头，上楼，回到自己房间，关上门，打开灯，看看房间，觉得房间有什么地方不对，是不是进过人，又想，他们才在楼下打听他，应该不会来过房间。他走到窗前去往楼下一看，那两个人也正往楼上看，双手在腰后面的皮带上插着，一样的姿态，一样的表情，他慌忙拉上窗帘。睡到半夜，他突然惊醒了。他遇到的人，的确是才在打听他，但也许这只是其中一家人呢？另外几家呢，是不是已经来过了？是不是已经进过他的房间了？

他打算一早就走，又觉得一早就走显得心虚，继续四下打听，已经不可能。他就在跳舞的小广场上坐了一早上，以示无辜，直到中午，才晃晃悠悠到了车站，坐着中巴、大巴、火车，一截一截往回走。一路上，他没有来的时候那样心急火燎了，他的任务已经完成了，他的黑石镇之旅，不过是给他自己一个交代，一个理由，好让他和这一家人来个了断。他根本不要什么真相，单单是真相的阴影，已经吓怕了他。他拖不动这家人，这家人沉甸甸，黑乎乎，像个腥气很重的泥潭，只有今天没有明天，固然也有点传奇性，但他是凡人，承受不了这样的奇情，他已经陷进去太多了，只求能顺利抽身。

他知道办法，他要把他和他们一家的事，变成他和她的事，只要断了他和她的关系，也就断了他和这一家人的关系。他不断强化自己的决心，不断想象他们分手的场景，不断演练他要说的话，推算艾丽娅会说的话。

在他的想象中，她会约了他再谈一次，大概会约在晚上。那个晚上，她开着门等他到深夜，月亮光从门框子里映进屋子里来，像一张白纸铺在地上，她坐在黑暗中，怯怯地向那一块白移了一下脚，那白纸上顿时出现了两个鬼鬼的黑印子，像是用脏手抓过了。她恐慌地把脚移回来——那白纸是要留给他的。夜里十点钟,他在月光里出现了,整个人裹在方方正正的衣服里,像刀削成的一样,而他投在地上的影子却是柔润的、圆硕的,他和他的影子像是毫不相干。他在那月光投下的白色方形里一步步往前走着,一步步把影子逼到黑暗中去,他站到她面前了,咻咻地呼吸着,有酒的味道。她忽然感觉到对兽的恐惧。

他想着,他要说些狠毒的话,超出他平时性格的狠毒的话,违心也要说的话,务必绝了她的念头,他或许会说:"我以为你们一家子是看中我什么呢,原来是美人计。"他想象着,说出这话的同时,忽然来了一阵急雨,一阵雷声轰轰地过来,像是敲着一只空的铁皮筒子,她脸色白了一白。开始,他说的话,她是听得见的,她甚而努力地找些话续上去,然而,慢慢地,她就不知道他在说什么,雨声太响了,把她的声音盖了下去,他的话,和那雨声一样,像是往地上扔着成串的铁链子,她像是走进一间铁铺子里去,看着铁匠们面沉如水地打铁链子,快要打成了,她不知道那些链子是做什么用的,但本能的恐惧使她要阻止什么,但谁都不理会她。又一阵雷声过来,大铁皮筒子直向她罩下来。

他知道结果。黑石镇的敌人羞辱不到她,但她放下防御相托的人,只要稍稍退却一步,就是奇耻大辱,她像是提取银行里所有的存款用以赌博一样提取了她一生所有的生命力和勇气,准备迎接一场羞辱,她失败了,她的羞耻心、勇气,也就破了产。他却像是反向再现了、重演了童年的场景:一旦袒露自己的羞耻感，自己的真挚，就会遭到蔑视，甚至抛弃。他终归是通过转嫁这种袒露自己之后就被抛弃的命运，治疗了自己。他先离开了，他先抛弃了，他从受害者变成了加害者，他从过于浓厚的家庭气氛中脱身而去了，他就照旧是完美的，他的"假我"颠扑不破，照旧穿着簇新的西装，像个完美的模特。他胜利了。这是另一种采阴补阳。

周一早上六点，他坐着火车到了市里，下了火车，换了公交车，八点到了办公室，打扫、打水，漏看了三天的报纸，也一一补上，眼睛盯着报纸，其实什么都没有看进去，一直到最后一版，中缝里有一则启事，是带着图片的，他的眼睛已经扫过去了，却又被吸回去了，那是一则认尸启事：大水堡的灌木丛里发现一具男尸，身高一米七六，体重七十八公斤，年龄四十左右，文过眉毛，右小臂上有文身，文身为一个狼头，大腿外侧和右肋、后背，都有约十厘米的陈旧伤痕。下腹部有阑尾手术疤痕。身穿黑色夹克，黑色运动裤，红色内裤，有知情者，请与某警官联系。雷米杨盯着那张照片，那是阴嘉珍，错不了，即便那是闭着眼睛的尸体，即便他并不知道他身上有这么多伤痕，他也能认得出来，和阴嘉珍有过许多次照面，几次深聊，他能认得出来，即便相貌错了，他身上那股凄厉的味道也错不了，那股凄厉，透过报纸，呼啸着，向他扑来。

看看报纸出刊的时间，是上周五，报纸送到的时候，他已经在去黑石镇的路上，他命定要错过这张报纸。有一瞬间，他有点怀疑，是因为自己去黑石镇调查打探，所以招来了祸事，但他算一算出事的时间，应该是在他去黑石镇之前，至少在周五之前。他忘了所有准备好的狠毒的话，开始给艾德冶打电话，电话关机，打给艾丽娅艾建川打电话，也一样。他又看了一遍报纸，随后跟同事告诉一声，匆匆出了学校。到了校门口，有学生跟他打招呼，眼神里尽是诧异，他才发现，自己手里还端着那张报纸。平时走十五分钟就到的地方，突然无比遥远，终于到了那条砖巷的尽头，站在小院子门口，用力敲门，没有人开门。他想起把彦杰的轻功，也学他那样，一个助跑，一个斜冲，翻上了墙头，往院子里看去，没有一个人，在墙头呼喊，也没有人回应。他跳下墙来，向隔壁邻居打听，邻居说，这家人已经搬走了，上周走的。他不信，又敲开一户邻居，问他们的去向，那户人家的说法也一样，说他们搬走了，临走前还送了他家几样东西，就摆在院子里，其余的东西，他们都留给房东了。他探头往那家人院子里一看，一盏落地灯，一个小沙发，是在艾丽娅家见过的东西。他在小巷子里站了很久，觉得哪里有人在看他，四下望了望，砖巷里没有人，可能是邻居们在门背后偷看他，抬起头，却看到巷子中间的监控摄像头，像一只眼睛，目光炯炯地俯瞰着他。他低下头，从摄像头下面走了过去。

他不哀痛，也不难过，他的十万分传奇，十万分激荡，全部寂灭，他只是有一种恍惚之感，仿佛自己是《聊斋志异》里的书生，在荒野里看到一座宅子，遇到热闹的一家人，第二天再去，却只看见一片荒冢破庙，白杨萧萧，那淡金色羽毛一样的女子，已经芳魂渺渺。他第一次觉得，那些歌里唱的，往事如同一场梦的词句，并非滥调，他也刚刚做了一场梦。他也只敢把这一段往事，当作梦来看待，这一场梦和别人的梦没什么两样，只是多了一点煤灰，一点凄厉，轰隆隆的塌方声。

雷米杨重新回到自己的生活中去。他的老师做了一间律师事务所，常常让他去帮忙，做材料，见当事人。接了一个案子，牵扯到一笔巨额财产，他们的当事人，行的是巧取豪夺的事，但也志在必得，他们律所不过是前台的摆设，他一边做材料，一边喃喃自骂，这种时候，他突然想起来，艾丽娅被张广虎造谣的时候，大概也是这样焦灼地自骂。那时候是深秋了，天黑得已经很早了，坐在没有窗户的工作间里，他没日没夜地、一字一句地打诉讼文件，不知道外边是白天还是晚上，敲下最后一个字的时候，他彻底狂乱起来。

他忽然决定明白艾丽娅一家，也明白了她为什么要把她的事告诉他，在她看来，在某种永恒的、强大的力量之下，他们本应是站在一方的，本应是该互相体恤、宽谅的。他们甘愿冒着被暴露、被谋杀的风险，以及身不由己地混在几个版本的真相中不被理解的风险，来袒露自己，来完成自己的赤诚。他们甚至不要回报，不要帮助，就是要来完成这种赤诚，在他这里赢得一点点空荡的回声。他们以为他懂得。

心火一灭，他忽然就明白了她，想要不顾一切地去找她，这念头越来越强烈，强烈到即便门能打开，他也必须破门而出的地步。他撞开门，走出屋子，走到街上去，似乎有一根淡金色羽毛，飘在他眼前，吊着他，引着他，一路往前走，一直走到火车站，到了火车站，他才发现，自己并不知道要去什么地方，是去黑石镇，还是去别的地方，他其实并没有准备，他没带电话，没带行李，只带了身份证，还是因为这段时间频繁地见看守所里的当事人，一直装在身上的。他在火车站的站前广场上，站了很久，直到广场上亮起灯来。

有人注意他很久了，隔个十几分钟就来拉他去住宿，被他拒绝了，就站在不远处，一边拉客，一边望向他，最后一次过来拉他，他不知着了什么魔，点点头，茫然地跟着去了。他知道这些地方不那么安全，也听说过这里出过的几个案子，但他急痛攻心，需要更大的痛压过他自带的痛，他甚至希望，黑石镇旅馆没有完成的事，在这里发生，在这里完成。

旅馆距离火车站只有五百米，在一条不算窄的水泥路尽头，进了旅馆，登了身份证，登了电话，前台并不打算把身份证还给他，被他硬要了回来。房间里有一张床，两张桌子，一个床头柜，两把木头凳子，一个单人沙发，一个铁管做的衣服架子，床上一条薄薄的褥子，被子边缘油黑。他浅浅地躺了一会，胳膊肘就硌得发麻。刚关了灯，就有人像是得了信号，开始敲门，"小伙你不××吗，你不××吗"，越敲越响，从敲门变成拍门，又变成砸门踹门。雷米杨搬了屋子里所有的东西，桌子、椅子、沙发，去抵住门，又把铁管衣架提在手里，门外照旧喊着"小伙你不××吗，你不××吗"，像是没有感情的机器人一样重复着，有种异样的恐怖，而且越喊越兴致高昂，近乎歇斯底里。别的房间里没有人声，似乎是没有人入住，也有可能是不敢出声。

雷米杨没有电话，报不了警，他扑到窗前去，房间临街，但离地有十几米，他又回到床上去，眼睛盯着门，那声音总算停歇了，到了半夜，三四点钟，那敲门踹门声又来了，"小伙你不××吗，你不××吗"。他们不是为了他的钱，也不是为了他的人，他们是来狂欢的，就是艾丽娅说过的那种黑色的狂欢。他想上厕所，却不敢出门，在屋子里找了个罐头瓶子解决了，靠在床上半睡半醒，直到天亮，所有的声音都消失了。他搬开桌子椅子和沙发，小心翼翼地打开门，过道里没有人，他飞快地跑下楼，跑过前台，前台也没有人，门也敞开着，他一口气跑到街上，头都没有回，一直向着人多的地方跑，跑到公交车站，上了车，又怕有人跟着，不到站就下了车，换了出租车，又是不到目的地就下了车，换了另一辆，一直到了学校附近，他没敢直接回自己学校，而是让车进了旁边的农大，他知道两所学校中间有一道墙，只要翻过墙，就可以回到自己学校。

他跟跟跄跄地走在翻墙的路上，走着走着，经过一条梧桐大道，一棵棵梧桐树披着阳光，像是一尊尊千手千眼的巨大金佛；树叶间漏下的阳光里微尘翻动，那是佛前的青烟缭绕。佛陀是含笑的，青烟是淡漠的，与他的悲愁急痛毫不相

　　　　　　　　　　　晚春情话

干。他从那金佛的行列间木然地走过去，像是在膝行着。一大片金叶子坠在他面前，喜滋滋地叩了个头似的就伏地不动了。

雷米杨又回到人堆里去了，现在他喜欢人多的地方，大教室，篮球场，菜市场，奖券发行点……他本就是人堆里生，人堆里长的，他离不了人。人海里才能藏得下他、抹平他，才能稀释他的秘密，他的哀痛，让他巧妙地度过一生。

我父亲的奇想之屋

　　那是我父亲失踪前一年的秋天。那个秋天，父亲和往常一样，每到黄昏，就带我去散步，他走到我的房间门口，凝视我片刻，等我感觉到了，转过头来，他就轻轻偏一偏头作为示意，我站起来，穿上外套，和他一起出门，上街。

　　门洞里暗黑，门外落日金黄，出了门，迎着落日走着，像被裹上一层金色的蛛网。我们就披着这层金色蛛网，走过两条街，右拐，穿过一条巷子，走上一条僻静的河边小路。路左边有一排房子，房前种植着金银木，树叶金黄，红果成串。路的右边就是那条河，河面有二十米宽，河水流速很慢，河边极度安静，看到那条河的同时，心里就像被按下静音键。

　　往常，走到那里，在河边站一会，就该返回了。那天，父亲却从裤兜里掏出一串钥匙，对我说，来，我给你看个房子。他带着我，往前走了不远，停在一幢小楼前，说，你看看这房子。我抬头看了看那幢小楼，它很普通，米白色，方方正正，一共五层，每层有八个窗户，窗户都关着，没有灯光，一楼有大门，门也关着。父亲照旧偏一偏头，让我跟着他，到小楼的后面去。

　　　　　　　　　　　　　　　　　　　晚春情话

楼后有一扇很小的铁门，父亲用钥匙打开门，眼前出现一条极其狭窄和陡峭的楼梯，楼梯和门紧挨着，进门的同时就得上楼梯，没有一点空地。父亲走在前面，登上几级楼梯，回身等我，等我迟疑着踩上楼梯，他就让我把门关上。我们立刻陷入黑暗中，父亲打开手电筒，引我沿楼梯走上去。

迈上二十级楼梯后，拐上下一段楼梯，再走二十级楼梯后，一扇小门出现在楼梯旁。父亲伸手去拉那扇门，门很涩，用了很大力气才拉开。我紧跟着他走进去，一个小房间出现在我们前面，房间低矮，只有一扇小小的窗户，窗前摆了一把椅子，椅子面对着窗户，背对着进屋的人，仿佛等人坐上去，我们刚刚经过的那条河，就在窗外。

父亲在屋子里站了一会，什么都没说，带我走出屋子，沿着狭窄的楼梯继续往上走。二十级楼梯之后，拐个弯，又二十级楼梯，又一扇小门，拉开门，第二个房间出现在我面前，房间的大小和格局，和第一个房间没有什么两样，同样有一把椅子，以同样的姿态，摆在窗前。

走出这间屋子，又是二十级楼梯，这二十级楼梯，和之前的楼梯，不在一个方向，仿佛一把折尺拧向了另一边。最后，第三扇小门出现在楼梯的尽头，拉开门，第三个房间出现了，房间的形状极不规则，像是一个折纸玩具的内部，满是凌厉的线条，屋顶像是被一个巨大的锥形刺了进来，而后凝固在了一个极其不安全的状态，唯一的窗户也是"区"字形的。父亲站在屋子里，一动不动，露出一种脆弱不安的表情。他随即克服了自己，摸摸墙壁上凸出的几何体，在窗前站了一会，带我走出屋子，走下楼梯，一路关好一扇又一扇窄门。

回到河边那条路上后，他对我说了一段话，这些话超出我的理解力，我没能记下来，只记得大意：这幢房子，是他设计和建造的，他在这所房子里隐藏了另一幢隐秘的房子，从外到里，都发现不了这幢隐秘房子的存在。只有他，设计和建造这个房子的人，可以让另一幢房子展现出来。他描述这个房子的话，我倒是牢牢记住了：房子里套房子。最后，他笑着对我说，我把这幢秘密房子留给你。

在以后的散步中，他又带我去看过两幢房子，以及他藏在那些房子里的"另一幢房子"。那些房子，都有狭窄陡峭的楼梯，低矮的房间，以及正对窗户的一把椅子。我渐渐习以为常，觉得这是所有建筑师的小游戏，是一幢房子必有的配置。

第二年夏天，父亲留下一封信，从此消失。消失前毫无征兆。我还记得我母亲读那封信的情景，她站在桌子前，神色凝重地读着信，读了很久，然后，她用食指和中指，在额头上擦了又擦，那是她的习惯性动作，只有在极度紧张的时候才出现。她也知道这个动作会让自己显得紧张，所以又停了下来，点了一支烟，在阳台上抽完，回过头，凝视了我一会，给祖父打了个电话。自始至终，她都没有给父亲打电话或者传呼。她的这种反应，影响了我很多年，直到现在，我都会在遇到事情的时候，冷却和隔离真正的当事人，似乎他们只要把事交给了我们，就不再是这件事的一部分。

我丝毫没有意识到，那间房子和我父亲的失踪之间，可能有某种联系，所以我并没有对母亲说起那些房子里的房子。直到有一天，我和母亲散步，我习惯性地带着她，走上那条河边小路，又一次看到那幢房子。我对母亲说，爸爸在这幢楼上有几间房子。母亲警觉地问，什么？什么房子？我带她绕到房子后面，没找到那扇小门，又转到正面，寻找那些小房间的窗户，也没能找到，那些可以看到河流的窗户，全都不存在。

我们试着敲了敲大门，没想到门立刻就开了，一位看门的老人，满脸疑惑打开大门，上下打量着我们。我立刻明白过来，当我们在楼前徘徊的时候，他就已经注意到了我们。母亲对他说，她的丈夫是这幢楼的设计师，我们想看看他设计的房子，老人迟疑一下，带我们进了那幢楼。我们三个人从一楼走到四楼，反反复复，打量每一间房子，用脚步丈量了每一层楼道的长度，却没有什么发现。四层楼一样宽窄，房间大小相同，都有房号，秩序井然，根本没有那几间秘密房子的容身之地。

回去的路上，母亲没有责怪我，因为，我很小就显露出狂想家的潜质了。七岁那年，和父亲母亲坐火车南下，经过四川和西藏交界处，看到那些被云雾笼罩的高山，我对他们说，云雾里有一头巨大的鲸鱼缓缓飞过，飞过我们头顶的时候，我甚至看见了鲸鱼灰白色肚子上的纹路。父亲母亲，当然没有看到这只鲸鱼。所以，父亲的小房子，经由我说出来，也带上了狂想的色彩。

母亲若有所思地走在路上，笼着双臂，像是把手笼在一件不存在的棉袄袖子里。对她来说，这就是一种失常状态了。每当她专注地思考某事，就会卸下一切防备，变回她最早的样子，民心市场卖鱼少女的样子。

是时候介绍一下我的祖父和我的母亲了。我的祖父，出身于一个商人家庭，但在很长时间里，他都无法从商。有段时间，他已经无法忍受家庭的贫穷，准备出去倒腾点什么了，一场抓捕投机倒把分子的行动，总会及时出现，他就心惊胆战地蜷缩回去了。一直到一九八〇年，他终于在民心市场开了一间小小的水产店，我母亲充当店员。也就是在那里，她认识了我的父亲，他在附近的建筑设计院工作，住在设计院的单身宿舍里，时常来市场买菜。

一年后，他们结婚，一九八二年，我出生，也是那一年，政策变宽松了，前几年因为"投机倒把"获罪的商贩得到平反。祖父的生意也是在那一年开始扩张，一间店变成两间，很快变成五间，他又开设一间小小的工厂，生产暖气片，并不时打听各种赚钱机会。听说有位大学老师，发明一种冷凝技术，他立刻上门请求购买，以极其低廉的价格，获得这项技术，开始生产相应零部件。

这也奠定了他之后的生意模式，他在大学和科研机构四下搜罗，寻找失意的、不被重视的技术人员，购买他们手里的专利技术，能够自己生产的，就自己生产，生产不了的，就加价卖出。他之所以赞同父亲和母亲的结合，就是因为父亲的职业。祖父在那时就认定，人们住的破房子都要被拆掉重新盖一遍，到那时，父亲肯定很有用武之地。

母亲不用再去市场亲自卖鱼了，她开始适应另一种生活，购物、打牌，学习插花、茶艺，听音乐会，但每次学习，都以她耐心用尽而告终。她内心细腻，却不拘小节、举止粗鲁。她嘲笑插花班里的阔太太，绘声绘色地描述她们的举动。她们中的一位，稍有风吹草动，就背着全套心脏监护仪来学习插花，她时常大笑着模仿那位太太把装着监护仪的包背在身上并不停挪动，以显示其存在的样子，并且说"别人戴金项链，她是把监护仪当金项链戴"，直中本质。全然忘了，她此时也能算得上一位阔太太，而她们一定也在背后嘲笑她，模仿她的举止，比如，她从卫生间出来，总是急匆匆的、边整理衣服边往外走，像是一秒钟都不想在卫生间多待，全然不顾什么仪态。

有一次，在一家插花学习班（因为她已经在上一家插花学习班，凭借大大咧咧的举止，把自己搞成了笑料，但她的说法却是"我又把那家插花班搞臭了"），她看到旁边的女人，认认真真地用一束红玫瑰，插出一个心形，终于忍无可忍了。她夺过那些玫瑰，嘟嘟囔囔地说，花长这么大可不是为了让你摆成一个柴死人的心的。她把那些花打散，加入白色粉色玫瑰、非洲菊、百合，最后编织成一个花圈。那个女人在旁边气哭了。晚上，她告诉我们，她又搞臭一家插花班。总之，人类可以玩的东西不多，即便你有钱。人类狂想中那种无边际的欢乐，和手头有限的玩具、有限的玩法之间，有着巨大的鸿沟，会让投入其中的人产生饥渴和失落感。那时候是这样，现在还是这样。

父亲和她恰成对照，他们一静一动，一个戏剧化，一个极力抹杀自己的存在感，但他们却有一个共同点：常常若有所思。他们的相处很淡，却总有一种抑制不住的笑意四处弥漫。他总是装作打击她，她总是装作被打击，他给她起了很多别名，并且根据她身上的新动向不断更换，她总是装作很生气，却又喜不自胜地接过来。例如其中一个别名，108，那是嘲笑她打碎了至少108个花瓶，还有一个，莫扎特，是因为她有个闺蜜，在女儿学钢琴之后盯上了她，不断给她灌输"你也喜欢莫扎特但你自己不知道现在我来告诉你了"这样的想法，她被迫买了很多张莫扎特的唱片，以便和闺蜜一家有共同语言。

他们在一起的那些年月，是我的黄金时代。

基于这样的出身和个性，父亲的失踪虽然给她带来深重的打击，却并没有摧毁她的生活。她在报纸和电视台都发布了寻人启事，却没有收到回音。她也设想过发生在父亲身上的各种可能，被绑架，被谋杀；和某个女人甚至男人私奔；厌倦了现在的生活，想要换个地方重新开始；患有某种精神疾病，突然暴发了。她还怀疑，父亲是参与了国家的保密工作，去西部建设秘密基地了。

一年过去了，两年过去了，我们没有接到勒索电话，没有收到收容所的通知，也没有政府工作人员前来慰问——在那时的都市传说里，参与保密工作者的家属，会得到来自保密机构的慰问，慰问者通常穿着便装，却有明显的军人气质，他们敲开门，什么也不多说，只会郑重地告诉你，TA是去为国家工作了，并且留下一些礼物，走的时候还会向家属敬礼。

一年以后，她已经从痛苦中挣脱出来了。一个偶然的机会，她认识了"摩托界"的朋友，从此爱上骑行。那些热爱摩托骑行的男人粗鲁地宠爱着她，一边带她玩，照顾她，一边在话语上贬低她，他们打开酒壶，喝一口再递给她，在野外聚餐的时候，走开十米放着响屁撒尿，当着她的面讲各种厌女的段子，母亲却跟着他们一起大笑。

她骑着摩托，越走越远，最远去过哈萨克斯坦。

父亲失踪的时候，我只有九岁。母亲没有对我隐瞒，但也没有用"失踪""离家出走"来描述父亲的消失，她只是告诉我，父亲要离开我们一段时间，也许将来还会回来。这样的话语，在电视剧和电影里出现的时候，通常指向死亡，从母亲嘴里说出来，却让我觉得，那不是死亡，也不是失踪，是我现在还不明白的一种情形，它虽然不是很好理解，却不一定是坏事。

因为我有一位这样的母亲，我也没有伤心和失落很久。但在一年一次选择课外兴趣班的时候，我放弃练习了两年的跆拳道，选了绘画，因为一次神秘的感受。那次神秘感受，出现在一节美术课上，当时的我，正在画板前画素描，却突然有了一种奇怪的感觉，似乎有人站在我身后，看我画画，并且慢慢躬下身子，握住我的手，教我画画，就像童年某天，我站在父亲的图纸面前时，他所做的那样。那种温暖、安全、幸福的感觉，像电流一样通过我全身。我以为，选择画画，似乎就还会被父亲笼罩。

那种感觉再没来过，父亲也没有出现，没有任何消息。二十七年过去，我也到了父亲失踪时的年龄，做着和父亲相近的工作，在东京一家漫画公司里画画。我制作的漫画里，有一个是由我创意的，这是个名为《奇想建筑》的系列漫画，主人公是一位"香川教授"，三十多岁，身高一米八四，浓眉大眼，精短黑发，喜欢穿正装、衬衣，以及风衣和短夹克。在户外的时候，会戴各种帽子，波洛的礼帽，福尔摩斯的猎鹿帽。

香川教授从小就被一些古人对信仰的忠诚打动，成年后，他以探访信仰之谜为由，奔向世界各地的奇异建筑，石柱上的小屋，悬崖上的城堡，朗香教堂，梅尼耶巧克力工厂，基日岛乡村教堂，上海的1933老场坊，陕西的塔云金顶观音殿，贵州的梵净山，山西的挂壁公路，东欧的未来主义建筑，以及安东尼·高迪的那些建筑作品。

他负责解说这些建筑的设计方案、建造过程、建造者的故事，也负责抛出一个问题，那就是，人们为什么要修建这些建筑，甚至是在战乱年代，在人们食不果腹、奔徙流离的时候修建这些建筑？他总把这一切归结为某种信仰。在他看来，那些建筑是信仰激发的狂想，是人类向着宇宙的呐喊，是某种狞厉心绪的凝结物。所以，每个奇想建筑，都伴随着一个与之相关的阴郁故事。

香川教授有伙伴，在这个系列进行到第二年的时候，他来到了中国，在西安，遇到了一个当地的少年。这个少年叫李斌，是秦岭深处一个习武人家的孩子，他帮香川教授探寻秦王地宫之谜，并在关键时刻救了他。从那以后，少年李斌就成了香川教授的助手，和他一起冒险，并且解开各种建筑之谜和信仰之谜。

这其实是两个过时的形象，不论浓眉大眼，还是黑色短发，甚或西裤衬衣，都已经很久没有出现在漫画里了。甚至连少年的名字，都不是现在的中国人会用的名字。他们更像是早年英语课本插画中的人物。我却打着复古的幌子，固执地坚持了他们的形象特质。我知道我真实的想法：香川教授的样子，就是我父亲的样子。至于少年李斌，就是我想象中的自己。

画《奇想建筑》那些年，我看过很多资料，也见过很多建筑师，我把父亲带我看那间房子的经历，假托为小说里的故事讲给建筑师们，并且问他们，建筑史上有没有类似的例子，在现在的科技水平和建筑观念下，这种建筑有没有实现的可能。一位英国建筑设计师告诉我，伊丽莎白时期，有一位建筑师，用一系列建筑构想图，探讨过在一个建筑里隐藏另一个建筑的可能。这些构想图起初叫"屋中之屋"，后来，建筑师用一位同时代诗人的名字，将这些图画中的屋子命名为"约翰·弗莱彻之屋"。

那些建筑构想图的画面上充满了扭曲的建筑结构，神出鬼没的走廊，繁复的装饰，各种琐碎的细节。把目光落在不同的角落，会获得不同的结果。当你久久盯着其中的几根柱子，几条走廊，几面墙壁，你会慢慢地把它们组合起来，于是，一间房子就浮现出来了。搭建这间房子的逻辑，会在短时间里影响到你，当你挪开目光，还会依照这个逻辑搭建别的房子，别的走廊，最终，你会获得一个按照你的临时逻辑建起来的建筑。而那些雕刻着花纹的边角，在画面上浮动着，让这个过程充满趣味，也掩盖了一些逻辑瑕疵。

但如果你闭上眼睛，静默片刻，把之前的印象清除掉，让目光重新回到画面上，把视线落在一个新的角落里，盯上一会，又会有新的逻辑出现，走廊重新衔接，柱子开始颠倒，上一次的墙壁，这次也许变成了地板，上一次的地板，这次或许变成了走廊的一部分。最终，你会得到一个新的建筑，和此前完全不同。据说，有人在一张"约翰·弗莱彻之屋"构想图上，看到了十五幢不一样的房子。

这位建筑师始终不得志，从没得到过重视，也没有机会主持建设一幢真正的房子，他所有的构想都停留在图纸阶段。他在三十九岁的时候去世，那些被命名为"约翰·弗莱彻之屋"的图画，在五十年后，被他的后代卖给了法国的收藏家，从没展出过，也没被制作成印刷品。回答我问题的英国设计师，曾在瑞士的一座私宅里，看到了其中几幅原作。在他看来，构成"约翰·弗莱彻之屋"的，不过是一些视觉诡计，但他也承认，他本人没有能力创造这样的视觉诡计。

更多时候，建筑师们会告诉我，类似我那个故事里的房屋，在图画中有可能实现，在现实中是不可能存在的。历史上有许多传说中的密室，和我故事中的屋子很相近，但在关键的地方有区别。人们说，狮身人面像里有一个密室，藏着足以改变世界的文件和器物，也有人说，慈禧太后的卧室里，有一个隐秘而曲折的通道，通向一间密室，密室里藏着她搜刮来的金银财宝，这间密室非常隐蔽，以至于八国联军攻打北京，她向西逃亡又再度返回后，密室都没被发现，财物也保存完好。

现实中的密室，除非是以屋子为入口，向着地下延伸，或者伸入屋后的山体，否则很难不被发现。在我的故事里，一个外形规整的房子中，藏着三间房子和楼梯，很难施工，何况，那是八九十年代，盖房子是大事，容不下任何游戏，减少房子的使用面积，做出三间不明用途的房子，在情理上是说不通的。任何有经验的施工员，都会发现这里面有问题。

还有建筑师告诉我"白城恶魔"亨利·霍华德·霍姆斯

的故事。他生活在十九世纪中后期的芝加哥，为了满足杀人欲望，他在芝加哥建起一幢大楼，大楼里有一百多个房间，遍布暗道、暗门、机关、陷阱和地下室，地下室里还建有巨大的炉子，用来焚毁尸体。建造这座大楼的过程中，他不断更换建筑工人，以确保没有人能掌握完整的拼图，厘清他的秘密。即便这样，当人们终于发现他的杀戮，冲进这座可怖的大楼时，这所房子的所有秘密立刻大白于天下，像一个被无情掀开的蚁巢。就是说，在一所地面上的房子里制造密室，并且永远不被人发现，是不可能的。

我父亲的房子，很可能只存在于他的讲述里，是他的讲述，为我建立起了某种幻觉。我可能被他的讲述催眠了。他讲给我的，是一个"奇想建筑"——这是我从一本建筑家的随笔集里看到的词语，在我看到这个词语的那个瞬间，我就决定画这套漫画。

《奇想建筑》连载了五年，逐渐拥有一批固定的读者，没有更多，但也足够让这个系列得以维持。五年之后，我决定结束这个系列，因为我慢慢意识到，我恐怕再也见不到父亲了，继续沉浸在这个故事里，会让我的生活和漫画事业受困。

二〇一八年五月十八日，我画完《奇想建筑》的稿子，交给助手们做后期，在那一期的结尾，我向读者做了预告，这个故事将在下一期迎来最终章。我用冷水洗了把脸，在窗前站了一会，然后，我意识到，我正像母亲那样笼着双臂，我立刻放下双臂，打开手机，打开微博，随后就看到了那个帖子。

写微博的人名叫 stella2216，是个女性账号，加了 V，而且是金 V，微博认证的身份是"画家，《Zoo》主编"。她开宗明义："有福利，转发者里抽出十位送最新款 iPad，符合要求的应征者送最新款 iPhone。"随后，她写了一个故事，说，如果网友看到、听说或者经历过类似的故事，可以和她联络。

"我要写的事相当奇怪，你可以当成我的幻想，当成梦也可以。那时候我十一岁，我父亲一到黄昏就带我出去散步，他以前也每天散步的，不过都是一个人，从那一年开始，不知道为什么，他散步的时候会带上我。其实我小时候很宅的，不太爱出门的那种，但我父亲特别帅，可以当明星那么帅，我就很虚荣，很愿意跟他出去走路。他带着我散步的时候，会经过一个游乐场，游乐场入口的地方，有一个恐怖谷，恐怖谷是用山里的旧防空洞改造的，就是灯光刷刷的特刺激，有很多人戴着面具在里面装神弄鬼，还有小喇叭放鬼哭狼嚎的声音那种。和现在的密室游戏也差不多吧。起初呢，我们只是从那个恐怖谷前走过去，根本不会停下来看。结果，那天他在恐怖谷前面站住了，说要带我去看他在这里的一个房子。那时候游乐场已经下班了，恐怖谷的入口已经锁上了，游乐场一个人都没有，我以为他在开玩笑，他却带我绕到恐怖谷的一面墙边，站住了，那个墙快要和山连在一起了，墙上有个小门，他拿出一把钥匙把门打开，然后让我进去。里面有一条白色的小通道，墙壁特别光滑，像个铁管子那么光滑。我走在前面，他跟在我后面，拿出小电筒给我照亮，我们在管子里走了一会，大概走了一百米的样子，我感觉是他在我身后的墙上按了一个开关，前面突然亮了，我眼前出现一个特别大的大厅，就是维也纳金色大厅那种，不过没有座椅，也没有舞台，就是一个大厅，柱子半藏在墙壁里，墙壁和柱子都非常光滑，屋顶是穹顶形状的，有很多雕刻，所有这些都是金色的。大厅里有很多壁灯，还有一个大吊灯，垂在半空中，灯光也是金色的。怎么说，就像走进一个藏宝洞。站了一会，父亲说走吧，就领我走了出去，出去后，又拿出钥匙锁了门。后来我跟父亲说，还想看那个金色大厅，但父亲再也没有带我去。第二年，他留下一封信，然后离家出走了。离家出走之前什么事都没发生，他跟我母亲感情很好，他们从来不吵架，他的情绪也很正常，没有抑郁症什么的。父亲出走之后，我还带我妈去游乐场那里找过那个小房子，没有找到，连那个小门都没有了。事实上，那个金色大厅，多半也是不存在的，你想啊，恐怖谷和游乐场，已经把山体里的防空洞全都占满了，不可能留出那么大的一块位置给金色大厅。我妈说我神经病。后来我父亲再也没回来，已经十五年了，我很想他。当然我写的这个不是寻人启事，我是想问问，你们有没有在书里看到，或者听到这样的故事，或者经历过，如果是在书里看到的，请把书页拍下来，和书名一起给我，如果亲身经历过，详细一点写下来，不愿意写的，录个音频发我也可以。有小礼物。微信，邮箱，微博私信都可以。半年内有效。"

那条微博恰好是六个月前发出的，征集期限快要到了，在我看到的时候，那条微博被转发了59731次，有32321条回复。回复千奇百怪，"你妈说得对，你的确是个神经病""有钱人发个胡思乱想出来的事也这么兴师动众""你去《聊斋志异》里看看""一个大主编文笔这么差""少女心有很多种，这也是一种""iPad是哪一款，可以说具体一点吗？""iPhone可以选颜色吗？"

我按她留下的微信加了她，加完之后，觉得还不够，又写了一封邮件，把我的经历写下来发给她，并且告诉她，我不需要她送我iPhone，我只是想和她取得联系。但随即我又想到，我的回答这样离奇，和她的经历如此相似，会不会被她视为骚扰，于是我又加了一段自我介绍，附上了我的作品。总之，我毫不遮掩想要和她联络的愿望，竭尽全力表达我的诚意。

十分钟后，微信通过了，与此同时，我也收到了回邮：我需要尽快见到你，这非常非常重要。我又发了邮件：如何见？在哪儿见？五分钟后，我又一次收到回邮：你能在五月二十日赶到湖北苍阳县吗？十一点半，我在阳江路91号的285咖啡馆等你。

我查了路线和航班，苍阳在著名的襄阳附近，距离襄阳一百三十公里，飞机和高铁不能直达。我决定坐当天下午的全日空出发，晚上到达武汉，第二天一早坐两小时动车到襄阳，在襄阳坐出租车到苍阳，在那里住下，然后第二天一早去咖啡馆。之所以这样安排，是担心任何一个环节的延误，会导致我不能按时赶到咖啡馆。订好机票和动车票之后，我给她发了邮件，告诉她我会按时到达。

行程很顺利，预想中的延误都没有发生。我按计划到达武汉，也按计划到了襄阳，约好的车也准时来接我了。不过，当我在后排坐稳的那一瞬间，司机转头对我说，苍阳这几天要地震，你是不是不知道？我反正没得事，把你送到我就走，你要是去了，万一地震了，就算没事，也是住没得住，吃没得吃，走也走不掉，你好好想一想，反正我不赚你这个钱也可以，不要说我没有告诉你，让你去地震的地方送死。

"送死"这两个字相当刺耳，但我沉浸在自己的各种念头里，并没有在意。我搜了苍阳的新闻，却只找到一条简单的消息：五月二十日，苍阳政府举办了一场防震逃生演习，要求全城居民参加。我又查了一下这个县城的人口，全县四十万人，县城人口十四万八，把这十四万八千人疏散到安全的地方，要耗费的金钱成本和时间成本，都是很难衡量的。显然，苍阳的地震消息，是防震演习演变而成的谣言，但这么大规模的防震演习，也的确非常少见。不过我毕竟生活在日本，已经被日本气象厅的地震警报搞得百毒不侵，对现有的科技水平能否预测地震，也非常怀疑。我还是决定去苍阳，为了安抚司机，我主动加了一倍车费。

五月二十日早上十点，我到达285咖啡馆。咖啡馆里只有两桌客人，一桌是拖着行李的游客，正在吃早点，另一桌坐着一个年轻女子，面前摆着电脑，电脑的光映照在她脸上。我看了她一眼，觉得她就是我要见的人，果断地向她走过去。她看到我，立刻放下手里的杯子，很快站起来，脸上浮现出一种看似动人的假笑：是你吗？是我。

她并没有马上坐下，在假笑迅速消失的同时，她开始仔细地打量着我，非常明显地，肆无忌惮地，却又非常亲切地，依次打量着我的五官，从眼睛、鼻子、嘴巴，到头发和发际线，甚至还微微侧了侧头，看了看我的耳朵。她的目光毫无表情，但却有一种难以掩饰的激动，是好战者听说战事即将开始的那种激动。就在我刚刚觉得不自在的时候，她就迅速挪开视线，垂下眼睛，用一种毫无感情的口吻说，你可能知道这里马上要有一场地震演习了，所以我们的时间不多了，我们要提高效率。我叫许丽虎。

她不算好看，但非常美。脸小，瘦削，线条很硬朗，波波头掩盖了她脸部线条的不完美，头发染过，非常黑，口红是浅紫罗兰色的，和黑发形成一种差异，看到她口红颜色的时候，我在心里试着换成了更亮的红色，但最终觉得，还是现在的颜色更适合她。她穿着一件很薄的黑色夹克，蟒蛇皮做领边，暗黑中透出银亮，夹克里是一条玫瑰红色褶皱长裙，手上只系了一条细细的链子。这些衣服饰品，我都看不出来历，只有她领侧的胸针，是我认识的牌子，那是一款梵克雅宝的狮子胸针。

她示意我坐下，自己也急急忙忙坐下，落座之后，却沉默了片刻，脸上又出现了那种动人的假笑，嘴角弯着，眼睛似乎也笑弯了，甚至笑出了一点点眼角纹，一切都和真的一样，但这种笑容，我实在太熟悉了，我微微笑着说，你也是电脑脸。

其实我真正想说的是，你也是电脑脸假笑。是的，电脑脸，就是那种久久对着电脑，失去了表情的脸，但脸的主人不甘心就这么丧失了表情，社交生活又督促他们要以笑脸示人。于是，他们练习出各种假笑，比真笑还像笑容，还动人，更能表达各种情绪的精髓，但它终归是假笑。这种假笑，只有同样练习过假笑的人才能识破。

她听懂了，迅速收起假笑，换上一种有点自嘲和倦意的真实微笑：你也是，但你不练习笑，社会对男人和女人的要求不一样。好了，我们的时间真的不多了，进入正题：我想听你的故事，你的父亲母亲，你的家族，你能说的一切。重要的时间节点也给我。这很重要。给你一个半小时，然后是我的一个半小时。

我从祖父一家开始讲起，祖父的出身，祖父的生意，民心市场的那间水产店，我母亲的性格，她在插花班的所作所为，她骑摩托车去哈萨克斯坦的经历。每段经历，都特意强调了时间，一九八〇年，一九八一年，一九八四年，去哈萨克斯坦，是二〇〇五年的事。

讲述父亲的故事之前，我拿出一本《奇想建筑》，翻到目录页上，指着香川教授穿着风衣的特写给她看，告诉她，这个人物是我按照父亲的样子画的。父亲没有留下照片和视频，在我画画的时候，父亲也已经离开了很久，所以未必能准确地反映他的相貌，只是个参考。

她拿过那本漫画，认真地看了很久，又往后翻了几页，说，画得不错，我还没有告诉你，我也是画画的。

我毫不意外，我说，我已经通过你的微博了解到了。我开始讲父亲的故事，他的生活细节，他散步的习惯，他带我去看的那所房子，说到这里的时候，她打断我，那间房子有多大？我想了想，对她说，当时我只有八岁，不能准确估算房子的面积，凭借记忆推断，应该有二十多平方米，和一个标准间差不多，当然，这只是个参考。

我继续讲述父亲失踪那年的事。显然，那时的他，已经准备好了，要在那一年离开，但他并没有对我和母亲更温柔和更体贴，他像往常一样上班下班，在黄昏出去散步，像往常一样经常走神，喜欢站在阳台上，看着某个地方，一站就是很久。有个晚上，他站在阳台上的时候，我们这一片突然停电了，八十年代，停电是很多的，但他并没有马上回屋，而是在阳台上站了很久，才推开阳台和屋子之间的那扇毛玻璃门走进来。

那天晚上，月亮非常亮，亮到反常，外面像白昼一样，他推开毛玻璃门的瞬间，地上立刻出现一块白色的方形，他就从屋外的反常的白昼里，走进那一块白色，整个人就是个黑影，还带着户外的寒意，黑影没有说话，也没有任何声音，像是被脚下的一个传送带拉进来一样，猛然进了屋子。

那一刹那，我突然觉得，他不是我父亲，而是一个鬼怪或者外星人，至少也是个陌生人，那一瞬间，他借助黑暗，显露了原形。我转头跑进了另一间屋子，在我进屋的瞬间，来电了，我不知为什么，像昏了头一样，也有可能是想求证什么，又一次跑进父亲的屋子，灯已经亮了，他坐在沙发上，正在翻看什么。看到我进来，他眼睛里没有表情，但转瞬间，他就像是身体里有什么东西满格了一样，表情涌了上来，涌进了他的眼睛，他对我说，停电的时候，不要跑动，免得磕着。

我想起她对时间的要求，又补充了一句，那是一九九一年八月，一个月后，他留下一封信离家出走。随即便看了下表，我整整讲了一小时二十分钟，于是对她说，我讲的差不多了，现在是你的时间。

她拿出一册速写本，翻开第一页，推到我面前：这是我父亲，他也没有留下照片。从画像上看，和你的父亲很像，但我不敢确定他们是不是同一个人。我拿过那个速写本，看到了一张在某些地方让我很熟悉的脸，浓眉，大眼，脸部线条非常硬朗，更难得的是，她画出了他的眼神，那是一种在苏美尔人留下的泥塑上很常见的眼神，泥塑的眼睛像失神一般，向着略高一点的地方望去，为了强调这种专注的失神，塑像的人会着力刻画眼睛周围的线条，让眼珠鼓出来一点，有些眼珠，鼓得像是甲亢患者的。她画的父亲就有一双微微鼓出的眼睛，和专注到失神的眼神。看到这个眼神，我有点失望，也有点庆幸，那不是我父亲的眼神。

她的祖父是从做小电器生意起家的，后来改做印刷，在八九十年代，印刷还是个好生意，但这个生意有个缺陷，尤其在那个年代，这个缺陷就更加明显：印刷设备需要不断更新，永远会有新设备出现，新设备永远更好，更准确。在电脑普及以后，设备更新的速度越来越快，"赚的钱全换了设备了"，她祖父无数次这样说。

这或许是真的，因为她祖父最终换了行业，卖掉了设备，拆掉了厂房，在印刷厂的土地上盖起一个商场，做起一个电器城。电器城商家林立，鱼龙混杂，经营和居住区域划分得不明确，接连出了几次小火灾，警方又长期在这里蹲守，抓黄碟贩子，电商兴起之后，电器生意也一落千丈。他于是痛下决心，掉转方向，把电器城改成美食城。他吸取了电器城的种种教训，认真做了规划，重新做了装修，定期组织商户开会和联谊，美食城生意逐渐上了轨道，成了当地的品牌，一直经营到现在。

祖父做印刷厂的时候，她的母亲在印刷厂制版，祖父做电器城，她的母亲就在电器城里收租，祖父开美食城，她的母亲就在美食城里开了一家串串店，起初每天去收一次账，后来一周才去一次。她的母亲，心安理得地享受着父亲的逐渐富有给自己带来的便利，一点都不焦虑，"幸亏我是女的，要是男的，就要出去做事证明我没有靠爸爸，我巴不得证明我要靠我爸"。

她有了充足的时间做自己喜欢的事，旅行，看电影（这是电器商城的 DVD 贩子帮她培养的爱好）；在寺庙里帮居士们做事（却从不皈依），在慈善团体做义工（却从不登记注册，理由很荒唐：没有像样的证件照）；她还加入了一个合唱团，在合唱团参加比赛却缺少服装经费的时候，匿名捐出一笔钱给每个人做了衣服。负责做衣服的领队，没想到捐助者就在合唱团里，吃了回扣，制作的西装"薄得像手帕，袖子短得哟连手腕都遮不住"，比赛之后，她退出了合唱团。

她就是在印刷厂时代认识了自己的丈夫。他在建筑设计院工作，来厂里印刷一本建筑图片集，她给了他成本价，还给他加了塞，排在一本畅销的写真集前，工人不得不加班，为了安抚工人的怨气，她用自己的钱给工人发了补助。祖父察觉了自己女儿的异样，要知道，他挂在嘴上的话是"生意可以不赚钱，但不能赔钱"，女儿一向执行得很好。第二个月，母亲就带父亲回家吃饭，回答了祖父的疑问。那是一九九〇年。一九九一年，他们结婚，一九九二年，许丽虎出生，许丽虎十一岁的时候，父亲留下一封信，离家出走。

母女两人，有身体硬朗头脑灵活的商人家长，和一个生

　　　　　　　　　晚春情话

意火爆的美食城作为靠山，安全度过哀伤期，但许丽虎很久之后才知道，这种哀伤是内伤，要绵延很久，时时发作。其表现是，母亲再也没有结婚，而她先后暗恋上了祖父最忠诚的合伙人、自己的中学老师、大学老师、画家老师、画家老师的朋友，她喜欢的演员是王庆祥、董勇、孙淳、尤勇和王志飞，她在社交软件上筛选网友的时候，也把年龄区间设定在三十五岁以上。她从没对朋友讲过自己对男性的偏好，因为她深知这意味着什么。

她从小学画，后来在那家名叫《Zoo》的网络杂志做美编，这是本小众潮流杂志，主打游戏和二次元。杂志很小，内部竞争没有那么激烈，她很快就成了主编，也延续了前任主编的很多做法，包括每年一次的主题征文。主题征文面向中小学生，可以是文也可以是漫画，文字篇幅在5000字以内，漫画在100幅以内。

八个月前，他们发起了二〇一八年年度的征文，主题是"诺言"，两个月后，截稿日期到来的时候，他们收到了3426份来稿，大部分是文字稿，"3426，这个数字我记得非常清楚，后来我意识到，把它倒过来，就是我父亲告诉我们的他的出生年月，一九六二年四月三日。当然这只是个巧合，但我一直在刻意寻找这种巧合"。

征文本来不需要她全部过目，他们把所有的文章分类打包上传到网盘，作为公共稿库，邀请了三十位比较老练的作家担任评委，负责看稿和审稿。大部分稿子，在第一关的时候就被刷掉了，最后选出一百篇稿子，进入第二轮，这次是交叉审稿，每篇稿子要经过五个审稿者的审看和打分，最后缩小到二十篇，这二十个人是最终的获奖者。她只需要粗略地看一下第二轮的一百篇稿子，再认真看一下最后的二十篇稿子，给出最终意见就好。

他们建了一个微信群，为了方便交流看稿子的心得，时常摘出滑稽的、荒唐的段落来，作为消遣。在评选已经进入第二轮的时候，一位审读者，转了一篇文章进来。这篇文章没有通过第一轮筛选，他是偶然在稿库里看到的，觉得很有意思，就转了进来。文章的作者，是一位十二岁的小学生，生活在江苏，他的文章叫《父亲的诺言》，图文并茂。

她把面前的电脑转过来，Word 文档页面上正是这篇文章。我调整一下电脑的角度，甚至没顾上跟她打招呼，就开始读下去。

"人们常说，不能轻易许诺，因为许下诺言就要实现，我希望这是真的，因为我的爸爸就给我许了诺，他说他将来还会回来看我。

"我的爸爸很帅，明星也比不上他，他去学校开家长会的时候，同学的妈妈总是跟他要电话。但我爱我的爸爸，不是因为他比明星还要帅，而是因为他很爱我，对我很有耐心，跟我说话总是很认真，愿意听我讲我胡思乱想出来的那些东西。每当我想出什么有意思的故事，首先想到的就是回家讲给爸爸听。在回家的车上，我复习着我的故事，希望它更有逻辑一点，先讲什么，后讲什么，大脑就像电脑一样忙碌着，因为爸爸总是说，一个故事最重要的是逻辑。"

（这里有一张插图，是他给父亲画的肖像，针管笔线条画，上了淡彩。不出意外，这也是一个浓眉大眼的男人，这个男人，和我和许丽虎的父亲都很像，但嘴的形状，眼神和表情，似乎又有差异。他画得非常好，笔触成熟，细节丰富，远远超过普通学画孩子的水平。）

"我的父亲，也不像别人的父亲那样，总是咋咋呼呼，总想着把别人的风头压下去。他很稳重，说话很稳重，走路也很稳重，他嘴里说出的每个字，似乎都很有分量，他每走一步，好像都很爱惜脚下的路。自从我认识了我的爸爸，我就觉得别人的爸爸都很傻。我的姥爷和我妈妈也经常对我说，你爸爸是世界上最能给人安全感的男人。"

（这里有插图，是一张父亲的全身画像，针管笔线条画，上了淡彩。画中人是个高大的男人，穿着衬衣和西裤，站在一道墙壁前面，双手插在裤兜里。猛一看和我的父亲很像，细看又有差异。）

"但是谁也没有想到，我爸爸做了一件事，让妈妈和我都失去了安全感。在我九岁那年，他写了一封信，放在桌子上，然后就悄悄离开了家，再也没有回来。"

（这里也有插图，画面上是一张信笺，上面写着："清黎和小亮，我很爱你们，很爱很爱，但现在有很重要的事需要我去做，我要离开你们一段时间，希望你们好好生活，享受生命。"字体来自字体库，信笺上还画着一串泪珠。)

　　"爸爸的离去，让妈妈难过了很久，但妈妈还是振作了起来。她说，爸爸走了，她既是爸爸，也是妈妈，她要学着像爸爸做爸爸那样做妈妈。她比以前更勤奋地工作，还培养了很多新的爱好，比如养鱼养花，她也有了很多新的朋友，他们也和她有一样的爱好。

　　"我也难过了很久，但似乎也不那么难过，因为父亲曾经告诉我，他将来还会回来的。一想到这句话，我就不那么难过了。

　　"这句话是他在我八岁的时候说的。那是一个黄昏，他带我散步，经过我家附近的体育场，他突然停了下来，并且对我说，他在这个体育场里，藏了一个很大的机场，我说爸爸你真会逗我，这个体育场我进去过，里面就是一个体育场，没有别的东西，再说，体育场里为什么要藏飞机场呢？爸爸笑眯眯地看着我，然后拉开一扇小门，带我走了进去。"

　　(两张插图，图一是体育场的内景，和任何体育场都没有什么两样，看台上没有人，足球场上有淡绿的草坪；图二是一个机场式的建筑，有巨大的通道，巨大的候机厅，所有这些都是银白色的，机场里一个人都没有。)

　　"眼前是一个很大的通道，有五十米宽，墙壁和地面都是银白色的，很光洁，什么东西都没有，也没有休息椅。我们顺着这个通道走了很久，我都走累了，眼前出现一个候机厅，长和宽有四五百米，也是银白色的，空空荡荡的，什么东西都没有。

"通道和大厅都很亮,但是看不到灯在哪里。我和爸爸站在大厅里,身后都没有影子。在那里站了一会,我跟爸爸说,这个地方空空的,我很害怕,爸爸就带着我从原路回去了。在回去的路上,爸爸对我说,他以后还要回来,带我到这里来。

"但是他再也没有带我来过这里。第二年,爸爸就离开我们了。但是我有信心,爸爸从来没有说话不算数过,他肯定还会回来,带我去看银白色体育场。希望那一天快点到来,我等待着,等待着……"

(最后一张插图,依然是针管笔画的,画上是一个男孩子,眼睛很大,穿着卫衣,身后是夜晚的城市,一些屋子的窗口亮着灯。这张画的日漫趣味,和他对自己的美化,显露了他天真的一面。)

看到我抬起了头,许丽虎问我,有什么读后感?我说,文字和画都比较早熟,例如第一句,他写的是"人们常说",而孩子们会写"大人们常说"。还有一些表达很越轨,但很有趣,例如"自从我认识了我的爸爸","她要学着像爸爸做爸爸那样做妈妈",画得也很好,这个你也看得出来,只要给他时间,他能画出来。当然,这不是重点,重点是……说到这里,我说不下去了。

是的,是的,重点是……重点是……所以我马上就按他留下的联系电话打过去了。从联系人的名字看,那应该是他妈妈，的确，电话也的确是他妈妈接的，那是一个很柔和、很明快的声音，而且 …… 一点陌生感都没有 …… 一点都没有 …… 就像 …… 我和我妈妈说话，那种感觉，既熟悉又恐怖。我跟他妈妈说明了来意，非常非常诚恳，生怕说错一个字。第二天，我就从成都飞去了他们所在的城市，和他们母子俩见了面，在一起处了三天。许丽虎说。

我可以猜到一些了，我说。

是的，她说，在去之前我就猜到了一些 …… 去之后就彻底证实了 …… 也是一个生意人家庭，生意做得非常成功，但也没有成功到有皇位要继承那种程度，妈妈性格非常爽朗，是 …… 不难从痛苦中走出来的那种人。

我说，我懂了。

她的眼睛灼灼地望着我，没有假笑，也没有痛苦的神色：如果只是我一个人经历了这些，我可能会以为那间金色大厅是我的幻觉，但我在很短时间里找到了你们，我相信这不是幻觉。其实，在找到小亮的时候，我就有了更大胆的猜想，这个世界上，还有没有类似的人和类似的事情？所以我发了那个微博。

但那篇微博的文字不是你写的，我说。

是的，不是我写的，我太严肃了，严肃到写一条微博都要用半个小时，所以我请了一位作者替我写，我说，她写，她熟悉网络的口吻，知道怎么利用自己的性别。我还加上了抽奖，买了粉丝头条，请朋友转发。总之，我希望它传播得更广，有更多人看到。然后，连回复带私信，我收到了五万条信息，大部分都是没有价值的，只有两百条符合我的要求。但这两百条里，有些明显是编造的，筛掉，有些信息是重复的，我保留了讲述得更完整更清楚的，把不好的筛掉，就这样，剩下了五十一条。五十一条，有些来自唐宋传奇、明清小说、历代笔记，还有些来自民间传说、名人回忆录、口述史，还有一些，是《飞碟探索》和《奥秘》杂志上的神秘现象报告。

工作量一定很大，我说。是的，但好在，我有一个编辑部，她低头从身边的包里，拿出一个文件夹。"现在女人的包越来越荒唐，大得像是要从家里逃走一样"，旺达·塞克斯在脱口秀里这么说过，而她用来装文件夹的就是一只大号的托特包。

她打开文件夹，推到我面前。看到第一页是一篇文言文，我不由面露难色，她马上觉察了，对我说，我也和你一样，我们这代人，遇到文言文，和半文盲也差不多，所以后面有白话文翻译。

第一篇出自《聊斋志异》。

太原有个书生，姓王，才华在当地也是数一数二了，参加科举考试却屡屡不中，不免很受乡亲嘲笑。一天，王生出门散心，走在街上，迎面走来一个穿青色衣衫的汉子，看到王生，竟像是熟识一般，拊掌大笑，对王生说："你的事我听说过一些，听你的经历，再看你愁眉苦脸的样子，让人很是同情，不如你拜我为师，我教你作文，保证你能获取功名。"王生听到这句话，不免激起心中的怨气，就对那人说："我虽然没有什么才华，却也不能随随便便就拜人为师。看你轻狂的样子，也不像是能够为人师的。"那人大笑着说："我们萍水相逢，也很难获得对方信任。不如这样，今天傍晚，你到城外仁寿山下的松林里来，我召集了一群爱读书的人，在那里清修和研读。你若有兴趣，也可以前来，和我们一起学习。"

王生回到家里，觉得这事很是离奇，但他又有几分好奇，不知自己是不是遇到了异人。于是把事情经过告诉家人，并且表示出想要赴约的意图，家人大惊，极力阻止，王生的念头反而更加坚定。晚饭后就慢慢向着城外的仁寿山走去，走了大约二里地的样子，看到一片松林，隐隐有一点灯火，等到他走到跟前，才发现松林深处有一处小小的宅院，只有三五间房子的样子，窄窄两扇木头门，油漆已经剥落，看上去很是寒碜。王生犹豫着叩门，随即听得院内一阵响动，有人开了门，正是白天所见的那个青衫汉子。

青衫汉子把王生迎进门，爽朗地笑着说："大家都已等候你多时了。"然后鼓掌三下，把王生拖进一道门，没想到其中别有天地，亭台楼阁一应俱全，不远处还有一座华丽的大厦，楼上楼下灯火通明，一股兰麝之香扑面而来。随后，几个汉子从各处走出，个个都是神采奕奕的样子，又有几个少女，簇拥着一个美若天仙的女子走出，她们身上的钗环衣服，都是宫中才有的东西。王生置身其中，竟然并不觉得局促。

众人拉着王生进入大厦，筵席已经摆好，王生也就泰然坐下，与众人举杯畅饮。酒过三巡，青衣汉子脸色微醺，谈到兴头上，就会拍打王生的大腿，王生虽然觉得古怪，但也能够接受。如此这般聊了一个时辰，青衣汉子突然收了脸上的笑意，也不再拍打王生大腿，郑重其事地说："你的文章虽好，可惜当世之人重官位，如果官位低下，文章也就不能传世了。阅卷的官员，都是靠八股文进身的，恐怕不能为着阅读你的文章，换一副眼睛和肠胃，倒不如你换了眼睛肠胃再去作文。"

王生不明就里，诺诺应答，又饮下几杯酒，渐渐失去知觉，恍惚间，看见青衣汉子搁下酒杯，走到他面前，朗朗笑着说："我这就为你换一副肠胃。"说话间，伸手探进王生的肚腹，将王生的肠胃拽出，端详一番后，念念有词，并且用手指点环绕，仿佛在作法。

王生大骇，怎奈饮酒过多，动弹不得，只能眼睁睁看着众人围着他的肠胃，有的指指点点，有的拍掌叫好，有的咯咯笑，有的像是出着主意。过了一炷香的时间，青衣汉子停下动作，对着王生的肠胃端详了一会，点点头，露出满意的神色，又将肠胃塞回王生的腹中，动作就像闪电一样。王生瞬间清醒，身上也有了力气，低头看自己的腹部，并没有伤痕和血迹。

众人看到王生清醒了，一阵喧嚷，半推半搡地，把王生送出门去。到了门外，笑声、喧闹声瞬间就消失了，王生急忙回头，依然只能看见那处小小的宅院，转身拍门，却再也没有人回应。

　　王生回到家中，家人见他神色恍惚，关切地询问他的经历。王生不知说什么好，就随意应付了几句。等到睡倒在床上，就听见腹中肠鸣不止，一直到天亮才停止。

　　过了一年，又到了乡试的日子，王生惴惴不安前去应试。到了考场中，坐在桌子前，心头空茫一片，手下写个不停，却不知自己写了些什么，就这样几天过去，直到最后一天写完掷笔，才清醒过来，却已经是太阳落山的时候了。王生出了考场，想起考场中的经历，恍如一梦，竟然回忆不起来一星半点。没多久，发榜了，他中了乡试第一名。

　　知道消息以后，王生急忙出城，去仁寿山下松林间寻访青衣汉子。那处宅院还在，窄门紧闭，他敲了很久的门，也没人开门，于是翻墙进入，那三五间房子也都在，只是空空荡荡没有人住。他走进每间房子查看，都只看见狭窄的小房子一间，四面墙壁也光秃秃的，没有装饰，更看不见当日那些亭台楼阁和大厦。他用手逐一叩击墙壁，也不见有什么异样。在小院里伫立了很久之后，他闷闷地翻墙出来，回到家里，想起当日那场欢宴，笑声和语声似乎都在耳边。

　　乡邻渐渐知道了他的遭遇，都说他一定是遇到了狐仙，只是赞叹，狐仙竟有助人获取功名的举动，或许王生也有些仙骨吧。可叹这样的际遇，不是人人都能有的，像王生这样的幸运儿，世间也没有几个，而文章有官位担保，才能传世的现象，到现在也没有停止。

第二、第三篇出自《阅微草堂笔记·滦阳消夏录五》。

乌鲁木齐每年有五个月天气极寒，动辄积雪超过一尺，不能在户外活动。有个叫林霨言的生意人，不知道这里天气的厉害，在十一月初，载了一车茶叶，从甘肃南部来到乌鲁木齐，准备送到昌吉去。有人劝他不要贸然上路，他却不听劝阻，出城而去。他出发时还是晴天，路上却遇到天气骤变，突然间风雪交加，他和两个伙计眼看性命不保。就在此时，茫茫风雪中，缓缓走出一个穿着羊皮袄、戴着羊皮帽子的老人，手里拎着一个木制的房子，只有狗窝那么大，虽然在风雪中，老人却丝毫没有瑟缩之态，似乎是刚从很暖和的屋子里走出来一样。老人走到林霨言面前，把手里的东西递给林霨言，让他把木头房子靠着路边的山坡放下，打开房门。林霨言浑身颤抖，依言照做，等到门打开以后，却发现自己已经置身于一间屋子里，屋里有炉子，炉火正在熊熊燃烧。转过头，老人已经不见了。林霨言和伙计在屋子里休息了一天，等到风雪停止才走出屋子，就在他们走出屋子的一瞬间，那间屋子又变成狗窝大小。林霨言带着这个木头房子，返回了乌鲁木齐，把房子珍藏在密室里。第二年春天，他载着茶叶再度上路，快到昌吉的时候，迎面走来一位老人，正是当初赠送木头屋子给他的那人。林霨言上前下跪道谢，老人微笑接受，等到他再次抬头，老人已经不见了，回到车上查看，那个木头房子也消失了。

乌鲁木齐这地方，曲折深巷，常有不可思议的事情发生。我曾听把总蔡良栋说，有人在城中开设"鬼市"，售卖各种违禁物品。他带人前去调查，却发现这"鬼市"神秘莫测，不断变换地点。后来，他们抓捕了参与"鬼市"交易的人，严加审问，才知道，那间"鬼市"是由一个来历不明的泉州人掌控，他在城里到处寻找空屋，以低廉价格租下，随后稍加改装，就变成了"鬼市"。在他改装前，那空屋就是一间陋室，七八尺见方，但他不知用了什么邪术，将屋子扩充成几十丈见方，容得下许多人在里面交易。一旦那"鬼市"被人发现，他就弃之不顾，转而去寻找下一间房子。那"鬼市"一旦被弃，就再度变回数尺见方的陋室。这是官府屡寻不获的原因。

第四篇出自《关山寻路：陆仁棠回忆录》，陆仁棠口述，姚橹湘撰写。

听闻前方战事失利，黄世昌军行将赶至，医院里顿时慌乱起来。黄世昌系土匪出身，对待俘虏极为残忍，如果被黄军捕获，命运无疑十分可悲。我们简单整理装备，自医院出走，向郴州方向撤退。南峡口镇居民，此时也都知道兵败的消息，携家带口，向郴州而去。

我与两名勤务兵，一名枪兵，二十几名伤兵及三名护士同行，另有五十位南峡口镇居民跟随，行进速度极为缓慢，我不由心急如焚。戎旅生涯至此，前路茫茫，护国行动屡遭挫折，战争陷于胶着，不知何时才能看到局势明朗。

正在难受之际，天空又下起绵绵细雨，所幸此地多红沙土，并不十分泥泞，只是雨水浇透全身，加之饥肠辘辘，不免更添几分沮丧。就在此时，走在前面的镇民说，前面山谷里就有一间小庙，可供军民休息。我们顿时提振了一点精神，加力前行。果然在山谷深处，看见一座小庙，不知供奉何神。走近小庙，庭院里种植着几簇修竹，另有一左一右两棵桃树，墙壁干净整洁，屋瓦上不见杂草，显然有人打理。近前叩门，有一位老者前来开门，表情动作与常人略有差异，细看才知是盲眼人。

我率先进了小庙，四下打量，见小庙只有十尺见方，青砖墁地，一座清简的莲台上，端坐一位观音，没有饰品，也无帐幔，除此之外，空余地面甚少，不知如何能容下七十余军民。

盲眼老者并不知我们人员众多，侧身让我们进入。其后发生的事算得上古怪，七十余军民，挑筐背箱，陆续进入庙堂，庙堂竟不显挤迫。众人或席地而坐，或摊开铺盖躺睡，铺盖之间尚要留出容纳行走出入的空地，庙堂反而越显宽敞。我不免疑心，是否青田墟一役时的枪伤，影响了视力，加之天色阴沉，没有看清庙堂大小。虽然心中存疑，却不断说服自己，于是昏昏睡去。

本想第二天一早就离开此地，没想到雨越下越大，终于酿成洪水，将山道淹没，我们就在这间小庙里停留了五日。其间，盲眼老者拿出草药，帮助照料伤兵，伤兵伤势渐缓，连日疲顿也稍稍消退。五日后，我们告别老者，扶老携幼，再度上路。我仍然心中存疑，走出小院后，假装落下东西，回身寻找，推开庙门，眼前仍然只得一间斗室，十尺见方，盲眼老者正在打坐，听见开门声，也不回头，只缓缓道："去吧，去吧。"

沧海桑田，驹光如矢，中国也从旧社会来到新社会，许多事情不复以往，然而想起这件事，我仍然大惑不解，但也只能由它去了。

第五篇出自《走近飞碟》，1988年第六期，"目击者"栏目。

1978年，在山西工作的时候，我有过一次近距离接触体验。那是八月的一个傍晚，天气很热，我在野外工作，突然看见眼前飞过一个发光的圆珠状物体，只有一颗花椒粒那么大。我以为是萤火虫，心想怎么会有这种形状的萤火虫，就随手捞了一下，很可能把那个物体抓在了手里，手掌感到一阵刺痛，赶忙放开了它。就在同一瞬间，我感觉我整个人被吸进了一个管道里，管道两边都是耀眼的光柱，飞速掠过，然后眼前突然变得开阔了。我像是飘浮在太空里，地球就在我下方，我正在俯瞰我们蓝色的星球，只要我对什么地方多看一会，我就会出现在那个地方，一会是热带雨林，一会是沙漠戈壁，一会是高楼大厦，一会是大洋深处，周围有鱼群在游动。就这样飘浮了一会之后，眼前的一切都消失了，我仿佛置身于一个实验室里，实验室很大，有一些物件，都是蓝色透明的。就在我好奇地四下打量的时候，手掌又是一阵刺痛，我从那个管道里退了出来，身边还是有耀眼的光柱。再睁眼的时候，我还是站在野外工作的地方，手心很痛，我张开手，看到手掌里有一块小小的灼痕，有点歪斜，边缘不很整齐，像是用一把牙刷头烙出来的。后来我把自己的经历告诉家人，家人说，我很可能是抓到了一只野蜂，被蜂刺到，中毒以后产生了幻觉。

第六篇是"私历史FM"公众号上的文章，题目是《三十五年前，我是昆仑山下的找油人》。

……每天完成作业之后，我们就聚在队长的帐篷里喝酒打扑克，当时也喝不起好酒，就喝当地人用苞谷酿的酒，一边喝酒一边谝闲传[1]，就那么听说了好多事。内蒙古来的勘探员巴特尔说，他以前跟过一个勘探队，在阿克苏附近的戈壁滩上找油的时候，在远离公路的戈壁深处，看到一座山，那山孤零零地拔地而起，特别陡峭，形状就像埃菲尔铁塔一样，山脚下有一个房子，是灰白色的，在远处就能看得见门洞。他们很好奇，就朝着那座山走过去，那山看着很近，走起来很远，走了差不多有五公里，直到他们都快以为那是海市蜃楼了，才终于走到了跟前。到了房子前面，才发现那

———————————

[1]　闲聊，唠嗑。

是一个石头房子，大概有三十米高，十几米宽，墙壁是用白色石块砌的，不知道是什么人造的，哪年哪月造的。房子正面有个门洞，门洞有三米多高，两米多宽，没有门，他们就打了个手电筒走进去了，刚进去觉得里面并不大，只有不到一百平方米，像个门厅一样，走了二十几步，乖乖不得了，大概是走到山体里了，眼前突然出现一个特别大的走廊，有五十米宽，三四十米高，看不到头，不知道到底有多深，墙壁都很平整，像是用水泥糊过一样。最奇怪的是，走廊里看不到灯，但却有光，能看到很远的地方。他们走了一会，看不到人，心里直打鼓，又担心里面氧气不够，把人放翻就麻烦了，就原路退出来了。出来之后，他们商量了一下，一致认为那是一个废弃的秘密工事，有可能是国民党在新中国成立前修的，为了潜伏下来搞破坏。他们就记下了具体位置，回去以后就向上级报告了，上级很重视，组织了一些人到那个地方去找，结果再也找不到了，既没有山，也没有房子。因为谎报情况，他们队长差点背上个处分。

看到这里，她从我手里拿走了那些文件，说：时间不够了，后面的那些故事也大致差不多，《拾遗记》里的，《子不语》里的，《云南民间故事选》《古代神话故事》里的，地方志里的，还有各种口述实录。看这么多也够了。其余的故事，我会发到你的邮箱。我想知道的是，你看了这些故事，第一印象是什么？

我：须弥芥子。

她停顿了一下，似乎在出神：真是太浩大了……我们先关心一下和我们有关的部分吧。我觉得我们要理一下父亲出现和失踪的每个时间点，看看能不能找到什么规律。你说话的时候，我记了一些，你的父亲，应该是一九五一年出生的，出生日期是？

我：六月五日。

她：好。你的父亲是一九五一年六月五日出生；一九八〇年，你的父亲在他二十九岁的时候，和你的母亲在水产市场认识；一九八一年，你的父母结婚；一九八二年，你出生；一九九一年九月，你九岁，你的父亲四十岁，他留下了一封信，离家出走。在我这里呢，时间线是这样的，我的父亲一九六二年四月三日出生，或者说吧，他自称是一九六二年出生的；一九九〇年，在他二十八岁的时候，和我母亲在印刷厂认识；一九九一年，他们结婚；一九九二年，我出生；二〇〇三年，我十一岁，我的父亲四十一岁，他留下一封信，离家出走。好了，再来看看小亮父亲的时间线，他是一九七一年五月十五日出生；二〇〇二年，和小亮的母亲在建筑工地认识；二〇〇四年，他们结婚；二〇〇六年，小亮出生；二〇一五年，小亮九岁，他四十四岁的时候，留下一封信，离家出走。看出来什么规律了吗？

我：时间线是近乎平行的，三个父亲的生活轨迹平行相差十到十二年，一旦过了四十岁，他必须消失。

她侧脸看看窗外，说：在我遇到小亮的时候，就算是初步发现这个规律了，找到你，只是又一次验证了这个规律。在小亮那里发现这个规律之后，我想了很久，为什么是十年左右，为什么是四十岁。然后，我想起一个电影……

我知道是什么电影了，我和她几乎同时说出来：《这个男人来自地球》。

她低下头：如果他只是在四十岁失踪，如果只有这么一个特征，我不会有这种联想。但还有那个房子……所以我想，他必须在四十岁之后离开，因为，人一过了四十，就会老得快一点，而他肯定还是不到三十岁的样子，甚至在他应该五十岁的时候，还是这个样子。

我：也有可能，他会定期对婚姻厌倦，对一家人守在一起感到不耐烦了。

她：也有可能是别的原因，但是，那肯定是一个我们想象不到的原因。还有他为什么要在三十岁左右出现，或者说，以三十岁左右的年龄出现，我还没有想明白，我也很肯定，那是一个我们想象不到的原因。

我：他也可以在我们五岁六岁的时候离开……

她：所以我们想到的这些原因，都只是我们理解能力之内的原因。

我：那你觉得，我的父亲，你的父亲，小亮的父亲，有什么关系吗？他们很像，但又不完全一样。

她：我大胆地想过，他们有没有可能是同一个人，《犯罪现场调查：拉斯维加斯》里就有一集，一个男人同时跟两个女人结了婚，各生了一个孩子，同时拥有了两个家庭。既然他能做出那个房子，那么，改变一下相貌的细节，应该不会太难，至少不会比在一个体育馆里，建起一个来历不明的机场更难。但后来，收集到的故事越来越多，我又想，他可能是一个人，但也可能是很多人，可能是同一个部落里的人，也可能是从……同一个飞船上下来的，或者是同一个地方生产的，或者克隆的，类似于同一个批号的机器人。

说到这里，她沉默了一下，又说：这个假想太可怕了。好了，父亲的时间线有了，再理一下他选择对象的方式。

我：我们的母亲，都很相似，家庭富裕，性格爽朗，内心很丰富，有创造精神生活的能力，也都不是豌豆公主类型的，以前也穷过，做过很艰苦的工作。总之，抗压能力强，自愈能力也很强，不会因为丈夫失踪，就没法继续生活。

她：因为他知道自己有一天会离开，他得找一些方方面面都皮实一点的女人，以免她太痛苦，他在遇到她们之前，就在为离开做准备。

我：为即将到来的四十岁做准备。

她：也有可能是别的东西。让他不得不离开的东西。

我：在离开前，还要把那个房子的事告诉孩子。

她：可能是让他们知道自己的存在，就像……立下一个纪念碑，但这个纪念碑又是不那么让人信服的，因为是从孩子嘴里说出来的，不会一说出去就吓倒全国人民。到最后，就连孩子自己，也不太相信自己看到的和听到的。他们只好忘掉，或者当作记忆里的异常事件，封存起来。

我：也有可能，他是为别的事情做准备。

她：也有可能，并没有那么一个房子，我们的确是被植入了一段记忆。我们都那么爱幻想，那么爱创造，针对我们的特点，给我们植入一段记忆，应该不难。办法很多：一，反复说给我们听，洗脑；二，直接上催眠；三，带我们去一个电影拍摄现场。

我：都有可能。

我们同时笑起来。

她放慢了语速：但是，那个房子……那些房子不是毫无联系的，现在已经知道的三个房子是有关系的。第一个，你看到的那个，只有二十平方米，二十平方米的三间房子，加上楼梯。第二个，我看到的那个，是一个金色大厅，占满一座山的内部，有几千平方米大，几十米高。第三个，小亮看到的那个，是一个巨大的机场，几万、几十万平方米，都有可能。这些房子，越来越大，指数级地扩大。就是说，不管他是一个人，还是一群人，他的能力都越来越大。从一间光秃秃的水泥房子，到金色大厅，到一个空旷的机场。下一个房子，或者说空间，应该更大，但是我不知道会有多大。

我愕然地看着她，我还没有想过这个问题。

她：我也试着用一两个词，概括他制造这些房子，或者说 —— 空间 —— 的手法。你看到的那个房子，是"嵌入"，在一个大建筑里，嵌入一个小空间。我看到的空间存在的

　　　　　　　　　　　　晚春情话

方式，如果用一个词来概括，那应该是"占据"，一个空间，被另一个同样大小的空间占据。小亮看到的那个空间的制造手法，是"扩张"，在已有的空间里，开辟出一个更大的空间。嵌入，占据，扩张。那么，下一个词会是什么呢？当然，你不要被我用的这三个词语影响，还可以是另外三个词，撑开，填充，膨胀，但结果是差不多的。那么，下一个词会是什么？

还不等我回答，外面响起防空警报的声音，凄厉而广大，在整个城市上空回旋。一遍结束之后，另一遍又来了。和防空警报一起泛起来的，是某种嘈杂声，看不到来源，但却能感受到其存在的嘈杂声，像宏大的耳语。

好了，我们走吧，她说。她开始收拾桌上的笔记本和文件，把它们统统塞到那只大包里，然后站起来，停顿一下，迈出了步子。她走路的姿态有点夸张，小幅度地耸动着肩膀，像在笨拙地跳舞。

车祸，她说。她知道我在想什么，根本没有回头看我。

我们并肩走在街上，起初，我还要适应一下她的步伐，很快，我们就能达成一致了。街上人多起来了，有人背着包，有人拖着拉杆箱，有人推着轮椅，轮椅上坐着老人，有人牵着狗，还有人不断地从路两边的门洞里走出来。所有人的表情都很轻松，像是去参加一次远足，看一次焰火表演。我想起有一次去大阪看音乐节，在开场前，人们默默走向入口，场内已经响起了音乐，我们不知道是不是演出提前开始了，有一点轻微的焦急，但更多的是释然，演出终于要开始的释然。

她走在我身边，微微耸动着肩膀，执着地看着前方。我想起佩索阿的句子："秘密的守护者都是残缺的人。"

但我知道她不是完全安静的，她思绪翻涌，好像要在沉默的间隙里，找到一个豁口，可以让她开口。终于，人群中传来一声尖叫，随后是一阵近乎抱怨的骂声，紧接着传来一阵哈哈大笑，有人笑着跑开，那一组声音勾画出一场恶作剧。

借着那阵骚动，她开口说话了：知道我为什么会来这里吗？

我：我刚刚想起来要问你。

她：三个月前，就在我发微博搜集故事的同时，看到了这里要办防震演习的消息。我觉得这个消息不太寻常。现在的科技，还预报不了地震，只能预警地震，预警是什么？预警发生的时候，只有几十秒可以逃生了。所以，没有人会做这样的防震演习，只会做逃生和疏散演习。你生活在日本，应该知道这些的吧。

我：所以？

她：所以，我用了很多时间，了解这个防震演习的背景，发起人，组织过程，耗费的金钱，防震演习的方式，一切的一切。所有的消息都告诉我，这真的只是一场防震演习。但我不知道为什么，就是对这个地方要地震的消息耿耿于怀，总觉得它里面有点什么，总觉得它和我有点关联。这个时候，你写来了邮件，我想，我们可以在这里见一面，我喜欢约人在第三地见面，谁的主场也不是，大家都自在。我还邀请了小亮和他的母亲，但是小亮要考试，五月，孩子们都要考试。

我：所以，你已经默认了，我们的父亲可能有点关系，最起码，也是来自同一个飞船的一群人，或者同一个批次的克隆人。

我是这么期待的。她说。

体育馆就在路的尽头，从外面看上去很大，但很简陋，墙壁是灰色的，围绕着体育馆的水泥路，却是新修的，水泥路两边，种着银杏树。体育馆的入口很好找，在靠近入口的地方，有几家售卖体育用品的小店。

进门，穿过黑暗的通道，进入体育馆的一瞬间，我以为会看到一个金色大厅，或者白色的机场，都没有，眼前出现的，就是一个体育场，足球场、跑道、看台、观礼台，和任何一个标准的体育馆没有什么两样。我没有看许丽虎，我知道她也一定感到一种尖锐的失望。

会集在场地里的人还不多，我们找了看台上的位置坐下，她毫不在意地把那只包放在身后充当靠垫，尽力让自己舒服一点。

那个下午的后半段，我们就在体育馆度过。我们聊了各自的童年，父亲的琐事，聊了又聊。一种亲切感在我和她之间蔓延。晚饭时间，她和我分享了带来的零食，脱脂蛋糕，巧克力，一种吃起来像水果的软糖。周围的人，也把他们的食物分给我们。一种游戏般的、共患难的感情，临时出现在我们中间。不过，遗憾的是，当我们想要加微信的时候，却发现那里面完全没有信号，只好存了彼此的电话号码。

体育馆里的人越来越多，但在志愿者的指引下，人们并没有过分慌乱，先到者上看台，看台坐满之后，其余的人就坐在场地中央。场地上有志愿者用木屑画出的方格，方格中间留出了通道，人们就坐在方格里。穿着黄色闪光马甲的志愿者，在格子之间奔走。

嘈杂声越来越宏大，像是一片海被引进了盆地之后感到拘束，要冲破盆地的狭窄，用浪潮的声音作为突破。就在那宏大的嘈杂声里，开始有人唱歌，起初，是一个女孩子的声音，她悠悠地唱了一首慢歌，但在歌曲快要结束的时候，她越唱越快，越唱越调皮，像个玩笑。最后，她在笑声里停止唱歌。

很快，有另一个声音接过了为现场制造音乐的任务。一群老年人，在一个老人的指挥下，开始合唱，他们唱的都是些过去年代的歌，有领唱合唱，还精心地分了声部，显然训练了很久。他们的声音，很快盖过零星的歌声，并且吸引了更多人加入。嘈杂声渐渐变成了歌声，像一堆黑色的、密密麻麻的点变成了缤纷的线条。

老人们的歌声还没结束的时候，看台上有人用喇叭讲话了："同志们，朋友们，兄弟姐妹们，今天我们在这里进行的，是一场防震演习，这次防震演习，动员了全县城的居民参与，是我县、我市乃至我省历史上，规模最大的一场防震演习。这次演习得到了全县人民的支持，我们向大家的支持表示衷心的感谢。

"大家知道，自然灾害的发生是不可抗拒的，灾变才是这个星球的常态，有人说过，"世界是从灾难开始的"，"苦难是我们的故乡"。那些与人类历史有关的传说，多半与灾难有关，咱们中国古代神话里的女娲补天、精卫填海、后羿射日，都是和灾变有关的传说。进入现代社会，灾变依然没有减少，极端天气也越来越频繁，但是人们可以通过有效的措施，有组织的预防，把自然灾害造成的损失降到最低限度。这是我们举办防震避险演习的初衷。我们希望，通过举办防震避险演习，能够使大家进一步了解应急避险常识，提高面对突发事件的应变能力，帮助全县人民提高自救、自护的能力，增强互帮互助、尊老爱幼的思想意识，促进家庭美德建设。

"为了达成这一目标，圆满完成这次地震避险演习，从四月中旬开始，我们就成立了由县委书记芮文斌同志担任组长，县委县政府主要班子成员担任副组长的防震避险演习领导小组，从组织上为这次活动提供了保障。同时，我们召开了领导小组会议，确定了本次避险演习活动的指导思想、方针政策，明确了责任，并且落实到人。随后，我们在全县范围内，进行了广泛的动员宣传，通过层层落实，狠抓动员，我们让全县人民提高了对防震避险活动的思想认识，了解了这次活动的时间、地点和方式方法，并且建立了网格化的避险演习分管小组，层层传递，人对人传递，确保不落下一个人，不留下一个死角，不让一个人、一个家庭不被关注，不让一个人、一个家庭处于网格之外。

"同志们，灾难是避无可避的，而人类也正是在灾难中成长起来，积累起关于这个世界的智慧。平静的生活常常让人的危机感陷入沉睡状态，而我们希望，我们能通过防震避险的宣传和演习活动，担负起免疫激活的职责，努力激发在平静生活下逐渐进入沉睡状态的人类情感：爱情、亲情、友情，以及为它们所付出的牺牲。在灾难面前，人可能会失败，却不能被打倒。正因为灾难存在，我们才更亲切地感觉到彼此的存在。风雪、熔岩、大火、地震始终存在，但不管任何时候，都有人的精神烛照一切。"

我已经很久没有听过这样的讲话了，而且又是在那样一种特别的情形下，不知怎的，我竟然从这个讲话里感到一种暖意。它和中国人的所有讲话一样，有一种正统、笃定、达观，似乎怪力乱神不存在，崩溃流散不存在，天可以补，海可以填，人总能胜过天。它又有一种隐蔽的世界观，自给自足，自求圆满，不往宇宙深处望，也不往河海荒野深处望。我曾经以为，只有中国人的演讲是这样，后来发现，世界上的演讲大都如此，演讲本身，就是一种信心的表演。

就是用语言，临时建造一所房子。

讲话结束之后是文艺演出，专业演员上台，唱了几首歌，跳了几支舞，演了几段地方戏，大约历时一个小时。随后有人宣布，防震演习圆满结束，请大家听从志愿者的安排，有序退场。

这个晚上，可能就这样结束了。我和许丽虎对视一下，静静地坐在原位，等到人们散得差不多之后，才向着出口走过去。

是不是很失望？她说。

开始我没想到我会产生期望，但现在有了失望。我说。

现实没有让我失望，在那句话结束之后，在我们都以为故事已经结束的时候，故事才真正开始了。在我们走出体育馆的同时，她站住了，我们都听到她包里的手机在连续振动。她拿出手机，嘟囔着"这个时候来信息"，但在她看了一眼屏幕之后，她僵在了那里，很久很久，就在我已经不顾礼貌，准备凑过去看她的手机时，她把手机递过来了，手机屏幕上有一条来自新闻 APP 的信息：

"中国地震台网正式测定：五月二十日二十一时二十九分，在湖北省苍阳县（北纬3×.××度，东经1××.××度）发生7.8级地震，震源深度12千米。"

我们根本没有看懂这条信息是什么意思，随后我醒悟过来，拿出自己的手机，打开微博，微博上已经随处可见和这场地震有关的消息了："一个巧合是，在湖北苍阳的地震发生之前，当地政府组织了一场防震演习，全县居民，都在地震发生前，被有组织地疏散到了当地的体育馆、学校操场和公园，在地震发生时，他们正在紧急避难场所欣赏歌舞表演。目前没有房屋损毁和人员伤亡报告。"

我和她站在那里，呆立不动，各自心绪翻腾。那一瞬间，我们上空似乎出现一个旋涡，而旋涡的中心就是我们，我似乎能看见旋涡里的云雾翻卷，它们像一个巨大的黑灰色的冰淇淋筒，竖立在我们头上，并且缓缓转动。

就在那时，整个城市突然从慵懒的寂静中醒了过来，尖叫声、吼叫声、高声说话的声音，和摔门声、汽车启动声慢慢泛起来，开始是隐隐约约的，不能确定的，随即变成尖锐的、明亮的，似乎有一根根刺，在整个城市的四面八方，从地下刺了出来。这些尖锐的声音，像是来自地下的刺，很快汇聚成一片。整个城市都被各种狂乱的惊呼声、笑声给充满了。

体育馆对面的那些楼宇上，不断有人跑出来，有人站在单元口喊叫着什么，有人跑到离楼宇远一点的地方，仰着头看着他们的楼。有人从我们身旁的马路上跑过去，伴随着号叫和惊叫，我隐隐约约地听到他们喊的是："出鬼了！ 出鬼了！"

等到再有人从我身旁跑过去的时候，我拉住他的手臂，问他发生了什么，在被他奔跑带来的惯性拖着走了几步之后，他跟着我慢慢站住了，喘着气告诉我："出大事了，我

　　　　　　　　　　　　　　晚春情话

的家里什么都没有了，我们整个楼上的人家里头，什么都没有了。"说完这句话，他挣脱我，边跑边看着我，随后拧过头，加快了步伐，很快消失在马路的尽头。

我走回许丽虎的身边，把我听到的只言片语转告给她，尽管我也不知道这到底是什么意思。我于是拉着她，对她说，到对面的房子看看就明白了。

她跟我走了两步，又突然站住了，像在想什么，然后对我说：不对，银杏树没有了。

什么银杏树？我说。说出这句话的同时，我突然明白了她在说什么。体育馆外环形路上的银杏树不见了，一棵都没有了。

她拉着我，沿着那条水泥的环形路，向左走了三十米，没有看到一棵银杏树。我们折返到原点，又向右走了大约三十米，依然没有看到一棵银杏树。我们再次回到原点，她迷惑地问我：这条路上原来是有银杏树的吧？我没记错吧？

我：你没记错，我也有印象，很整齐的银杏树，大概有五米高。

她：现在一棵都没有了。

我们沉默下来，同时转身，向着对面的楼宇走过去，我已经隐隐约约想到，我们可能看到什么，一阵很久没有出现过的慌乱、燥热、恶心感开始浮起。

对面的小区院子里，已经站满了人，他们和自己居住过的房子，刻意保持着距离，远远站着，观望着，议论着，似乎那是个凶案现场。我们从他们中间穿过去，听到他们正在激动地讨论，"见了鬼了，见了鬼了"，"地震把房子震成了毛坯房"，"我报警了！派出所说他们办公室也是空的"，"把命保住也算不错了"。

我们走进那幢楼。一楼左手的人家，房门大开着，月光从屋子里倾泻出来，幽蓝、淡白，铺展在地上，勾勒出里面房屋的门框形状。院子里人们说话的声音，被这幽蓝和淡白，瞬间推远了。他们的语声，像是被一道光的帘幕隔开了。这月光、空寂的房间和被隔离的声音，都让我感到一阵熟悉的恐惧，转头望望身边的许丽虎，她和我一样毫无表情，似乎用什么把自己凝固了。我们站在门口，仿佛那里有一道看不见的薄膜，无比脆薄又无比坚固，冲破它，也许只需要一个小小的动作，哪怕只是呼出一口气，终于，我重重呼出一口气，那道薄膜不存在了，我们迈步走了进去。

玄关、厨房、餐厅都空无一物，也没有经过任何装修，似乎是一间刚刚交付的空房，墙壁和地面都很光滑，有着未经装修的房子特有的阴冷。向右拐，是客厅，客厅很大，月光扑面而来，我像是和一个呼啸而来的卡车车头相遇了。

我和许丽虎在那里又一次站住了，只是，那一瞬间，我突然有了种奇怪的感觉，似乎我正在变成一个漫画人物，变成我曾经画过的少年李斌，和同样变成漫画人物，变成波波头少女的许丽虎，站在一间画出来的房子里，我们面前是巨大的月光，月光也是画出来的，锯齿状的光芒，刺到我们身上。我们身边，似乎还有用黑色粗体的英文，写出来的拟声词。

在漫画状态里停留了很久，我们同时转身，回到了有血有肉的状态，我们走出屋子，走到人群里，从人群中经过的时候，我还听到有人在向别人倾诉："演习之前房子还是好好的，演习回来就变成毛坯房了。"

我和许丽虎重新回到大路上，月光照着大路，路上空无一人。她说：我知道第四个词是什么了。嵌入、占据、扩张之后的第四个词：替换。

我静静地等着她说下去。

她：他的能力越来越大，这一次，他先用他制造的空间，占据了那些体育馆、操场和公园，然后让人们在地震快来的时候躲到这个空间里去。这个空间看起来没什么异样，但当我们走进体育馆的时候，可能已经在另一个维度的空间里了，地震不会震到那里，这个地球上发生的一切事可能都到不了那里，当然，手机信号也不会抵达那里。就在所有人躲在这个空间里的时候，地震来了，7.8级地震应该造成的后果也发生了，但他用他制造的城市，把震塌的城市替换了，包括城市里所有的楼宇和房屋，他都给换了。当然，他不负责装修和置办家具，也不负责做绿化。

虽然在那个时刻，我们不确定我们是不是应该笑，在那样一个悬而未决的时刻，笑算不算得体，我和她还是同时笑了起来。

月亮已经升到了中天，月光异常明亮和透彻，一些鳞片状的云，被这光芒逼退，慢慢在天空中消失，我们像在海底世界，向着水面仰望，那些楼宇仿佛海底的沉积物，只要月光再亮一点，就能把它们涤荡干净。路上没有人，也没有车，被月光照着，显得无比宽敞平坦，宽敞的大路，就那么悍然地，向着一个方向伸展着，似乎是被月光推出去的。我们就那样，沿着那条月光大道走了下去，没有说话，也不想什么心事。她在我身边行走着，起伏和耸动着身体，但却没有之前那么剧烈了，我甚至怀疑，在这条路上继续走下去，她和我，都会恢复出厂设置，变成最初的样子。

楼宇渐渐稀少了，路边开始出现草地，渐渐地，草地连成了片，人的痕迹越来越少，路也越来越弱，慢慢没那么宽广，也不那么明亮了，似乎，它所代表的人的世界，到这里变弱了，不那么毋庸置疑了。路面越来越窄，越来越薄，最终悄无声息地，消失在了浅浅的草地里。像是河回到了自己的源头。我们就在那里站住了，眼前是广大的月光，照着浅草的旷野，什么都被涤荡干净了。

在草地的中央，一个人站在那里，只留了背影给我们，他穿着大衣，戴着一顶平淡无奇的礼帽，他的穿着，和这季节不甚相合。他静静站在那里，沐浴在月光里，仿佛他就是在月光里生，月光里长的。

我和她对望一眼，向着那个背影，走了过去。

晚春情话

晚　春

"尕奶奶来了。"一川跑进门，报告一声，又转头跑出去。

"你还记得尕奶奶不，我叔叔的媳妇，从下蒲家嫁过来的，我们叫尕妈，你们叫尕奶奶。" 凤台正在院子里和一林说话，收到一川的报告，一边含笑对一林解说，一边站起来准备迎接。

"不记得了。"一林倒也诚实，有点犹豫，还是实话实说，一边跟着站起来。

凤台长着一张西北人常见的圆脸，脸型、眼角、下巴都有些细微的特别之处，西北人看到就知道这是自己人，唯独鼻子比较突兀，硬朗，铿锵，像在一团面里裹了岩石。身上穿着一件红色户外短风衣，是二十年前跟寻子团的人学来的穿着，这类衣服，她穿了二十年，终于穿到和她融为一体，衣服总算是驯化了人。一林穿了一身灰色运动衣，运动衣里是白色T恤。他生得英俊，但眉眼神情总有点仓皇，像是时刻在躲着一记耳光，或者过于刺目的阳光。两个人站在那里，似乎是还没有驯化好对方，什么地方有点硌得慌。

院子地势略高，可以看得见水库边的白土路，却并没有看到尕奶奶走过来。凤台就又向着路上望了一眼，白土路又白又硬，路边青草已经及膝，嫩绿蓬勃，向着水面方向倒伏，一波一波，像绿色的细细海浪，早熟的宽叶独行已经开了白花，从绿浪之中探出头来，星星点点。这绿浪一直铺展到远处，和水面相接，像是一头扁平的温顺的动物，扒着河岸，往淡蓝色的水面扎下头去，饮不尽地饮着，让人对那水的滋味生出渴望。水的颜色，越远越淡，到了水天相接的地方，就是一片粼粼的银白。看着看着，就有点走神，就想多看一会。

"尕妈岁数不大，才比我大十五岁，你爷爷的几个兄弟姊妹，我跟尕妈家来往得多些。"

"叔叔的老婆，我们那边叫阿母，也叫婶婶。"

凤台觉得"我们"这两个字有点刺耳，只是不知道怎样表示自己的不适，止找着话，尕奶奶和她的儿子兵兵已经走进来了，一川在后面紧跟着。凤台跟尕奶奶打过招呼，又对一川说："往门口洒上些水。洒匀些。"

尕奶奶以前在镇上粮站工作过，后来被清退了，还是一直剪短发，一副女干部的样子，穿着一件深咖啡色的衣服。虽然是深色，但咖啡色里带着点姜黄，在人群里还是扎眼的。尕奶奶一直会打扮。凤台看得出她头发楂子是齐的，不毛，应该是新修了头发，身上的咖啡色衣服也新，没穿过几次。兵兵也穿了西装，白衬衣比袖口长一点点，袖口洗得有点起泡，但终归干干净净。这样慎重，凤台就觉得自己打扮得太草率了，低头看一下，扯了一下衣服下摆。

尕奶奶走到一林跟前，拉住一林，端详一会，并不显得生分，连声说："林林子，你把我认得不？我是尕奶奶，你妈的尕妈，你尕的时候我抱过你多少次，驴日哈的把你拐走了，把你们全家害得不得活。么①你是怎么找着回来的，你还算是有良心啊，么你怎么不早些找着回来，把你妈磨的，我就看着把你妈一天天磨的，幸亏你妈心强，能轴住。么你还回去吗？你回去做啥去呢，驴日哈的家里就舒坦些吗？这些人迟早要让天雷打的，你跟上他们能有啥好事呢？"

从到省城认亲到一起回家，凤台和一林处了已经有四天了，还是觉得有点生，也有可能，是一时半会回不到一林小时候那么亲近了，但还惦记着那点模糊的亲近，两相比较，就有了隔膜，尕奶奶就没这层顾虑。有了隔膜，就不是什么话都能讲，加上凤台和晖强已经跟一林商量过了，一林在那边长大，也结了婚，认完亲，住一段时间，终归还是要回去的，所以凤台一直没有撕破脸骂收买了一林的养家，也没有说过狠话，听到尕奶奶骂出口，就觉得是替自己出了一口气，没有阻止，只是用了好笑又埋怨的语气对一林说："尕奶奶的话你怕是听不懂了吧。"

---

① 语气词，语义和作用类似于"那"。

一林老老实实回答："刚开始也听不懂，这几天听下来，能想起来一半了。"

凤台对尕奶奶说："尕妈你以前在粮站上班的时候不是也说普通话着吗，你就说那种普通话，你说的这个话，我们能听懂，一林恐怕听不懂。"

尕奶奶看一眼凤台，又看一眼一林，假意白了一眼说："迟早也得听懂。"又说，"我那都是胡拐的普通话，那不叫普通话，也就是个京兰腔罢了。"但不知不觉已经改了口音，紧抓着一林，"么你是怎么找着回来的，我听说是从网上？不是早就有网了吗？镇上的小学，二〇〇五年就有台湾歌星给捐了电脑拉了网，你怎么不早些上网，早些找着回来？"

一林一边搭着尕奶奶的手，一边带着尕奶奶往堂屋里走，一边说话："我也是后来才知道我那时候是七岁，七岁也记着不少事了，我记得我爸爸叫晖强，妈妈叫凤女子，就是不知道怎么写，要是知道我妈的大名，可能早就找到了，明凤台这种名字确实少见，到派出所一查可能也就查到了，可就记得你们把她叫凤女子。"一林走得磕磕绊绊，话也说得过分用力，有一种自知被监督状态下的诚恳，那姿态语气，显然都是这几天才学才练的，有点像是才上台的新演员，随时都在忘词逃走的边缘。凤台在一边看着，十分不忍，就想起自己在父亲的葬礼上，学着大人样跟亲友讲话，以及晖强对领导表示感谢，都是这种新演员的状态，她甚至有点担心一林受不了这些本不应有的繁文缛节连夜逃走，但也知道这一关迟早要过，这都是他们要一起经受的。就把目光转向了别处，只用耳朵听着一林讲"台词"。

尕奶奶一脸惋惜："就差着这么一点，但凡当时记着你妈妈的名字，早就找回来了，你爷爷当初咋起的这个名字，也不好记，也不知道是个啥意思。"

凤台赶紧笑了："你忘了？我爹是临洮过来的，临洮有个地方叫凤台，老子骑凤凰飞走的地方。就起了这么个名字。这个名字的意思好着呢。"

一林一边安顿着让尕奶奶坐下，一边替凤台解围，因为是替母亲说话，倒显得轻松了一点："也不光是没记得爸爸妈妈的名字，我主要是把水库记错了，记成湖了，老记得我们家是在湖边，出了门就是一片水，有芦苇，有水草，有野鸭子，有船。就专门找有湖的地方，在网上发寻亲启事，也都说以前是在湖边住，看谷歌地图，也是找有湖的地方。不但把自己误导了，也把别人误导了。帮忙的网友一听说我小时候是在湖边住，就先把西北几个省排除了，一门心思在南方找，湖北、湖南、安徽、浙江，都找过，哪里想到找反了。"

凤台："也怪我们这个地方，明明是水库，起个名字叫柳川湖。"

尕奶奶连声啧啧："以前没有修成水库的时候，的确就叫柳川湖。这也是命哪，名字不知道，住的地方也记岔，这还找啥呢，过去一年就又忘掉一些，越来越记不清了，不过这还算好，还是找回来了，还是命哪。"

一边的兵兵说:"我妈就迷信得很! 西北有湖的地方也多,银川的湖就多得很,应该在西北找找。"

尕奶奶对兵兵说:"又卖派① 你知道的地方多。"

凤台:"兵兵去的地方本来就多,当初带着晖强也去了不少地方,也托了不少人。林林,你把你找到家的事情再说一遍,尕奶奶爱听。"

一林:"我还记着我们房子的门口有条白土路,白土路和湖紧挨着,沿着白土路往西走就是另一个村子,那个村子里有个白塔,在我们家院子里就能看到,我一直让我爸爸妈妈带我去看,一直没有去过,我就老在院子里望那个白塔,觉得特别远,也特别想去,就是没去成,印象就特别深。"

一群人都纷纷转过头,向着白塔看去。白塔就在五公里外的另一个村子里,不远,但也不近,说不远,也真是不远,从前没有通柏油路的时候,往镇子上走一趟,也得二十多里路,白塔只有五公里远。说远,也的确远,一座山,一条河,一户人家,但凡划给另一个村子,划给另一个姓,在心理上立刻就远了,再假以时日,那种远就弄假成真了。所以,这一群人,在这里生活了一辈子,倒都没去五公里外看过白塔。都想着白塔总是在那里的,除非来了大地震,否则总是可以看到的,今天不去看,明天也能看到,今年不去看,明年也能看。

---

① 意为卖弄,炫耀。

再说了，农村人，走上五公里，看一座白塔做什么？庄子上杀猪的地方，离凤台家也有三公里，她常常去，买点猪肉、猪下水、血面，去油坊也有两公里，她也常常去，买胡麻油、菜籽油，但凡是和吃的用的有关的地方，都不算远，推车拉车去都不算远。没有由头走上五公里，看一座白塔做什么？那都是吃了五谷想六谷。立刻就显得远了。

兵兵说："也不知道这白塔是什么年代的，什么人建的。"

凤台："以前是不是白的都不一定，可能是后来才涂成白的。"

兵兵又说："听说卖门票呢。"

凤台："不卖门票都没人去，何况是卖门票呢。"但一想，如果没有这个白塔做标记，还不知道一林哪年哪月才能找回来，就说，"也说不定是没有宣传出去。"

尕奶奶说："你们明天看一下白塔去，把心愿给了了。一林你继续说。"

一林："后来我就在网上找白塔，找有水有塔的地方，后来，有一天，有个志愿者说，他在甘肃旅游的时候，看到过一个有水有白塔的地方，不过那片水不是湖，是水库，我觉得不太像，水库是有坝有房子的，我从来不记得这片水上有坝，但还是想着不能错过，就让他发个照片来看看，他就把白塔的照片发来了，我一看就觉得很像，就按他说的位置在地图上对，又觉得对不上，因为地图上标的也是水库。志愿者就说，他在这片旅游的时候，加过本地人的微信，他让那个人跟我说说本地话，让我回忆一下，我就跟那个人视频连上了，说着说着，我就想起来了一点，还是不太确定，想着先跟当地的志愿者联系一下，这边的志愿者就到乡上来打听，就跟爸爸妈妈的信息对上了。"

兵兵："是不是还要做 DNA。"

一林不知怎的，喉头一哽："做了，一做就对上了。"

兵兵："是不是抽着不多的一点血？"

一林没有听懂，凤台给翻译了一下："抽的血多吗？"一林赶忙说："不多不多，就一管血，和平时体检的时候抽的差不多。"

凤台有点不适应一林这种语气，紧张的，讨好的，客气的，一林似乎也意识到了，努力地取消这种语气，但一到生人面前，这种语气就又出来了。凤台就对一林说："你小的时候，兵兵经常带你玩的，你可能不记得了，有一次他把你带到水库边上去了，你一只脚陷到泥里，出不来了，两个人都吓哭了，他就拽住你的腿往外拔，结果光把脚拔出来了，鞋子陷到里面了，害怕回来挨骂，两个人趴在泥里掏了半天，总算把鞋掏出来了，在水渠边洗了半天，回到家都晚上八点了。"

一林还是那种诺诺的样子，对着兵兵笑了一下，似乎兵兵是昨天才帮他掏的鞋子，现在有必要感谢一下。凤台叹口气，转头跟尔奶奶说："晖强和我，听见消息就到兰州去了，在兰州住了一个礼拜，在兰州把林林迎上，让几个报社采访了两天，又在城里逛了一下，这就回来了。现在也不叫报社了，叫融媒体，还要拍视频，我这灰头土脸的，也不想拍视频，不过报社确实也出了大力了，不让采访也说不过去，就让跟着拍了两天。说是过几天还要到庄子上来拍。"说着，就又想起在视频里看到自己号啕大哭时候的情景，因为是贴着脸拍，都能看到鼻涕拉了丝，不免尴尬，就打住了。

门口一阵喧闹，晖强和一春带着几个亲戚来了，凤台就跟尕奶奶说："晖强一早就到庄子口子上迎尕旺舅舅和他的几个朋友去了，人等人就是费事，去了这么久。"

晖强圆脸，寸头，黑皮肤，膘肥体壮，也穿着一身户外的短风衣，跟尕奶奶和兵兵打过招呼，又把尕旺舅舅等等几个人介绍一下。尕旺是凤台娘家这边的，不是至亲舅舅，还隔着一层，人也不算老，也就比凤台大六岁，按理说跟凤台的关系要比尕奶奶近一层，但凤台一直不喜欢这个舅舅，嫌他市侩，也还是一直来往着。

尕旺舅舅长年累月穿着一身迷彩，说是从县上的军用品门市部买的，买了两身一样的，换着穿，凤台有点想知道他今天来这里是不是换了干净的那身，盯着袖口领口使劲看。尕旺一边看着一林，一边呵呵地笑着："南方人好啊，帮你把娃拉大了，啥事不用操心，大学也供出来了，还把媳妇给娶上了，你就待在家里把婆婆当上了，又把奶奶当上了，然后又把娃还给你，一川、一春也有了个出息的哥哥，将来上大学也有个帮的，说不定学费也不让你出，你可真是便宜占匜^①了，这不比中个五百万要强吗。"

凤台特别不爱听这话，尕旺自己就是过继到二爸家的，吃着二爸家里的，穿着二爸家里的，还经常往自己爹妈家里跑。二爸一过世，尕旺马上就回了自己爹妈家，这一家人都觉得娃在别人家长大就是占了便宜，庄子上的人都笑话他们家，说他们家养娃"跟放鹞子一样"。凤台也不能跟尕旺翻脸，就按住了表情，眼睛看着别处说："这些年找娃娃花的钱，操的心，遭的罪，比养一个娃要多多了。"

关键时刻，晖强倒也站在凤台这边："那时候，一闲下来，我就开上车到全国各地找，发传单，在人多处打牌子，跟要饭的一样，保安过来，一只手把我从脖子上卡住，另一只手从脑袋上推，那种罪，你没遭过你不知道。一林这次认完亲，还是要回去的，毕竟在那边生活了二十五年，生活习惯都是那边的。我们同意一林留在那边，也不是因为那边生活好，我们这二十五年，消息没少看，有些人家把拐来的娃当奴隶用，十几二十年就睡在没有暖气的房子的干板床上，起来了就要杀鱼、做砖、踩缝纫机，有些人家，起初对拐来的娃还可以，后来自己又生了娃，就虐待买来的娃，杀掉的都有。一林这一家人对他还是不错的，吃的穿的都好，也让上了大学，也成了家。我们气消了，就理智地想了一下，硬把娃叫回来吧，法律上也支持呢，舆论上也支持呢，网友也

---

① 便宜占尽了，占光了。

支持，反而是，让他留在那边，网友就说我们临门一脚心慈手软了，肯定要骂我们，问题是他一旦回来了，这边啥也不适应，什么都要从头来，那边的一摊子生意全丢下了，他的媳妇子又是那边的，肯定不能跟过来，这就又要两三次折腾，我们这一家已经折腾够了，不想折腾了，不能为了解决问题，又制造新的问题，知道他在那边好着就行。反正现在视频聊天也方便，我时不时看看他干啥着呢，也就成了。不过，那一家子人，我确实是不想打交道。"

凤台不是对晖强没有想法，他用找一林为理由买车，又用找一林为理由时不时开车出去，全国各地地走，一出去就是两三个月，每到一个地方，就和网上认识的寻亲男女拉帮结伙，吃饭聚餐拍视频，听起来也理直气壮，但凤台总是觉得有哪里不对，总觉得这种借着某个契机重生了、开辟了人生第二战场似的姿态有点吓人，还不能拦着，也不能有一点不高兴。

现在一林回来了，她顿时就不计较了，倒是觉得晖强也让这些事练出来了，二十出头的时候，两个人都不善言辞，跟人打交道，都是哆哆嗦嗦，你推我搡，二十多年下来，两个人都变得能说会道，落落大方，镜头贴到脸上，也不慌不忙，该哭哭，该笑笑，还学会了对着镜头作揖抱拳，请全中国的老铁支持一波，跟全中国的人下话①，以前哪敢想。

---

① 提出请求，提出指令。

凤台不想让晖强落单，免得在外人看来，似乎只是晖强一个人这么想，也就开口了："我也不给那家人脸，也不撕破脸，也想过让一林回来，但是回来了咋整呢，一口南方话，以后学普通话也不容易了，我们这边说的话，n、l起码分着呢，一林在南方待了这么二十多年，n、l全不分了，改也改不过来，已经是个南方人了。一林能想着找我们，我就高兴得很，能找到我们，也说明我们这辈子的缘分没有尽，也就行了。"

兵兵和尕旺也随声附和，兵兵说："拐人的是拐人的，买人的是买人的。"

尕奶奶不乐意了："我再老颠懂①了，也把这个道理知道，没有买人的，哪里有拐人的。这些买人的，没有一个好东西，都是等着雷打的。我就问你，你想过要买人吗？你们家娃丢了，你咋想的是再生个一川和一春，不是再买一个呢？再说了，就算你想要买个娃，你知道怎么买不？跟谁买呢？怎么张这个口呢？这些买人的，就知道怎么买，就知道跟谁买，就能张这个口，就能跟人贩子做买卖，就能把户口上上，把周围的人嘴堵住，所以我说，那些想买媳妇买娃，还买上了买成了的，本身就不是什么好人，日常就和流氓土匪有联系，肯定之前买过或者卖过些贼赃，才能顺顺利利地买人卖人呢。而且呀，这些杂厾不光是一家子坏，周围

---

① 糊涂，迟钝。

　　　　　　　　　　　　　　　　晚春情话

也都是些坏尻，庄子也是坏庄子，不然怎么能眼看着庄子里的人买人卖人，也不报警，也不报信。都是些毒水毒土喂出来的毒人。你现在让林林在他们家待下，将来也就学得坏坏的了。"

凤台完全没想到尕奶奶竟有这么一番见识，根本不知道怎么回嘴，晖强也讪讪地说："那边对林林好着呢，一家人跟一家人不一样，事情和事情区别对待。"尕旺舅舅赶忙插嘴："现在那是坏人才有好生活呢，好人都是没出息的人当的，林林子干脆学上些本事，到越南嘛柬埔寨嘛批发些媳妇子来，到你们那边卖掉，反正都是外国人，穷地方，也没人管。"

尕奶奶狠狠白了尕旺一眼："你差不多些。"

一川和一春总是在适当的时候来救场："奔水一家都来了。"

奔水家的娃是十几年前丢的，一直没有消息，奔水家一直没有振作起来，估计是听到一林回来的消息，想来取个经，也取点希望，凤台就赶紧跟尕奶奶说："尕妈，奔水来了，你把你那些话再不要当着奔水家的面说了。"

尕奶奶不解："我说了啥了。"

凤台："就你老说的那些，'娃找到找不到都是你的命哪，你要认命呢'那些话，咱们家娃回来了，奔水的娃还不知道在哪沓① 呢，这些话听了更伤人了。"

尕奶奶："你放心，我不说。"

---

① 哪里，哪个角落。

奔水家一家四口，奔水，奔水媳妇，奔水妈，和他们后来生的姑娘，都穿得破破烂烂的，脸色也不好，活像是刚逃难出来的，一家人就扛着这么一副逃难的样子活了十几年了。凤台一阵心酸，赶紧拉他们坐下，一家人都不坐，奔水拉住一林使劲看，使劲问，像是要在一林脸上挖出点什么："你是怎么找回来的。"

这些天，这个问题，一林已经回答过无数遍了，但看着奔水家的这个样子，就又说了一遍，水库，白塔，志愿者，也想给奔水一些希望，就对奔水说："你也不要太着急，现在到处都是摄像头，DNA 这些都上网了，志愿者也多得很，肯定能找回来，我也加入志愿者了，你把你们的信息给我，我发到网上去。"

"网上？"奔水登时像是得了救，马上就要把信息给一林，到处找纸找笔，让一林给他们拍照录视频。

凤台就起身弄吃的了。她做了臊子面，臊子面臊子汤是办事①的时候吃的，拐走的娃回来，也不知道按什么事情办，没有人规定过，但家里终归是要来人的，就调了臊子汤。做臊子汤的时候，特意多洗了些胡萝卜和海带，拌了胡萝卜丝、海带丝，又炸了一盆油香，又用炸油香的油，炸了些丸子。

看着他们忙着拍照说话，凤台就拉着尕奶奶到沙发上坐下，先把几盘果子、瓜子往尕奶奶面前挪了挪，拣了一个红

---

① 红白事，更偏向于白事，办喜事通常就说办喜事。

一些的苹果按到尕奶奶手里，就到院子里的厨房下面条、热丸子。不多时，就端着面回来了，尕奶奶接过臊子面，说自己早上吃得多，把面让给兵兵，自己拿了个油香，又让凤台去盛了一碗臊子汤，蘸着臊子汤吃起来。

屋子里就响起一片呼噜呼噜吃面的声音。

晚　灯

早上来的人，吃了臊子面，聊了一会，午后就慢慢散了，干活的干活，睡午觉的睡午觉去了，把空空的院落留给凤台一家人。

吵的时候嫌吵，但突然安静下来，凤台也觉得心里被挖走了一块，而且是用带了齿的勺子挖的。这种骤然安静，她也不是没有经历过，以前给老人办事，还有修水库的时候把她家设成临时指挥部，家里都热闹过又安静过。但这一次不一样，他们走了，她就要带着晖强、一川和一春，独自面对一林，似乎他们是一体的，是千疮百孔、疲倦不堪但却亲密无间的一体，而一林是个寒意凛凛的外来人，终结了他们的千疮百孔、疲倦不堪，却又带来了新的疮孔和新的疲倦。

她不知道一林那边，又是怎么看他们这一家人。他们是一道岸，一林是对岸，她奔走在两道岸之间，精神抖擞又小心翼翼，终于有点累了。他们都不太能适应这种任务，从生到老，谁都没有接受过这种培训 —— 和被拐卖二十五年后再度归来的儿子相处的培训。

好在有水库，单是这青草、白花、水面和远山，都能分散不少注意力，让沉默有了由头。多半个下午，凤台就和这小心翼翼的一家人，坐在院子里，看着水库，静下来的时候，似乎都能听到水和水，水和岸拍击时候的"啵啵"声。时不时也转过头去看看那座白塔。晖强就问："要带些啥不？"

凤台愣住了，从来没有系统地信过什么，也不知道带些什么好，就说："带些水果，带些油果子。"

晖强："你炸油果子的那个油，还炸过肉丸子，恐怕是不能带。"

凤台："我先炸的油果子，后炸的丸子，丸子味道大。那就一路上再拔些花儿。"

正说着话，兵兵又来了，他把尕奶奶送回去，又跑回来了。只要是有人来，就还会有人来。不一会，"宝贝回家"组织的几个人也来了，这些人跟晖强熟，几个人凑在一起说着话，头凑在一起，看照片，看视频，听他们的意思，一林能找回来，特别给这些寻人的长精神，他们要晖强多参与些事情，也是做个示范。经过午后那一段人走后的空落落，凤台也有点喜欢他们都在，到底热闹，尽管这热闹带点下午的疲倦。

临到吃晚饭了，凤台把炕填上了。村子里多数人已经不睡炕了，年轻人嫌炕味儿，更不愿意睡，凤台还是留着炕，自从一林丢掉了，这一家就像是罩了个玻璃罩子，再也没往前走了。一林就站在一边看着，凤台就说："还会填炕不了？估计是不会了，昨天也忘了给你教了。"一林说："都不记得了。"凤台就把木头推子给到一林手里，手把手教他烧炕，两个人合力把掺了堂土①的黄子②推进炕洞，又把玉米秸秆点了火，捅到黄子里去，一边操作，一边问一林："记起来了没有？"一林也老老实实回答："不记得了，也就隐约记得有炕这么个东西，印象也不深，不然早告诉志愿者了。"

火焰明明灭灭的，照在一林脸上，一林显然是出了神，不知在想什么，是想起来以前烧炕的事呢，还是遗憾这些年没有烧过炕呢？凤台也不愿意多想。

这次的炕是三月底灭掉的，炕灰也掏掉了，有一个月没填了。家在水边住着，屋子里是有点阴的，要烧炕也说得过去，但凤台家也没有常年卧床的老人病人，不想一直烧炕，冬春换季的时候，觉得冷了，就在临睡前，打一会电褥子。自从知道一林要回来，她就又把炕烧上了，一天一天续着，直到一林睡到热炕上。

到了晚上，晚灯亮了，一家人在堂屋里说着话，一春的两个女同学，和凤台家也带点远亲的，吃过晚饭，也赖在凤台家里，说是自己家的炕不烧了，要焐一春家的热炕，其实

---

① 浮土。

② 麦壳。

也是贪她家热闹。说着说着话，三个姑娘就想到里屋的热炕上挤着去，凤台就说："炕还没烧热呢！晚饭前才又填的。"一春说："让你早点填你也不早点填，这几天一直续着火呢，也没有多凉。"凤台说："你试一下去，看看热了没。"一春进屋探手试了试，出来说："一点都不热，妈你是不是荑子放得少，土放得多？"凤台说："你就把你妈说得小气着，那是还没烧热呢，我能把你凉着吗？"一春说："那是，就算凉着我，也不能把哥哥凉着。"说着看了一林一眼，凤台听了这话是有点高兴的，毕竟弟弟妹妹敢拿一林开玩笑了，没拿他当外人。

　　一春跑到炕洞里一阵捅，又进了屋，不住地进里屋去试炕，过了一会，笑嘻嘻地跑出来说："炕热了。"就招呼着两个女同学进屋上炕焐着去了，嬉笑的声音不断传到外间来，凤台、晖强、一林、一川，也就都拖拖拉拉进了屋子，上炕了，兵兵挤不上去，斜靠在炕沿上，凤台就让一川换了兵兵的位置，也让兵兵坐在炕上。一春又嚷嚷说自己被挤到窗户边上了，半边儿后背靠着墙，半边儿顶着冷窗户，凤台就起身，到炕柜上拿了一床厚褥子，给一春靠着。一家人就热乎乎地挤在炕上，说着话。一川笑着说，这炕上从来没有挤过这么多人，我数数有几个，一，二，三……一共八个。一春就笑他说，你还会数数，比傻强要厉害呢。也不是多么好笑的话，凤台倒是笑得最厉害。

　　在堂屋里也说了好久话了，但坐在椅子上说的话，似乎

　　　　　　　　　　　　　晚春情话

不能算，热炕上说的话，才真正算话。一家人的脚都凑在被窝里，一春用脚找到凤台的脚，用脚掌推了推凤台的脚掌："妈妈，要是哥哥没有走丢，你是不是就不生一川和我了。"凤台说："要是一林在，一川可能还能有，到你就没名额了，那时候还有计划呢，抓呢。不过也没有早些年抓得那么厉害了。"一春说："好险。"一春的女同学就说："要是在科幻电影里，另一个时空里，一林哥一直在，就是没有一春了，我们炕上现在只有七个人，我在学校也就可以和李敦成坐同桌了。"一春佯装怒了，在被窝里用脚对着女同学一阵踹，又骂："见色起意，见色忘友。"

兵兵笑着说："说起计划来，我想起个事，姐姐你知道不知道。"凤台说："你还没说呢，我怎么知道。"兵兵说："就是王永宽家，天天给最小的姑娘灌输，说她是罚了款生下来的，一九九〇年罚了两万五，把姑娘天天哄着给家里干活，八九岁就给全家做饭，倒像是抵债一样。姑娘有一天反应过来了，就说，就算罚了两万五的款，那也不是我让你们生的我啊，凭什么倒像是我白白欠了你们一笔出生费，你们有本事把我塞回去，塞不回去就弄死去。王永宽就一通胡搅蛮缠，说，要不是我们把你生下来，你指不定投胎投到猪身上还是狗身上呢。后来姑娘说下了一个对象，提亲的时候，王永宽又给姑娘的对象说，姑娘是罚了两万五生下的，还从哪里弄了个收据，上面确确实实写的两万五罚款，落款一九九〇年十一月，还有红章子，姑娘的对象慌的，赶紧又添了三万彩礼，说是补交罚款，那五千算是利息。"凤台说："这一家人就像是民间故事里的，"然后又笑着对一春说，"我现在跟你说你是罚款生的还来得及不？"一春说："稀罕！我将来赚二百五十万直接给你。你也不用找收据了。"

那边一川笑着说："果然是二百五，二百五脱口而出。"一春在一川的脑袋上一敲，一川假装被敲疼了，又把身子一歪，头枕到一林的腿上，闭上眼睛，拉过一林的手来，在自己脸上蹭着，假装轻微地打着呼噜，用了说梦话的声音喊着"哥哥"，然后又瞪大眼睛，笑着看看周围人的反应。兵兵就接过来，说："看把我们川川子宝贝的，天上掉下来个哥哥，要是一起长大的，架都打不完，仗都骂不完，就没有这么亲了。"一春就说："兵兵舅舅，你是说我和一川吗？我们是猫和狗的关系，不是一个物种！"一川就拉过一春的手，学小狗那样啊呜啊呜啃着，然后说："明明是猪蹄子，猪蹄子真香。"一春抽出手来，在一川的头上又一敲。

凤台竟有些感激一春、一川。她其实还没适应三十二岁的、带着南方口音的一林突然站在面前，她对他的印象还停留在七岁那时候，通过志愿者的微信，看到一林的照片时，她一阵恍惚，有点疑心是不是所有人都搞错了，甚至对即将面对陌生的儿子这件事有点恐惧，这是她过去从来没有想到的。她也不是那种能够跟人勾肩搭背的人，难得跟人亲热起来，一林回来之后，她竟有点手足无措，不知道该拍儿子的背，还是拉他的手，怎样才能增加一点联系。但一春、一川跟她和晖强都不大一样，淳朴又自在，反倒成了他们一家和一林的黏合剂。所以她有点相信，她和晖强并没有因为一林被拐走而愁云惨雾，没有影响到一春和一川。他们过得还好，也就不枉这二十五年。

晖强侧着身子，半躺在炕上，似睡非睡的样子，说："我一直没有问，你媳妇怎么没有来，是嫌我们这边不好吗？还是说有啥为难的？"一林说："我们那边已经忙了，她走不开，下次带她一起回来。"其实一林的媳妇是养父母家的亲戚，虽然是远亲，但走动倒还多，碍着这么一层关系，一林也就没有带她回来。晖强也没有深究，又说："你应该一来就跟我们把这个话说到，我们也不是不通情理。我跟你妈在兰州的时候，还买了几件金首饰，你回去的时候给她带上。"一林诺诺地答应了。晖强又故意说："其实看不见也好，你看别人家娶的媳妇子，天天眼皮子底下吵仗打仗，实在烦得很，你们几千公里之外吵去，我们也看不到。"

一春就说："你就这么巴不得哥哥嫂子天天吵架。"晖强就说："也没有说他们天天吵吧，但两口子终归要磕磕碰碰，那都是难免，不过我也想明白了，吵架也是好事，活人才吵架，吵架要力气，有力气的人才吵架，我们家不吵架，为啥，我们一家受过天大的伤，想吵也吵不起来，也没有力气吵架，你妈不忍心跟我吵，我也不忍心跟你妈吵，也吵不动，你妈不高兴了，就站在门口看水库，一看半天一天，水库就那么好看吗？这都是没力气活的表现。我都有点担心她有一天想不开跳水库。不过我估计你妈就是想不开也不跳水库，她肯定是想别的办法，她一辈子为别人想，还怕跳了水库把水弄臭了让蒲家营的人骂呢。现在好了，你哥哥一走，我们就吵，也像别人家一样，丁零哐啷。"

凤台白了晖强一眼说："我现在才是真正吵不动了，你这么想吵架，找别人吵去。"兵兵说："这就吵上了，一林是充电宝，给你们把电充上了。"凤台笑着说："一春、一川已经给我们充了半截子电了，剩下这半截子，这一下就充满了，听到消息的那天就充满了。"一春说："妈妈你前几天才说我们两个让你老了五十岁，今天我们又成充电宝了，妈你把你的台词想好了再说，不用给我面子，说出你的真实感受。"凤台说："一点点尕面子还是要给的，我已经惦记上两百五十万了呢，就是不知道啥时候这钱才能手绢子包上拿到我眼前来。"

兵兵摸了摸炕说："炕越来越热了，是不是土填少了，别把炕烧穿了，一川你去看看去。"凤台又补上一句："堂土在簸箕里呢，就在炕洞旁边。"一川依依不舍丢下一林的手，说："哥哥和我一起去。"一林一川两个人就翻身下了炕，出门去看炕洞。凤台说："一林这下把填炕又重新学会了，学会了也没啥用，他们那边又不烧炕。填炕的时候，我就想起来，那时候老使唤一林到门口的土路上去扫堂土，他有一天问我：'妈妈妈妈，我天天这么扫堂土，会不会把这条路扫成一条沟？'我就说：'就你这点尕力气，还想把路扫成沟呢。'所以，那天刚刚发现一林找不着的时候，我就想着他是不是在门口扫堂土，扫着扫着走远了，后来又以为他掉到水库里了，那时候才是个中午，水库的水还没有漫上来，如果到水库边去了，水库边的泥滩子上总该有脚印子的，我就喊上晖强一起找，尕奶奶那时候住得近，也跟上我们找，后来半个庄子的人都出来帮着找，都没有的，没有脚印子，没有丢下啥，场① 上也没有，我就心慌了，总算隔壁庄子上的雀（qiǎo）儿说了，看见一个摩托车，一个面包车，在路边停下，把一林拉上走了。后来差不多有十几年吧，我看到面包车，就想扒着窗户上看一下，看到面包车，就想扒着窗户看一下，庄子上的人都说我魔怔了。"

一林和一川已经进了门，听着凤台说完后半段。默默走到炕边，脱了鞋子，一抽身，钻进被窝里。晖强就对一林说："你都不知道你妈都干过些啥，你妈一家都是读了书的，不相信神神鬼鬼那些东西，特别是你姥爷，根本不让这些东西进家门。自从你丢了，她就胡思乱想，什么办法都要试一试，我们出去找了三个月，没有找到你，消息都没有，她就先回来了，等我回来，没几天，你猜你妈干了啥，请了个道士，在家里给你招魂，说你纯粹是丢了魂了，迷了路了，魂回来人就回来了，拿着你穿过的衣服，爬房顶，下菜窖，然后挑着火把，打着灯笼，从家里一直走到水库坝上，又走到庄子

---

① 堆放麦秸垛和麦壳的地方，几户十几户人家公用。

口子上的十字路口，一边走一边喊你的名字，让你快回来。可热闹了，半个庄子的人都出来看。过了几个月，看到没把你招回来，就又请了阴阳，也是一路走，一路喊，一路撒大米白面。不知道你妈都是怎么跟这些接上头的。要不是你姥爷出来干涉，你妈能把毛鬼神都请回家来。不过我看该招魂的不是一林，是凤台，这些年时不时自言自语的。"

凤台伸手摸了摸一林的头发，说："招魂也管用呢，就是二十五年才出效果。早知道的话，当时给加点钱办个加急。哎，你们看林林子的头发，你们说奇怪不奇怪，人的基因是不是也会变呢，我们这边人，头发多多少少有点黄，眼珠子也不是特别黑，都说是我们有些少数民族的基因呢，往上翻几代人说不定是什么民族。一林小的时候，头发也跟我们一样，稍微有些黄，在南方待了二十五年，头发也黑了，眼珠子也黑了，看来头发的颜色和气候和水土都有些关系，不单纯是基因的问题。不过这眼珠子的颜色也会变吗？这倒是想不到。"晖强说："这还研究上了，你先研究一下明天看白塔带些啥东西，怎么走呢？"

凤台说："油香和水果路上吃，还带了些水果，一些花馍馍，看看去了摆到哪里。"一春说："不是还要拔些花吗？"凤台说："明天早上，先把院子里的丁香折几枝，院墙外面的松树，折上几枝，再到蒲耀春家的地里揪些牡丹，连叶子一起，梗子也揪长些，油菜花拔上些，路上走着，再看看有没有什么野花。"

不知不觉，已经快到十二点了，凤台挥挥手："睡吧。"
凤台和三个姑娘睡堂屋里的热炕，晖强带着三个小伙子到厢
房睡，打电褥子。几个男人走了，凤台和三个姑娘还碎碎地
说着话，凤台偶然探头到窗户边看一眼，说："几个人还不
睡，可能电褥子还没热。"过一会，那边的灯灭了，凤台也
躺倒睡了，恍恍惚惚中，听到野鸟咕咕叫了几声。野鸟还不
回窝吗，还是在说梦话呢？她想。

白　塔

第二天一早，洗漱过，吃了早饭，一家人就准备往白塔
的方向走了。凤台把油香和丸子，还有一大早买的烧鸡和牛
肉，分别装了塑料袋，把袋子口缠住打了个结，又拿了些餐
巾纸，交给晖强提着。水果和花馍馍是一林装的，也是一林
提着，凤台没有经手，怕沾了荤油，又让一林装了两盒子椰
奶，两盒子花牛苹果汁。晖强又坚持提了一瓶白酒。一春折
了丁香、松枝，攥在手里。一川一早跟隔壁蒲家说好了，去
他家地里揪几枝牡丹，没吃早饭就跑出门去，一家人等一川，
又等了一小会。等到一川举着一小把牡丹回来，一家人就出
动了。

临出门前，凤台一边锁门一边说："今天记者说是还要
来，来了如果打电话，就让等着。"能让别人等一次，凤台
有些得意。以前，她家除了找一林，没有别的大事，所有人

都被这件大事挟持了，围着这件事团团转，但凡有点消息，但凡有人能帮一把，都要围着等着候着央求着，全家人都学会了一种乞求的语气，现在这件大事没有了，别的事才上位成了大事。终于有了别的大事了，而且，什么事算大事，是自己定的，凤台浑身松快。

预报说是晴天，但晴得不彻底，有雾，水面上的雾尤其重，远处的山，甚至隐在了云雾里，时不时有水鸟从云雾中穿了出来，在水面掠过，在水面划下一道波纹。要是晴天，这些水鸟就个个有出处，从哪里来，到哪里去，清楚明白。但有了雾，水鸟就神秘起来，像是从另外的空间穿梭而来，一种倏来倏去的幻觉。时不时有些轰隆隆的声音，从云雾里的山上穿了过来，要是晴天，这些声音就都有来历，是风声，是松涛的声音，或者空谷里的回响，都好分辨。因为雾，这些声音就一片混沌，似乎直通天庭，那轰轰声是那里的仪仗。但云雾之外，烟水是真的，青草也是真的，浮到水面吐泡泡的鱼也是真的，不是幻觉。有真有幻，这条路就有无尽的乐趣。

凤台不愿意走在最前面，让晖强打头阵，但晖强时不时回头跟她说话，就坐实了领头的人其实是她。一春和两个姑娘，时不时窜出队伍去，在路边揪野花。小小一撮人，就这样走在天底下，走在云山雾水前的白土路上，走着走着，太阳出来了，几道金光从云雾间透出来，照到水面上，光面越扩越大，似乎水下有个发着强光的东西，就要浮出水面了。

小小一撮人，从胡麻地边上走过去，虎虎子正在胡麻地里拔草，看到这队人，就问："你们一大家子，一大早的干啥去？"晖强就说："看白塔去。"虎虎子说："有闲心。是不是你们家的娃回来了。"晖强说："回来了，回来好几天了。"虎虎子说："那是不是要喝上些呢？"晖强说："来，到我们家喝来。把你们家斌娃也喊上。"

　　俊利在门口擦三马子，看到这群人走过去，停下手里动作看了两眼，凤台就打招呼："擦三马子呢吗？要出门去吗？"俊利说："刚从棚里摘了些番瓜，到镇子上去一趟。"凤台说："这么晚了，到镇子上都中午了，能卖掉吗？"俊利说："早上让娃拖住了，能卖多少算多少。"又看了他们的队伍一眼，说，"那是你们家林林吧，听说是回来了。"凤台就说："嗯，回来了。"俊利说："有一米八吧？"凤台说："一米八二。"俊利就从袋子里拿了几个番瓜，给了一川："番瓜你们拿上，包包子。"凤台说："成呢，包上包子你也来吃。"

　　迎面遇上秋灵，她拎着一个买酒送的红袋子，看到这队人，笑着说："家大业大的，这是要给谁示威去吗？"凤台说："看白塔去。"秋灵说："我刚刚到屠宰点弄了点血面①，我们家人少，一顿吃不完，给你们匀上些，你们待客。"凤台说："先不拿了，也没个干净手，也没东西分，我晚些了

---

　　①　杀猪时，用盆子按住从猪颈流出的热血，迅速拌上白面并搅拌，随后摊成薄饼，切条，可以炒菜、炒面、做汤。

到你们家拿来，顺便给你拿上些三泡台，我前几天批了两箱子待客，林林子走了就没人喝了。"秋灵笑说："快变成原始人了，以物换物，那你们一定要来呢。"

一队人从巷子里走过去，经过小卖部，晖强脱了队去买烟，在小卖部门口晒太阳的几个老汉就问："包包担担①地提着，这是要串个亲戚去吗？"晖强说："看白塔去。"老汉说："周家湾子的白塔吗？那有啥好看的呢？"晖强说："我们家林林小时候想看，一直没有看上。"老汉说："就是卖到南方去的娃吗？"另一个老汉："你这话说的，像是强娃把自己的娃卖掉了。"老汉说："怕不是为了躲计划生育，藏到别处，说是让人卖掉了，现在看着政策松动了，就又领回来了。"晖强也不生气，赔着笑说："你们这个新闻发布会，就不能发布些正面新闻吗？"买好了烟，给老汉们一人一支，又回到小队伍里去。

一家人走到巷子里的路口，凤台回头跟一林说："前面这家门口挂灯笼的，就是人贩子在庄子上的内应，卖你的也有他们呢，你一找回来，警察就把他们抓掉了，他们家的媳妇子其实也参与了，她男人都揽到自己身上了，把媳妇子保下了。媳妇子还到我们家来闹，说我们诬告了，警察抓错人了。还有这种人，难道不是我们到他们家闹，给他们家门上泼上些大粪吗？"晖强说："你到哪找大粪去呢？还得

———————————

① 大包小包。

　　　　　　　　　　　　　　晚春情话

现拉。"凤台想笑也没有笑:"也判不了几年，还把他们冤屈的。"又看一看众人，说，"把胸脯挺高些，脸上凶些。"

一队人走出巷子，前面又是一片麦子地，麦苗刚及膝，风一吹，向着一个方向倒过去，麦苗成了浪，银白、浅绿、深绿，深深浅浅，风停了，麦苗又静静地杵着，颜色统一变成深绿。彩波戴着红头巾，从麦田里直起腰来，手里攥着一把草，正好和这队人目光相对，凤台说:"波波你咋这么早拔草着呢?"彩波说:"一大早三哥从我们门上过，说'波波，你们家地里几棵刺儿菜长得那么高的，马上要开花了'，我就过来铲掉了，这就回去。你们这一家子这是到哪里去呢?"凤台说:"到周家湾子看白塔去。"彩波说:"价^①好好浪，多给佛爷上些话^②。"

一队人走过一片荒地，荒地上几道破墙，围着几排破房子，凤台就对一林说:"这里原来是小学，本来你再过三个月就要到小学上学了，就没去成。"一林站在那里深吸几口气说:"这里我有印象，以前是不是有电铃? 上下课电铃就响了? 我知道将来要到这里来上学，偷偷来看过几次。"兵兵说:"是有电铃呢，我在这里上学的时候，就已经用上电铃了。"凤台说:"价让站一会。"一家人就在荒地上站了一会，一静下来，耳朵里就呼呼地有风声，隐隐有个电铃在哪

---

① 语气词，用来加强语气，作为句子起势，语义类似于"那""就"。
② 提意见、许愿、打小报告、讨好处等意思。

里响着。

又路过几户人家，有一户的院墙塌了，透过破败的院墙，可以看得到院里的房子，窗户也都破了，碎玻璃碴子龇牙咧嘴的。兵兵对一林说："我们村子里也有连环杀人狂呢，你相信不？这家里有个女子，爹妈都在炕上瘫着，一个哥哥跑到城里说打工去了再不回来，她留在家里伺候爹妈，一直找不上对象，庄子上人笑话大得很①。她就在路上跟路过的别的庄子的男人，或者是做木匠活的、收猪鬃的、做纱窗的男人搭话，搭上话就请到她家喝水，男的嘛，看着她脸上也有笑容呢，衣服也展展的，还想着占些便宜呢，就跟着去了，她就真的端一碗水上来，趁着男人端着碗低头喝水，就给男的后脑勺一铁锅，就是炒菜的那种铁锅，那一锅下去！杀完了就埋到后院子的梨树下面，前前后后杀了四个人。后来警察来了，问她为啥杀人呢，她说，么不杀掉怎么把他们留住呢？么不杀掉他们就走掉了。警察来的时候，她还炒着菜呢，用的就是敲脑袋的铁锅。后来鉴定说是有精神病呢，也不知道是判刑了还是关到精神病院了。"一春连忙揭发："杀人的疯女子跟兵兵舅舅是同学。"晖强问："你到疯女子家喝过水没有？"兵兵说："喝过呢，班上小伙们都喝过呢，还在后院子梨树上摘过梨子，那时候她还没有开始杀人呢。"

再往前走，就没有房子了，眼前是大片大片的田地，

---

① 笑话得很厉害。

种着麦子、大豆，田地间偶然种着几簇刺玫，或者有几座坟。到了这一大片一大片的绿里，一家人就像是被化掉了，就没有说话的欲望了，就在这大片的绿色里闷头走着，凤台偶然说几句话，打破下沉默，说的也无非是要不要休息，吃点喝点。

转了一个弯，一片松柏间，一道白墙，围着几个白得耀眼的塔，就是他们要看的白塔了，直到走到这里，众人才发现，那白塔不止一个，而是一群，最中间的最高，三十米也有了，另外几个也有十几米，只是到了五公里外，就只看得见那座最高的。几座白塔形式一致，底下一个方形的基座，上面一个水瓶形状的塔身，再往上是锥形的瓶嘴，一层一层，最上面有个黑色的尖顶。白塔显然是不久前才经过修葺，白色也是新补过，连一点雨渍都没有。白塔周围，没有庙，也没有看管的人，只有白墙围着白塔，白墙顶上，码了黑色的瓦，瓦缝间长着几根辣辣，开着小白花。

这一队人也不知道该做些什么，要不要跪，要不要拜，都不知道，看看周围，也没个样板，只看到塔基那一层一层砖砌的棱上，有人插了几炷香，摆了几个果子，周围的松树上，有人拴了几条红色缎带。凤台就说："索性自然些，把东西摆上，心里念几句。"就把果子、花馍馍、椰奶、苹果汁摆在塔下面，又把那一大束野花和松枝分成几把，每座塔下摆了一把。晖强看到这阵势，没敢把酒掏出来。东西都摆好了，众人就在大白塔前站了一站，闭眼念了几句。又拍了几张照片，就出了院子。

到了院子外面，凤台说："要是那时候带你们看白塔就好了。"说完就后悔了，那都是她知道一林是通过白塔找到家之后，冒出来的奇怪想法。要是当时带着一林来看白塔了，要是当时用掉了这么半天，是不是所有的事情就都能推后半天，就彻底都变了，就遇不到摩托车和面包车了，人贩子就空手走了。说不定因为这个环节变了，人贩子出去就撞了渣土车了。别说半天了，但凡推迟五分钟，整个世界都要为之一变，看过白塔的世界，和没有看过白塔的世界，不是同一个世界。晖强和一林都不知道她是什么意思，还以为她说的是拜佛拜晚了，晖强就说："县上有个报恩寺呢，有好多和尚，香火也旺得很，你要去我们过几天去。"

慢慢地沿着来路走回去，赶中午也就到家了。一春把回来路上采的野花，插了两瓶子，堂屋里放了一瓶，厢房放了一瓶。

又过了三天，一林回南方去了，晖强开车把一林送去了车站，凤台没有去，她是觉得，离人离人，不送，就还能回来，凡事欠着一点，就还要回来讨，一旦大张旗鼓地送起来了，礼尽了，两不相欠了，恐怕就回不来。

照旧到笋子地里，看看笋子苗，追肥，问一下放水的事，照旧到地里拔剌儿菜，照旧榨胡麻油。晖强照旧到镇子和县城跑黑车。一春和一川照旧上学。

照旧发发抖音。没人知道凤台有抖音号，凤台发的视频，一律设了私密，只有自己能看到。听说一林要回来的那些天，她恶狠狠地录了好些，还是设了私密。一林走了，她停了几天，几天过去，"一林回家"带来的波澜渐渐平了，没人注意的时候，她就到附近的树林里、草滩上，依旧去录视频。

不录视频的时候，她也喜欢想象，她是跟着什么人说话，对着空气说，对着水库说，她想象，有人听到了她说的话，也回答了她。有时候，她正在喃喃地说着话的时候，被人看到，她就打住了，也有可能，还没有看到她的时候，他们就听到她说话了。她知道肯定有人在背后议论她，说她疯疯傻傻的，自言自语，她也明白了，历史上的那些疯子都是怎么来的，肯定有好多都是这样来的，都是对着空气说话演变来的。

她也想象，一林看到了她的视频，也回答了她的那些话。怀着这种想象，她就可以继续生活下去：

> 你爷爷叫蒲得雄，奶奶叫马秀兰。你爷爷是1933年生的，奶奶是1935年生的。
>
> 我爷爷叫蒲得雄，奶奶叫马秀兰。爷爷是1933年生的，奶奶是1935年生的。
>
> 你外爷叫明宇漫，你外奶奶叫金光桃，你外爷是1934年生的，外奶是1932年生的，你外爷是临洮人，你外奶是清泉人。

我外爷叫明宇漫，外奶奶叫金光桃，外爷是1934年生的，外奶是1932年生的，外爷是临洮人，外奶是清泉人。

你爷爷是甘肃省兰州市清泉县蒲家营的，兄弟四个，你爷爷是家里老大，他的兄弟，我们叫二爹、三爹、尕爹，二爹三爹的媳妇，我们叫二妈三妈，尕爹的媳妇我们就叫尕妈。你见过。

爷爷是甘肃省兰州市清泉县蒲家营的，兄弟四个，爷爷是家里老大，他的兄弟，我们叫二爷爷、三爷爷、尕爷爷，二爷爷三爷爷的媳妇，我们叫二奶奶三奶奶，尕爹的媳妇我们就叫尕奶奶。

你爸爸叫蒲晖强，你妈妈叫明凤台，你爸爸是1966年生的，今年57岁，你妈妈是1968年生的，今年55岁。

我爸爸叫蒲晖强，我妈妈叫明凤台，爸爸是1966年生的，今年57岁，妈妈是1968年生的，今年55岁。

你爸爸兄弟姐妹五个，你妈妈兄弟姐妹三个，你爸爸是家里的老三，你妈妈是家里的老小。你爸爸的哥哥，你要叫伯伯，姐姐要叫大姑，他的弟弟，按以前的叫法，要叫尕爹，现在都叫叔叔，他的妹妹，你们要叫朶姑。你妈妈的弟弟妹妹，你们要叫舅舅姨姨。

我爸爸兄弟姐妹五个，我妈妈兄弟姐妹三个，我爸爸是家里的老三，我妈妈是家里的老小。我爸爸的哥哥，我要叫伯伯，姐姐要叫大姑，他的弟弟，按以前的叫法，要叫朶爹，现在都叫叔叔，他的妹妹，我们要叫朶姑。我妈妈的弟弟妹妹，我们要叫舅舅姨姨。

你叫蒲一林，1991年生的，出生地点是甘肃省兰州市清泉县蒲家营村卫生所，蒲家营分上蒲家和下蒲家，我们是上蒲家的。

我叫蒲一林，1991年生的，出生地点是甘肃省兰州市清泉县蒲家营村卫生所，蒲家营分上蒲家和下蒲家，我们是上蒲家的。

蒲家营离兰州九十五公里，到兰州方便着呢。蒲家营水库是1974年修的。修水库的时候，全村人都出工了。

蒲家营离兰州九十五公里，到兰州方便着呢。蒲家营水库是1974年修的。修水库的时候，全村人都出工了。

清泉县有一条河，叫宛川河，宛川河上上下下的人，说的方言都差不多。你听懂一个地方的，基本就全能听懂了。

清泉县有一条河，叫宛川河，宛川河上上下下的人，说的方言都差不多。我听懂一个地方的，基本就全能听懂了。

你不叫陈宗宏。

我不叫陈宗宏。

情　话

你不叫陈宗宏。

你是蒲家营人，你是上蒲家人。

你爷爷叫蒲得雄，奶奶叫马秀兰，外爷爷叫明宇漫，外奶奶叫金光桃，你妈妈叫明凤台，你爸爸叫蒲晖强。他们都有好几个兄弟姐妹，因此你就有了二爷爷二奶奶，舅爷爷舅奶奶，大伯大姑，舅舅姨姨，两姨爸，姑舅爸，他们还有孩子，按照老式的称呼，叫起来太复杂了，就叫表哥表姐，堂弟堂妹，后来干脆都叫哥哥姐姐弟弟妹妹。

你有一大家子人。

他们的头发都有点黄褐色，他们的眼珠子也有点褐色，也不是外国人那种褐色，就是不很黑，不是深黑的，迎着阳光的时候，头发和眼珠子，尤其有点黄褐色。有人说，那是因为甘肃在古代一直是边塞，少数民族很多，生活在这儿的人，多多少少都有些少数民族血统。

你的头发已经不黄了，你的眼珠子也是，不黄了，你的头发和眼珠子都很黑，说明水土养人还是有些道理的，不是血统就能决定的。

他们的鼻子也很棱，男的也棱，女的也棱。正面好看，侧面看上去，就有点疙里疙瘩的，但谁一天到晚侧面看人呢，都是正面看，正面好看就行。西北人都好看。

你的鼻子也棱。骨头不像头发和眼珠子，骨头是硬的，长成了就不变了。你的鼻子，正面看上去好看，侧面看上去，也是疙里疙瘩的。你不信你自己看。

他们的个子都大，男人的个子也大，女人的个子也大。你的个子跟了他们了，你的个子也大。

你的蒲家营，有山有水，山是祁连山的一支，到了这里，就叫东山，东山是随便起的名字，就因为在东边，就叫了东山，要是起个好听点的名字就好了，现在也已经叫习惯了，不觉得好听不好听，但名字是给外人听的，外人听到，说，这个名字这么精神，那该多好。

水是宛川河，也不是什么大河，就是山里的山水，汇到一起，成了河。你要想象，那些石头缝里的水，草叶上的水，一点一点，耐心地，流到一起，最后成了宛川河。它们也不知道消息，它们也不知道哪里有另一股水，它们还是往一起流，流到一起就不会干涸了。也有可能它们知道呢？一滴水里恐怕也有一个世界，有一个指挥部，指挥着它们往哪里流，找另外一些水，水神秘得很。

宛川河以前水大，河边芦苇多得很，蜻蜓飞着，蝴蝶飞着，有些蜻蜓定在芦苇上，有些蜻蜓定在春黄菊上。太阳落山的时候，看着芦苇，看着蜻蜓，就惆怅得很。现在水小了，冬天干脆没有水，芦苇也没有了，蜻蜓也没有了。你的宛川河，在你还没有出生的时候，就没有蜻蜓了。蜻蜓就在传说里，蝴蝶也是。

你的蒲家营，夏天六点半天亮，冬天八点天亮，烟囱里冒着烟，墙壁上有人用炭块画着小人儿，小人儿龇牙咧嘴的。画这样的小人儿，还有口诀：一个丁老汉，借我两个蛋，我说三天还，他说四天还。念到丁的时候，画个丁钩，那是鼻子，念到蛋的时候，在丁钩旁边画两个圈，那是眼睛，念到三的时候，在额头上画个"三"，那是皱纹，念到四的时候，在丁钩下面画个"四"，那是嘴巴和牙齿。小孩子就这样画小人儿，画在别人家的墙壁上，画在本子的空白处。把小人儿画在别人家的墙壁上，那是要挨骂的，等他们长大了，就轮到别的小孩在他们家的墙上画小人儿了，就轮到他们骂小孩了。

你的蒲家营，平地上种着小麦，山坡上种着小米，菜地里种着茄子、辣子、豆角、西红柿、韭菜、包包菜、莴笋，这些年种莴笋的多，莴笋能卖钱，不过也不一定，价格好的时候，地头上收菜的，能出到八毛，一块也有过，价格不好的时候，一毛钱一斤。一毛钱一斤，就不划算卖了，就铲掉，就烂到地里，沃肥料了。一毛钱一斤的行情，这些年有过两回。

你的蒲家营，还有杏树，杏树三月底就开花了，粉粉的，开在荒地上。杏树就是这么不可思议，冬天那么长，那么冷，零下二三十度，你都觉得春天不会来了，觉得自己挨不过去了，春天就来了，杏花就开了。就是这么不可思议。

还有苜蓿花，苜蓿种在村外，种在山坡上，种不出值钱东西的地方，就种苜蓿，苜蓿夏天就开花了，白的，粉的，紫的，开在山坡上，落在山坡上。苜蓿的一辈子都在山坡上。

还有春黄菊，黄色的，一大簇一大簇，开在杂草里，开在地埂子上。春黄菊有特殊的味道，有特殊味道的花草，都是能入药的，春黄菊可能也能入药。你外爷爷知道，他的书架子上有《中国沙漠地区药用植物》。

你的蒲家营，供的是三圣母，也就是华山三娘，也有人叫华山三公主，三圣母是华山神西岳大帝的第三个女儿。三圣母下凡和书生结婚，生下了刘沉香，才生下刘沉香不多久，就给压到了山下，刘沉香劈山救母。《宝莲灯》说的就是三圣母的故事。

蒲家营有个铁算盘，到处都有铁算盘，王家庄也有，丁官营也有，银道沟也有，杨寨也有，每个庄子上一个铁算盘，都是老天分配好的。丢了羊的，找铁算盘，丢了三马子的，找铁算盘，说是公安局有破不了的案，也找铁算盘，不知道真的假的。铁算盘永远不老，老的铁算盘死了，儿子就当上铁算盘，穿的戴的，说话的声气，都和他爹一样，不出几年，也老得和他爹一样。铁算盘永远不死。

你丢了，你的爹妈也找过铁算盘，铁算盘说，到东边找一找，他们就到东边找。一个县一个县，一个市一个市，有消息，就当和自己有关，有解救的孩子，就扑过去认。

出去不好，出去要挨骂，挨打，睡房檐下面，出去的人让人看不起。人们对外来的人，没有好声气。

你的蒲家营，是个大庄子，以前人口多，三千人也有了，现在不多了，现在一千多人，人都走了，走了也不要紧，人都是要走的，人就像山水，要流到大河里去，不然就干了。

你也走了，你不是自己走的。

村子里的人和驴日哈的联合拐了你。他们用小面包，还有摩托车拐走了你，他们在村外的路上等了很久，他们抽烟，说话，假装做别的事情，他们等到了你。

他们不让你哭，也不让你说话，他们给你吃了药。他们开着车一直往东边走，然后往南边走，他们在南方找买家，也有可能，他们已经有了买家。

他们走过苹果园，走过稻田，走过白桦林，走过油菜地，他们没有往外看，他们起初非常慌乱，渐渐发现没有人追来，他们就放松了。他们有说有笑，他们抽着烟，他们可能也在饭馆子吃饭，看到饭馆老板的孩子，就两眼放光。他们可能在路上还拐了别的孩子。他们走到了大海边，人们住着石头房子的地方。

那里不供奉三圣母，那里供奉的是别的神仙。

那里也没有宛川河。

那里的人眼珠子是黑的。头发也是。

　　　　　　　　　　　　　　　晚春情话

你就在那里长大。

你都吃的啥。

你的蒲家营，没有你，也像没事一样，三千人呢，没有你就像没事一样。

麦子照样长，水照样流到水库里。照样，啥事都没有。

春天种莴笋，夏天收麦子，秋天收白菜。冬天，冬天就冬闲。闲不住的就到县上去打工，超市里，饭馆子里，一个月一千多，两千的也有，两千的少。

正月里闹社火。闹社火之前，几个村子要商量，你们村出多少钱，出多少东西，他们村出多少钱，出多少人。商量好了，就写在红纸上，张榜公布。时候到了，社火就闹起来了。以前的社火闹得大，后来不行了，有好几年都不行了，现在有钱了，又鼓励民俗文化，就又闹得大了。

铁芯子 ① 是丁官营的，高跷是四角城的，我到四角城去，看到他们正踩着高跷，一点一点练。身上穿的就是普通的衣服。

三月，杏花就开了。

四月，牡丹就开了，怎么有这么好看的花，怎么有这么香的花。

五月，麦子绿绿的，走在麦子地里，心里特别松活。看到杂草，就顺便拔掉，拔着拔着，就忘了时间了。

_____

① 几个十岁左右的孩子，穿着戏装，扮演各种角色，做好防护，分几层固定在三到七米的铁支架上。

七月，杏子就熟了。八月，百合也可以挖了。

二十五年，这些你都没有经历过，你都忘掉了。

你没有经历过的，我在梦里让你经历了，我梦见你也上了铁芯子，穿的戏装，画的花脸，刚开始认不出来，然后就认出来了。

我梦见你在宛川河边，宛川河的水和以前一样，特别大，特别清，你就在宛川河边抓蜻蜓。太阳落山了，风突然冷了，你说的话，我听不清楚。

我梦见你在墙上画小人儿，用的是烧了半截子的柴火棍子，你把火吹灭了，用手摇一摇，在墙上画小人儿。

月亮就在房子上面，又大又圆，怎么有那么大的月亮，怎么有那么圆的月亮。

你在石头房子的墙上，画过小人儿没有？

画小人儿的时候，你念的啥？

孤独猎手

　　这是真的。

　　她第一次打电话来，是在四月末，夜里十一点，她打来了电话。她说，她想和他聊一会。他说好啊，聊什么呢？她为他没有表现出应有的惊讶与不安而感到失望，她说，可是你不认识我啊，或者，你是把我当作你认识的人了？他说他知道这种电话，这种方式，再说，他已经不会对什么感到奇怪了。

　　她告诉他，她觉得非常孤独，非常非常孤独。

　　她经常打这种电话，所有的号码都出于她的凭空臆造，她的手指跟随她的思想随心所欲地编造号码和拨打电话。有些，是空号；有些，有人接听，如果是女人、老人、孩子接听电话，她就会说打错了电话，然后挂断，她只和男人聊天，年轻男子。

　　她让他知道，她从前是学绘画的，现在是跳舞女郎，她强调说，是真正的舞者，而不是舞女，舞者和舞女是有严肃的区别的。她是一支舞蹈队的领队，她们四处表演。此时，她们刚演出回来，住在宾馆，别的人，在打牌，喝酒。她停下话语，随后问他是不是听得见吵闹声。

她说，她能想象她打出的每个电话，像一股焦急的、迅速推进的黑色液体，在许多交错的、几乎难以分辨的管子中漫延，而接听她电话的人，像是懵懂无知的孩童，毫无准备地接受她突如其来的侵袭。她就是这样和他们取得了联系，就是这样使孤独成为一种可以出击、具有侵略性，而不只是被动的、哀愁的东西。那些她试图触动的人，往往猝不及防。"喂，喂⋯⋯""你是谁，我不认识你。""说话呀，说话呀。""你到底找谁？"

她由此知道她不是一个人存在。

她说，她的方式，像埃克苏佩里，这个男人，醉心于驾驶飞机从黑夜的沙漠上空飞过，并俯视地上的灯火："那些灯火，那些召唤。"

他问她是否因此而惹上过麻烦，她说从来没有过。

她告诉他，她都用电话做过些什么。

有一天夜里，她忽然疯了。她激情澎湃，灵感蜂拥而至，她打电话给一个非常大的酒店，她打通了差不多三十个房间的电话，用一口略微带点南方口音的普通话。她问他们，你们寂寞吗？她知道这样会被人当作妓女，但她乐此不疲。有人骂她是神经病，有人说才不要呢，怕得病！也有人回应，要她赶快来，有人马上就问她愿意接受什么样的方式，并且和她讨价还价，有人问她怎么走上这条路的，是不是吸毒，有人劝她不要再做这一行了，找个老实男人嫁掉。这一次，她想象自己的电话像个彩色的鬼影，行动极其迅速，在楼上楼下，在走廊里，在房间与房间之间窜动，带着录音带快速转动时那种滑爽的声音。带着这种想象，她觉得自己像是伴随着华尔兹音乐打电话，逐渐心醉神迷。

她也打电话给对面楼上住着的人。是的，二十米外的，对面楼上的人们。她每天都如痴如醉地观看着他们沉闷得像毒药一样的生活。有个女人，一个中年女人，整整两年时间，每天晚上，总是坐在沙发的最左边，边看电视边打毛衣，整整两年时间，从来不曾改变位置，她的身边，从来不曾出现另一个人，沙发的右半边，是空的。整整两年时间，她打掉的毛线也许能绕赤道十圈。

她还看得见他们每天都吃些什么。看见妻子切西红柿，丈夫和面。看见女人下班脱下长筒丝袜。某件衣服头一天穿在某人身上，改天就挂在阳台上晾晒。

还有一天，有家人在打架。第二天，那个男人脸上贴上了创可贴。他肯定只能对同事说，他刮胡子的时候不小心。

还有五个男孩子，合租一套房子，夏天，他们总是光着身子在屋子里走动，其中有一个极其英俊。她查到了那套房子的电话，她打电话给他们。她看见接电话的男孩子兴奋不已，捂住电话要别的男孩子赶快来听，他们挤成一堆，挤眉弄眼，当接电话的男孩子不知道该说什么的时候，她看见别的男孩子小声地给他提示。

她从来没有遇到《后窗》《碎片》《残酷的视野》里说的

那些事。生活已经够像毒药的了，不需要谋杀。

她打电话给电话簿上和她同名同姓的人，装作怒气冲冲的样子，大声地说，你的名字怎么能和我一样呢？赶快改掉！在电话簿上，有七个和她名字一样的人，她给他们都打了电话，要他们改名字。他们也许永远不知道自己得罪了何方神圣。

她偶然也跟女人说话，然后，她听得出来，那个女人立刻认为她是她丈夫的情妇，并且破口大骂。她也扮作泼妇的样子，和对方对骂，后来她不得不挂断电话，因为她越来越不能控制自己的大笑。

有一次，她打电话给一个有本地口音的男人，然后，在对方问她是谁之后，用拙劣地模仿恐怖片中那种阴沉的声音说，她就站在他的窗外，然后，开始冷笑。在对方破口大骂之前，她果断地挂断电话。

有的时候，她会遇到无人接听的录音电话。她就把自己会唱的歌一首接一首唱下去。她曾经给一个电话唱过《梅娘曲》，她说，那是她唱得最好的一次。

她说，她爱他们每一个人。是那种带着色情意味的爱。对此，她从不否认。

事实上，她爱的是所有的男人，但她注定只能遇到某一个男人。

但是，你不能否认，这是一种极其强烈的爱。

她问他，他是什么样子的。身高，年龄，体重，头发的样子。还有，她经常要他描述他身上当时所穿的衣服。他告诉了她。他说，他不明白，她为什么要知道他头发的样子。

因为她只喜欢一种头发，她喜欢男子留着很短的头发。当然，她也喜欢光头的男子。不过，并不是所有的人都适合这样装扮。

那么，他是什么样的呢？他没有提到他的头发，他说，他很高，很结实，他穿的是棕色的灯芯绒裤子，很细的灯芯绒，白色的T恤，暗红色的细格子衬衣。她听得非常仔细，她说，这至关重要，她不想遗漏任何一点。由他穿的衣服，她能想得到他是怎样的。

她问他喜欢别人怎样装扮。

他的回答出人意料。他说，他喜欢别人穿黑色的橡胶或者塑料的衣服，戴上防毒面具。

她被他的回答震惊。这没什么，但是，为什么呢。

他沉默了很长时间，她马上知道他一定有从不曾吐露的事情要讲给她，她于是也沉默着，等着他开口。

他说，他很小的时候，家里很穷。他告诉她，他们怎样贫穷。每到他念的那所小学又要带领孩子们去活动，例如，郊游、参观、逛公园的时候，他家必然要爆发争吵。有一年的春天，这样的活动又来了。只是，这一次，孩子们有两个选择：

去公园春游的，要交钱，去军事基地参观的，不要钱。

毫无疑问，他只能去军事基地参观。

他们走了整整一天，黄昏的时候，他们才到达沙漠深处的那个基地。孩子们被集中起来，在一个教室里听军官讲军事知识，他们还看到了真的枪。那些军人，非常黑，他们冲着孩子们笑，露出洁白的牙齿。

后来，孩子们又被集中起来去看模型，他没有去。他走了出去，开始，他看见的是安静的营房，非常安静，像是没有人存在，后来，营房也没有了，出现了训练场，黑铁的单杠、双杠，但是同样没有人。他非常害怕，他知道自己走得越远，就越难找到原来的位置，受到的责骂就越多，但是他知道自己不得不走下去，这种要走下去的、不知名的力量让他反感，但是他听从了它。后来，在训练场的边缘，他停下了，因为前面就是铁丝网，再也没有路可以走。就在那里，堆着一些黑色的汽油桶，有的横放，有的竖放，在汽油桶中间，长满了死掉的向日葵，黑色，枯瘦，干瘪，像某种生物的尸骸。黑色的污油在汽油桶周围流成各种形状，还有油不断地从桶盖的缝隙里渗漏出来，一秒钟滴出一滴。

黑色橡胶和防毒面具的形象就在那里出现。

那里有人。那是一个异常健壮的男人，不知道为什么，要在那里穿上他的黑色橡胶的衣服。开始，他几乎是赤身裸体，只穿着一条灰绿色的短裤，在那里整理脚下的那一堆黑色橡胶制品，后来，他开始穿上它。他先套上黑色橡胶的裤子，然后从那件连体的衣服的上半部分钻了进去。这个时候，他还能看见那个男人的脸，他的脸黝黑，但非常有光泽，但是没多久，他就让自己的脸消失在了一个黑色的防毒面具后面。伴随着这张脸的消失，他整个人都消失了，消失在那件没有光泽、厚重、笨拙的衣服后面。

那个男人一定是在一开始就看到了他，但是他根本就当这个孩子不存在。当然，更有可能的是，他也许是要向这个孩子展示他是如何雄健，如何控制自如。他自始至终没有看这个孩子一眼，直到他把自己隐藏在防毒面具里之后。他一动不动，显然是在面具后面打量这个孩子。

这个孩子，他，被迎面而来的、巨大的恐惧窒息了，这种恐惧巨大到不像是恐惧，而像是另外一种相反的东西，一种喜乐，一种快悦。就在这快悦达到顶点的时候，那个"防毒面具人"（此后多年他一直这样称呼那个人）站了起来，开始笨拙地行走，并最终消失在黑色的枯萎的向日葵后面。干枯的向日葵因此发出了燥烈的摩擦声，非常令人不快，很久之后，那声音才消失。

事实上，他一直认为，自己目睹的是一个人的消失过程。那个人，因为消失，似乎反而变得更强大了，变得更有力，更不为外界所侵扰。他对这个过程无比迷恋。

讲述这件事耗尽了他和她的全部力量和激情，他们都筋疲力尽，不知道该怎么结束今天的谈话，很久之后，她说，和他说话真是好。然后他听到她轻轻地挂断了电话。是的，筋疲力尽，再没有比这更合适的词语，他始终在调动她，她也一直被他所调动。事实上，她比他消耗得更多，她还消耗了想象。

整整半个月，她没有再打电话给他，他知道，她必须休息很长时间。她必须忘却没有亲临这个场面的缺憾感。

有一天，她的电话又来了，好像什么也不曾发生过，而更奇怪的是，他也刚从讲述这件事的疲倦和不快之中摆脱出来，显然，他们内在的节律完全一致。

她说，她长得非常之美，她说，他难道不想见她吗?

他说不，感情一旦有了可以附着的形象，就会导致思念，那简直是一场灾难。

那她可以描述自己吗?

她为什么要征得他的同意呢? 她尽管可以开始。

她没有提到自己的身高、年龄，也没有说自己穿什么样的衣服，她只说，她有一双非常大的眼睛。实际上，从现实的角度来讲，她的眼睛只是普通人的大小，但是她总能给人以眼睛很大的错觉。因为，她的眼神非常强烈。

她说，在《狄仁杰探案》中，就描述过这样一双眼睛。那是一个患了心脏病、将不久于人世的女人，她有一双"渴望生活到了贪婪的地步的眼睛"。

她就有这样一双眼睛。

他说，他喜欢她的描述，他立刻就知道了，她是什么样的。她于是接着进行描述，她讲给他，他们经常排练舞蹈的地方是什么样子的。她说，那里非常宽敞，有木头的地板，打磨得非常光滑，那种木头，是浅棕色的。那种地板，最适合下午的阳光，适合那种从窗外斜斜地照进来的阳光，那种光线照到地上，有一种懒惰的反光。那里有休息用的沙发，方方正正，很硬，布面，有棕色和黄色的菊花图案，那图案异常繁复，每一朵花都枝蔓丛生，很多枝与叶中间，才有一朵花，许多许多花，汇成一片棕黄色，那些花，就死在沙发上，死在棕黄的颜色里，死了，永不枯萎。他们这些舞者的生涯，也是如此：

　　她喜欢那里没有人的时刻，她经常盼望所有的人都尽快结束排练，离开这里，有的时候，她的盼望如此强烈，以至于当人们换衣服准备离开的时候，她总是兴奋异常，热心地为他们递衣服，找鞋子，拉拉链。她希望他们赶快离开，回到他们永远没有变化的生活中去。

　　她坐在空无一人的排练厅里，看着地板上他们换下的一双帆布鞋子放在阳光映照的地方，塌陷着，没有生气。脚跟的位置，有汗湿的痕迹，这令她感到不快，她把那鞋子用脚拨拉得远一点，到阳光所不能及的地方。但是，她总觉得那鞋原来所在的位置有个不洁的黑影。

　　她不会爱上身边的人，她的爱，即使是这怀有色情意味的爱，她也不准备投向他们。

　　她坐在那里，手指跟随着沙发布上菊花的纹路，手指越走越远，她最后是扑倒在她的手臂上。

　　她希望全世界现在只有这个排练厅这么大。排练厅，空无一人的排练厅就是全世界。此外无他。

　　他说，他喜欢她描述物体时候的感觉，女人，向来如此，女人都是恋物狂。

　　对这样的论断，她没有表示反感，她只是问，他曾经了解女人吗？他有女朋友吗？他有过，他说，她非常情绪化，非常敏感。情绪化？她重复这个词，说一个女人，可以用任何陈述，那也许是事实，但是不能说一个女人情绪化。情绪化，是一种恶意的判断。他显然对女人的要求一无所知。

　　四月过去，然后是五月、六月。她总是打电话来，却不让他知道她的号码，但她又暗示他，只要他愿意，是可以查出来的，甚至，她也可以告诉他，只要他愿意。

　　有一天，她问他，他经常听什么样的音乐，他告诉她一支乐队，叫作"尼克凯夫和坏种子"，那么她呢？她说，她要好好想想。第二天，她打电话给他，她说，她是特意来告诉他，她知道她喜欢什么了，她喜欢 Leonard Cohen。

　　他们的交流毫无障碍，就是有障碍，也在她极力排除的范围之内，他们毫无障碍，以至于有一天，她毫无保留地说出她在十六岁那年初次感受到的暴力和痛苦。她说她记住了一些毫无意义的细节，那时，透过那个人的肩膀，她看见北极星非常非常非常明亮，炯炯地，严重地照临，不远处一座寺庙的塔，像一炬幽暗的火焰，在大地上投下沉默的暗影。

然后是八月、九月、九月底。

九月底，有一天，她向他坦白，他们其实在很久之前就认识，在春天她给他打电话之前就认识，他的号码，并非她偶然撞上，而是在这之前，在某处的留言板上看到的。那时，他在征友，并且留下电话号码，她给他打了电话，他非常漠然。时隔很久之后，她确定他已忘记了她，忘记了她的声音，她的特征，她才以另外的面貌出现，再次打来电话，她在电话里告诉和表现给他的，有关她的生活，她的职业，她的性格，都是她精心虚构的，是由她创造的。但是，她的感情，是真的。

她忽然意识到这样说的严重性，她要消解这种严重性，她说，甚至还有一种可能，那就是他住在她视野所能及的范围之内，她每天带着怀有色情意味的爱注视着他，等到她确定了自己的感情，才设法打电话给他。

他决心让这谈话结束。他告诉她，他是什么样的人，以何种方式生活，为什么总是在深夜还能接听她的电话，他不可能见她，不可能爱她，不可能和她保持长久的友情，他之所以从不拒绝，只是因为他知道孤独的力量是何等强大。

她说她已经想到了，他是什么人，他比她还要孤独，这种孤独还很漫长，还很漫长，应该忍受，并且喜爱。

她说，她不会再给他打电话了。

　　他知道这还没有完，这不能算是个结局。他自己也隐隐怀有期待，期待她再次出现，让这充满着企求和宽恕、退让和赞许的对话继续下去。这种谈话里有种痛苦的成分，她以为是她在倾诉，他容忍了她，不是，他以为他是主人，让她忐忑，也不是，事实是，在孤独面前，没有谁曾经是胜利者。但是这谈话的迷人之处就在于，他们全都对此视而不见。

　　新年将近的时候，她又打来了电话，好像从前什么也没有发生过，她说，她想见他，他也许也想见她？她这样认为。

　　时间，新旧年交替的零点，也是新旧两个世纪交替的时刻。地点，这个城市最大的那个广场东边，过街天桥下面，她会穿一件黑色的风衣，手里拿着一支点燃的焰火，她会买很多很多支焰火，一支一支把它们点燃，直到他出现。

　　她没有问他穿什么衣服，她说，她能够认得出他。

　　那个时间就在三天后。一九九九年十二月三十一日，他去了。

　　他很早就去了，广场上满是狂欢的人：孩子，老人，男人，女人都有。他们给自己的理由是，在这里庆祝新旧世纪的交替。他们，素不相识的人们，在广场上丢手绢，老鹰捉小鸡，对歌，放烟花，他们努力地不让这个夜晚结束。

　　有一群男孩子和女孩子在对歌，他们的规则是，男孩子和女孩子分开站，站成两个面对面的队列，一队唱出一首歌，并且可以在任何地方结束，另外一队就要用结束的那个字作为另外一首歌的开始，把歌声继续下去，如果没能继续，就要退后一步，另外一方前进一步。就这样。他们手拉着手，大声唱歌，胜利的一方装作气势汹汹的样子，横冲直撞，直撞到失败的那一方队伍里去，被撞到的人，在躲闪，尖叫，大笑。

他站在那里看他们的游戏，他们立刻邀请他参加。他参加了吗？他参加了。后来他们厌倦了这个游戏，开始丢手绢。他也参加了。直到零时将近的时候。

十一点五十分，他站起身来，向他们告别，他到达天桥的时候，是十一点五十六分。他要见的人，或者说，要见他的人，已经在那里了，穿着黑色的风衣，拿着一支焰火，站在那里，脸庞沉浸在火光里，时明时暗。

他站在远处，等待零点到来。在这二百四十秒里，他都做了什么？他站立，呼吸，他一直在看着那个人，他感到了从未曾感受到的、强大的孤独，还有一种毒素般的、忧伤的情绪凭空来临。甚至有一刹那，他的头脑忽然变得异样清晰，他感觉到了冬天的、凛冽的空气怎样顺着他的鼻腔、咽喉直达肺部，他甚至体会到自己将这口空气暖热所用的时间。他知道自己要接受这个人，把她从陌生变为熟悉，就像暖热一口寒冷的空气，他知道这个过程是何等漫长。他也知道，在把她变为熟悉之后，新的孤独又将来临，在这之间，有极细极微的转换和差别，几乎不易觉察。透彻的绝望真是好。

就在那时，天空中出现了焰火，伴随着轻微的爆炸声、人们的欢呼声。红色的、紫色的、绿色的、金色的、白色的焰火逐一来临。红色的焰火照临了，在那红光里，他就像是个炼丹炉旁边的修炼者，绿色的光线里，他又像是个面目狰狞的魔鬼。在焰火隐没，光和黑暗交替的片刻里，世界像是收缩了，焰火再度绽开的时候，世界又仿佛在膨胀，就这样，他像是在一个不断收缩和膨胀的子宫里，等待被生出来。

他点燃一支烟，深深吸了一口，向她走了过去。

这个故事是真的，所以我努力地将它处理得扑朔迷离，我，也许是他，也许是那个打电话的人，也许他们都是我，这都有可能。所以我将自己隐藏，并使之显得扑朔迷离，像人心的叵测和人性的诡异惊心。的确，要敞开自己，不留余地，谈何容易。

后记一：
请让我相信，这世界仍有神秘之处

　　二〇一六年，我参加了星外星唱片公司的采风团，和十几位音乐人一起，去巴音布鲁克采风，在看过了九曲十八弯的落日，返回小镇的时候，在车上，我突然有了一个故事，一个空间里嵌套另一个空间的故事构想，这就是《我父亲的奇想之屋》最初的种子。

　　之后的过程，其实有点像科幻电影里的场景，这个故事在我大脑里有了一个专属的空间，符号、字句、画面在这个空间里飞舞，不停接触、匹配、组装、重组，与此同时，也会有新的符号、字句和画面进入这个空间，此前建立的秩序就再度打乱，开始新一轮的匹配和组装。终于，这个故事有了一个大致的轮廓。

　　我构想出来的故事，大致分两种：一种是可以讲述的，一种是无法讲述的，《我父亲的奇想之屋》属于前一种。我不停地把这个故事讲给我的朋友听，在饭桌上，在聚会中，因为讲述和想象、书写，是不同逻辑的创作方式，当我面对真实的人讲述这个故事的时候，一些在想象阶段没有理顺的逻辑，突然就理顺了；一些自以为已经顺畅的逻辑，突然显现出不合理之处；一些潜藏在某个细节里的，没有被唤醒的观念，会因为他们的反馈，突然被揪出来，得到了强化。在二〇一六年年底和二〇一七年年初的很多聚会里，朋友们都听我讲过这个故事，他们再度提起这个故事的时候，给它的命名，"就是那个父亲变房子的故事""那个儿子找父亲的故事"，说明了他们心目中，这个故事的重点是什么。

二〇一九年九月，我开始动笔写这个故事，可能因为之前很久没有写小说，热身运动没有做够，写了一半写不下去了，就搁着了，这一搁就是一年，直到二〇二〇年九月，才完成了后半段。总共用了十天时间，前后各五天。

这篇小说发表在《花城》杂志上，何平老师主持的"花城关注"版块，后来入选二〇二一年《收获》文学榜中篇榜。

复盘构想和写作的过程，也很愉快，因为会重新回到"进入状态"的状态中。

回　声

《我父亲的奇想之屋》是个看起来挺复杂，但其实不复杂的故事。我是把一个故事讲了四大遍、五小遍，一共九遍。

因为"屋中之屋"这个观念是静态的，是一个"点子"，单独这样一个点子，无法构成一个完整的故事，为了让它变成故事，需要使用特别的手段。我的做法是，反复讲这个故事，换主人公，换时代背景，对原来的故事进行轻微变形，用同故事反复的方式，制造了一个结构，带来了一个高潮。这其实是音乐作品的做法。

这个结构其实是受到林白老师一篇散文的启发，这篇散文叫《德尔沃的月光》。她在这篇文章里提到保罗·德尔沃的一幅画，画上有三个女人，外貌、穿着打扮都一模一样，三个人，站在一条透视线上，一个比一个小，一个比一个远。这张画叫《回声》。林白老师说，这是用人物形象的变化来表达声音在传递过程中的衰减和反馈。一句话，把"回声"给形象化了。

保罗·德尔沃的那幅画的确是这样的，不过我觉得我受到的启发不是来自这幅画，而是来自林白的诠释。因为我在看画的时候，并没有想到这一点，是她的诠释提醒了我。

我就用这种方式写了三个大故事，说穿了，就是用故事去描绘"回声"。物理上的"回声"和心理上的"回声"，尤其偏重于心理上的"回声"——"父亲"在我们心理上投下的回声。

这三个故事完全一样，只是一个故事比一个故事小，一个故事比一个故事间接。第一个故事的主人公，在微博看到了第二个故事的主人公，两个故事中人碰面之后，第二个故事的主人公，讲述了第三个同结构的故事，并给第一个故事主人公看了五个由她征集来的故事，这五个故事经过了轻度变形，但和第一个故事在本质上是一样的。最终，故事一的主人公和故事二的主人公，共同经历了一个大故事，这个故事和此前的故事一样，依然是同一个故事。就是说，这个小说里，其实有九个相同的故事。

> 从前有座山，山里有座庙，庙里有个老和尚给小和尚讲故事，讲的故事是……

这个小说，是用这样一种关系搭建起来的，但我又不希望它是单纯的"套娃"关系，那太理所当然了，也太容易被看穿了。所以，我在时间线上做了调整，打乱这种"套娃"关系。比如，前三个故事的时间推进，和"回声"一样的缩减方式，已经给读者制造了一个故事惯性，读者会以为，那五个征集来的故事，也应该晚于这三个故事，是另外五个发生在现代的失踪父亲的故事。但事实上，它们在发生时间上，是早于"现在"的所有故事的。它们看似是"套娃"里最小的娃，但实质上，它们有可能才是外面的大套娃。总之，我用搞乱时间线惯性和期待的方法，破坏了这个"套娃"的逻辑。

空　间

"空间"是另一个让我着迷的主题，无比痴迷。

我在新疆于田出生，也在那里长大，新疆的"空间感"，为我奠定了对所有空间的感受、理解和期待。此后多年，不论去了哪里，我其实一直在找另一个新疆，另一个荒天野地。

也是在新疆，我经历了一件可以用来做心理分析的事件，这个事件，足以说明，童年时候的一些经历，是怎样嵌入一个人的生命体验，成为一个人的心理基因的。

那是我七岁时经历的一件事。我的小舅舅开着卡车，带着我和几个工人，去策勒城外拉石头。在拉石头的荒滩上，有一个很小的钢铁制品厂，在他们忙碌的时候，我走进了那个厂子，在那个厂子里看到和感受到的，成为困扰我一生的噩梦，也铸造了我对某些空间的迷恋。

后来，我把这段经历写了下来：

　　舅舅指挥着工人们从河滩里抱起鹅卵石扔到车上，开始，是鹅卵石砸在铁皮上的声音，然后，是鹅卵石砸在鹅卵石上的声音，那种声音，让人非常不舒服。每砸一下，耳朵和心脏都会随着那声音激烈地跳动一下。

　　我离开卡车，向着那片绿洲走过去。

　　池塘的水非常浑浊，深绿色，看不到底。我在池塘边蹲下，往水里看，一些虫子在游动，像鳖，黑色，有很多脚，我拔了一根草棍，挑动那些虫子，那些虫子开始拼命划动那些脚，我顿时觉得非常恶心。

　　我站起来，向那片房子走过去。

那是一个小型铸造厂，厂房很高，墙壁涂成青灰色，第二层的玻璃都是破损的。一些榆树从破损的地方，把枝条伸了进去。

我推开一扇沾满油污的小门，等到眼睛适应了里面的黑暗，慢慢走了进去。

许多我不认识的机器，许多地沟，还有巨大的轰鸣声，人说话的声音掺杂其中。我小心地绕过那些机器，觉得自己不该往前走了，但一种让我反感的力量却推着我继续走下去。

工厂是狭长的，似乎永远走不到尽头，工人们穿着看不出本来颜色的工作服，站在通道两边，当我走过去的时候，他们回过头来，漠然地盯着我看，脸上沾满尘土和泥灰，颧骨高耸，嘴唇厚实，眼睛晶亮。

我走过很多门，很长的通道，通道两边，永远站着一样姿势的工人，穿着一样脏污的工作服，缓慢地转过头来，漠然地看着我。

我身不由己地走下去。两边还是相似的机器、通道，相似的工人，和漠然的眼光，这个工厂也许是一节节无限重复的空间。

直到小舅舅的手突然拉住了我。

当天晚上，这个梦来了，从此再没离开我：我在一座高峻的钢铁工厂里行走。我要说的是，它也许在每次出现时，会有细节上的差异，但总是在那种光线下，

　　　　　　　　　　　　　　晚春情话

在那种地点：晦暗之中的，无人的钢铁工厂。

最起初，我总是身处一座空旷无人的城市，它们有一个相同的特征：异常宽阔的、足够几十辆车并行的马路。我被一种令自己反感的吸引力催促着往前走，知道无论怎样都会到达那个地方。我努力地记下路两边建筑物的所有特征，同时却有一个恍惚的、来历不明的想法告诉我：我不可能第二次走上这一条路。它仿佛具有博尔赫斯笔下那些路径的迷宫性质，连路两边的建筑也只是为了这次我的经过而存在。

钢铁工厂就在天色最晦暗的时候出现。它的形貌——厂房异常高大——灰色——窗子极为狭长——玻璃破损——还有那无处不在的灰色。它所引起的感觉，犹如爱伦·坡在《厄舍古屋的倒塌》中描绘的："不知怎么回事——第一眼瞥见那座府邸，就有一种令人难受的忧伤感渗入我的心灵。我心头有一种冰冷、低沉、要呕的感觉——一种不可填补的思想上的阴郁……"

天色在这种哀愁与荒寒之中变得更为阴沉，此时我已经置身于工厂内部——进入的过程也缺失了。厂房的穹顶，犹如在外边所看到的那样，极为高远，隐没在黑暗里，从窗子里透进了蓝灰色的光线，光线中的灰尘是静止的，绝无涌动的可能。我绕过那些沾满油污——而不是铁锈——的机器，地上同样有沾着厚厚油污的枕木、钢管以及用水泥砌出的沟渠和深井，同样地，也被乌黑的油水覆盖。

没有目的、没有终点的行走，终于让我觉得窒息，窒息感达到顶点的时候我的愿望得以达成，我或者醒来，或者已然离开了厂房内部。天色更为晦暗，四处是污水、沟渠、粪迹、沾满油污的手套和工作服。我望望远处，大气中有深蓝色的、半透明的、宛如果冻的物质，无声地、颤动着下落，落在远处荒凉的山上。我开始留恋那种濒死般的、窒息的快悦。

七岁时候，去那间钢铁制品厂的经历，成为一个非常执着的梦境，在我一生中反复出现，那间工厂反复变形，有时候变形成医院，有时候是工厂、屠宰场、足球场。但梦境的结构都一样，进入空间，被空间困住，最后摆脱空间，困惑、幽闭、恐慌、温暖、兼而有之。

因此，我也对"空间"产生了极大的兴趣。尤其是那些有人使用过，但又被荒废的空间。我的旅行目的地，大多是这类地方，每每站在那种荒废的屋里，我都感觉到极大的满足。在抖音和快手上，我也关注了大量的考古、废墟、废弃工厂探险号。我总觉得，在那些空间里，隐藏着一些宇宙级别的秘密，甚至隐藏着另外一些空间的入口。屋宇是人和宇宙关系的现实凝结。

这是《我父亲的奇想之屋》，为什么要用"空间"作为一个主题的原因。

游　戏

这篇小说，我是带点游戏的心态写下来的。

小说里所有引述的故事，都是虚构的、假托的，不论《聊斋志异》《阅微草堂笔记》里的故事，还是《关山寻路：陆仁棠回忆录》，《走近飞碟》杂志里的目击者报告，都是我照着类似作品的写作风格杜撰的，至多借用了原型作品中的一两句话，或者人名和地名，假《聊斋》里的"文章有官位担保，才能传世的现象，到现在也没有停止"，这个观点来自真《聊斋》，假《阅微》故事里的"把总蔡良栋"，也是真《阅微》中的人物。

连这篇小说里引用的知识点，包括"约翰·弗莱彻之屋"，甚至连那句佩索阿的"秘密的守护者都是残缺的人"，也都是杜撰的。

我朋友读了以后，听我说所有的引文都是假的，说，啊？什么？连佩索阿你都要编？没办法，编上瘾了，就像我在小说里说的，"用语言建造一座房子"。这所房子的建造工程，一旦开始，就停不下来了，这中间，我不想因为找资料、确认事实有任何停顿，而且，找来的事实，未必符合我的偏好，也未必能够很合体地嵌入这个故事。事实不够，我就自己制造。

有一些叙事是有真实依据的，比如慈禧太后的密室，"白城恶魔"的故事，以及其中罗列的世界奇想建筑。但之所以有真实的故事，也是因为，只有真假混杂，才能让假的更像真的。故事是撒谎的艺术。

结尾的地方，我还写了一篇领导讲话。我曾在公家单位工作多年，给领导写讲话稿是日常工作，那篇讲话写得非常顺手。在第一稿里，我的确是按照领导讲话的方式来写的，很标准，很套路，也很枯燥。后来修改的时候，我就想，何必呢，也不用这么严谨吧，我有怎么写的自由，一个以奇幻为主要手段的小说，可以适当放开，我希望讲话稿文艺一点，有人情味一些，于是加了两段，其中一段是这样的：

　　大家知道，自然灾害的发生是不可抗拒的，灾变才是这个星球的常态，有人说过，"世界是从灾难开始的"，"苦难是我们的故乡"。那些与人类历史有关的传说，多半与灾难有关，咱们中国古代神话里的女娲补天、精卫填海、后羿射日，都是和灾变有关的传说。进入现代社会，灾变依然没有减少，极端天气也越来越频繁，但是人们可以通过有效的措施，有组织的预防，把自然灾害造成的损失降到最低限度。这是我们举办防震避险演习的初衷。

七十二变，很过瘾。

父 亲

"父亲"在我的心理基因和小说基因里，是非常重要的角色。

我的父亲始终在场，但却经常缺席，甚至比全部缺席还糟——年轻时的他是个狂暴的人。狂暴的父亲，加上我们整个家族很不巧地和时代产生了某种共振，最终的结果就是，我一出生就生活在心理上的炼狱里。我对父亲这个角色的否定，是通过一种近乎极端的方式表现出来的：拒绝做父亲。

但我从不在小说里写这样的父亲，出于某种受害者式的自我否定、羞愧感、耻辱感，以及——自我弥补，我写的父亲，都是我父亲的反面，我写的都是有着理想人格、理想生活的父亲，托底者式的父亲，船长式的父亲。总而言之，是不存在的父亲，以及不曾得到过的父亲，和无法成为的父亲。

也正因为我写的父亲，是这样一个来历，所以，我写下的所有父亲，最终都带有浓厚的虚无色彩，父亲是假的，父亲的话语是假的，父亲建造的空间是假的。尽管他们看上去温暖厚实。一切都是巧言令色，是谎言的艺术，是虚无之中有限的兴致勃勃。

《我父亲的奇想之屋》中的父亲也是这样，全程不在场，面目模糊，在不同的人笔下有不同的描述，是一个人，也有可能是一群人的合集，甚至有可能只是一个概念。

《我父亲的奇想之屋》是我的"父亲"系列的第二个故事，此外我还准备了三个故事，分别是《我的父亲是连环杀人狂》《我父亲的新世界歌舞团》，和《越禁忌越甜蜜》。四个父亲都不是现实意义上的父亲，或者没有出场，或者只是一个信念的代言人，或者是伪装成父亲，比如《越禁忌越甜蜜》。

希望有一天，我能写出具体而真实的父亲。

神秘感

《我父亲的奇想之屋》，还有一个写作目的，那就是，写出我在这个世界上摄取到的，和我所追逐的某种神秘感。

五岁以前，我和家人一起，生活在新疆南部的农场，我们的屋子后面，就是一大片草原，一直伸展到地平线尽头。

白日里，那片草原是碧绿的，春天夏天，会有野花盛开，到了秋天，金黄色、暗红色的草穗子缓缓起伏，到了夜晚，那片草原就是沉默的黑、蓝、紫，偶然会有星星点点的火光，那是牧人们的篝火。许许多多个晚上，我从屋子里走出去，向着那些火光靠近，在离他们还有一些距离的地方停下来，听他们说话和唱歌。夜晚寂静，旷野很空，他们的声音会传到很远，尤其是他们的琴声和歌声，似乎都在向着苍穹升腾。

顺着歌声的去向望上去，似乎总有些什么，在暗黑无边的天空，聚首下望。天空、草原、夜晚和人类的歌声，共同构成一种大神秘和大忧伤，那种神秘和忧伤，或许就是某种信仰的雏形，在孩童的心里萌芽，也曾在人类的孩童时期，在每个人的心里萌芽。

慢慢地，许多别的东西追加了进去，这些东西，庞杂而混乱，但它牢固地搅拌了进去。是惨烈的家庭教育，是质朴的八十年代人际关系，是唐诗宋词里的美，是评书小说里的道德观，是学校里散淡的读书生活，也是后来经历过的劳作、疾病、死亡、爱情，以及给我带来磨损感的金钱生活。

也是漫长的读书生涯里，读到的那些带有大神秘和大忧伤的文字，例如赫尔曼·麦尔维尔、惠特曼、萨德、卡森·麦卡勒斯、保罗·奥斯特、三岛由纪夫、爱伦·坡、洛夫克拉夫特，以及那些有着神秘和忧伤感的画家，保罗·德尔沃、安德鲁·怀斯、洛克威尔·肯特。甚至也包括了我在娱乐文化里观看到的荣辱兴衰，和在各种神秘文化著作、《飞碟探索》和《奥秘》杂志，以及"双鱼玉佩"故事、《盗墓笔记》里感受到的那些东西。它们混杂在一起，构成我的信仰，汇集成我对世界的一种坚固的需求：向这个世界索求神秘感。

对神秘感的信任和渴求，成了我最重要的解压方法，我就是用这个方法度过许多艰难时期的，每每遇到这种时刻，我都丢下非虚构和纪实书，丢下惨烈的新闻，转向奇幻科幻，转向虚构的故事，搜罗与神秘现象、神秘遗迹、未解之谜有关的资料。

国产的：杜立巴石碟，白公山铁管，昆仑山死亡谷，彭加木失踪之谜（以及衍生出来的"双鱼玉佩"传说），朝内大街81号，封门村。

更多是国外的：百慕大三角，亚特兰蒂斯，哥斯达黎加巨型石球，南美大隧道，大西国传说，水晶头骨，非洲加蓬共和国深山里20亿年前的核反应堆，美国加州发现的50万年前的火花塞。当然，还有《X档案》。

有些真，有些假，有些真假参半，在社交媒体上，这些事物被当作"月薪三千的人最爱相信的东西"，但它对我有作用，抚慰、逃脱、穿越、休憩、佯狂，不管是什么用途，它对我有用。它让我相信，这世界仍有神秘之处。那些神秘之处，说明世界上的事，并非铁板钉钉、毫无想象空间。

以前的世界是有雾气的，有可能是客观上有雾气，也有可能是我们见识太少带来了雾气。总之，我觉得它雾气弥漫，雾气里有宝岛仙山也有鬼影憧憧，过了一座窄桥就走向无限的不可知的世界。当下的世界，突然没有雾气了，到处都是摄像头，每一寸社会关系都被打上细格，神秘高山堆满塑料袋，热带雨林都快烧光了，乱世佳人不乱了。光天化日朗朗乾坤，一切大白于天下。

而我世界里的神秘感，是一种修复，缓慢地修复着已经被榨干、粉碎、烧毁的我眼中的世界。它给那些密布摄像头的街巷，加上传说，那些结着摄像头的钢铁直杆，就像真的果树枝条一样柔润；它给天空上点缀一些光点，一些奇异的飞行物，天空就仍然值得仰望。这世界仍有神秘之处，仍有雾气，而不是烈日灼灼，真相大白，一切都是呈堂证供，生活里还有这样一点幽暗之地，那就值得怀着一点异想继续活下去。

而这种神秘感，源于一种古老的童心。就像 H.P. Lovecraft 在那篇极其动人的《梦寻秘境卡达斯》（竹子 译）里写的那样：

> 看！你的追寻之旅不该走向茫茫未知，而该转向那些你早已熟悉的岁月里；回到那些幼年时灿烂奇妙的事情里去，回到那些沉浸在阳光中、充满魔法的短暂一瞥中去，正是那些古老的场景扩宽了你的眼界。
>
> 你当知道，那座充满奇迹的金色大理石城市不过是你幼年时见过并喜爱过的一切事物的总和……多年以来的记忆与梦境将这种美好塑造成型、结晶具现、打磨抛光，最后得到了那座层层叠叠地耸立在缥缈夕阳中的奇迹；所以，如果你想要找到那面有着古怪瓮坛与雕刻栏杆的矮墙，想要走下那些安置着雕画扶栏的无尽阶梯，想要进入那座有着宽阔广场与七彩喷泉的城市里，那么你只需要转身回到那些你童年时所留恋的幻想与思绪里去。

那片被夜晚的篝火和歌声萦绕的草地，那座神秘的金色城市，那些天空中的光点，那些"第十二个天体"，那些"月薪三千的人才会相信的事"，对我至关重要。我不能忍受它的流失，它的消亡。在没有神秘感，神秘感消亡的此时此刻，我接过前人的枪，开始制造神秘感。

自顾自地，走进那些幼年时经历过的（是的，我毫不怀疑我经历过）灿烂奇妙的事物里去。

后记二：
我独自去练习我奇异的剑术

　　DVD 时代，遇到我喜欢的电影，看完正片，通常还会配着导演评论音轨再看一遍，尤其是全程都有评论音轨的，我就更喜欢。

　　画面照旧，旁边有一个或者几个声音从头说到尾，通常没有字幕，没有配乐，没有音效，干净，单调，直接，像一种用打字机字体排版的英文书，字就是字，不承担任何文字以外的功能。但因为那是导演的声音，是和电影有着最切身关系的人的声音，说的也是和电影有关的事，就让整个电影有了另外一种气氛，一种雪天围炉的气氛，特别适合在写东西，或者做别的事情的时候，当背景声反复播放。

　　在上一本小说集《春山夜行》里，我配了一篇一万字的后记，讲述我自己的阅读和写作经历，甚至自己评论自己的小说，朋友看了之后说，这不就是导演评论音轨吗？我喜欢这个说法，也喜欢那种自说自话、雪天围炉的感觉。我于是决定，以后的每一本书，我都要写一篇这样的后记，作为"导演评论音轨"。

这本书里的小说，除了《我父亲的奇想之屋》《孤独猎手》，其余几篇，都是集中在二〇二二年年底到二〇二三年年初这段时间写出来的。那段时间，居家已经到了尾声，秩序却还没有恢复，不知道做什么好，我就率先恢复了写作。

《写给雷米杨的情歌》，是我酝酿了很久的一个故事。最早有这个故事的框架，是在一九九五年，那正是华语流行乐的黄金时代，隔三岔五就有新歌手被推到我们眼前，我于是构想了一个当红歌手的故事：在一场演出前，他收到了旧日同学写来的信，讲述往日情状，看完了信，他在黑暗中坐了一会，但马上就轮到他上场演出了，他将要演唱的，是一首欢乐的歌。

只是一个小短篇的体量，但我没有落笔，当时的我，只有一点少年预想的愁滋味，却不知道怎么填补那些超出我生活经验的细节，但几十年后，在写了十五年的娱乐评论，做了许多明星访谈之后，我大致知道了一个歌手的生活场景是什么样，更重要的是，二十岁的时候，构想出来的那些关于人生的感喟，已经逐渐实锤了。二〇二二年十一月底，我开始写这个故事。

两条线，两个时间跨度，这边，回乡演出的三天，那边，不断浮现的过去三十年，这边，宁静的雪后，那边，狰狞的异域大红花，一朵一朵袭面而来。

这个故事里，除了都能看出来的那些，两段成长史，两段璀璨时光，一段混杂着友情、欲望的往事，一场不了了之的凶案，等等，我还想讨论一个点，那就是"可怕的感染力"。作为一个创作者，我渐渐发现，不论写作，还是绘画、做音乐，还是演戏和当明星，起初是在拼颜值、拼技术、拼人脉、拼财富，最后却都是在拼性格，确切一点说，是在拼由性格生产出来的感染力。颜值、技术、人脉，都是人力所能为的，感染力却不是，有，就有，没有，就没有。

乐评人耳帝曾经不止一次讨论过这个问题，并且屡次从这个角度出发，去分析歌手的成败，在讨论了那么多歌手的声量、技巧、相貌、资源之后，他得出了一个令人沮丧的结论，他认为，一个歌手能否捕获人心，不在于歌技，而在于心性，那种自信的、灿烂的、泼溅的心性，才是人们真正愿意顶礼膜拜的东西。心理学家武志红老师也曾无数次探讨过这个问题，他曾经借助一位大人物的经历，探勘过她为什么会失败，因为她从小接受的是来自严苛父亲的"撒旦式养育法"，这种生长氛围导致孩子们失去自我，"不能向内寻找力量，他们不信任自己的感觉，不信任自己的判断，而总是向外面寻找答案，别人的评判对他们有极大的影响"。

关于捕心术，《圣经》里有描述，耶稣在加利利海边看见西门和他兄弟安得烈，就对他们说："来跟从我，我要叫你们得人如得鱼一样。"而感染力，是捕心术的基础，但是，我们即便知道这门技术的存在，知道这门技术的核心要点，也未必能掌握它，因为那是一种天赋，即便不是天赋，也是一种在十岁以前成就的技能。

而我们，或许是因为父母的威严，给我们布下了一道隐墙，让我们缺乏足够的自信和足够的感染力，或许因为，我们臣服于整个世界的威严，让我们被驯化和自我驯化，失去了最初的灵气烂漫。我们既缺乏感染力，又渴望感染力，既知道这样一种神秘事物的存在，却终身无法接近它，反而走向反面，成为猎物，成为被捕心的人，成了"得人如得鱼"的那个"人"，期待拜倒在某个强力的、富有感染力的心灵之下，容易为失控的、非理性的力量倾倒。这个世界，用秩序井然的生活，调教出了一群缺乏生命力又渴望被引领的普通人。理性成了非理性最大的驱动力。

《写给雷米杨的情歌》里的秦芳明，就是这样一个人，他在刻板乏味的家庭长大，始终隐忍、克制、勤勉，一层一层给自己加上枷锁，一层一层戴上自己锻造的面具，但很不幸，他进入的是一个需要释放和张扬欲望的行业。这个行业，比其他行业，更加明确地宣示着，隐忍和克制其实都是负资产。他也看出了这点，他既渴望巫性却又缺乏巫性，既希望拥有感染力，却无法击破封印真我的壳，但他又常常能遇到那种有着可怕感染力的人，比如何林杰。所以，与其说，何林杰是在经纪公司的帮助下，抢夺了有可能落在秦芳明手里的机遇，倒不如说，这些机遇，原本就是属于何林杰这种有着灿烂心性的人的。一场战争也就势不可免。

这样的故事，其实也是我的自我分析，我是那种既能理解秦芳明，也能理解何林杰的人，在某些层面上，我也隐忍，也克制，优柔寡断，甚至以自己拥有一种公关人的性格特质为荣，"好的好的，不错不错，行啊行啊，随时随时，对的对的，可以可以，没问题没问题"，是我的常用语，但在另一面，我也存留了荒野给我的特质。两种特质分区存放，偶有溢出。

写这个故事之前，我特意读了李广平老师的《抵达内心的歌谣》。李广平老师是九十年代广东流行音乐黄金时代的亲历者，更是缔造者之一，在《抵达内心的歌谣》里，他写了很多往事，使我获益很多。这篇小说写完之后，我也特意拿给李广平老师看了，他对其中的细节、气氛、人物成长轨迹没有提出异议，我也就放了心。

另外，这个故事里提到的所有歌，都是真实存在的。二十世纪九〇年代，我一边听歌，一边写歌，自然而然，似乎这是最理所应当的一件事。从《明亮明亮的眼睛》到《我是真的相信人世间》，以及作为主题歌的《写给雷米杨的情歌》，都是那时候写的。《写给雷米杨的情歌》写于一九九五年，歌词写的正是我当年没有完成的那个短篇故事。《塔拉》和《鱼缸与霞光》中的《阿拉套山》是我在二〇二二年年初，跟随星外星唱片公司去博尔塔拉采风之后，写的新歌。

这个故事发表出来之后，很多人来问我，秦芳明到底是谁，是不是影射了现实中的某位歌手。我不希望读者把这个故事当作影射故事来看，我也一向不喜欢写影射故事，因为总觉得那来得太容易，所以，这个故事里的秦芳明，其实是一个不可能存在的人。没有一个人，既是八十年代的童星，又录过"囚歌"，还在九十年代南下广州，借助"94新生代"的风口成名，既加盟过国营唱片公司，又签约过香港唱片公司，又演过电视剧，又在多年后北上，在"社会化民谣"的风潮中成功转型，还参加过歌唱综艺。没有这样的人。对九十年代华语流行乐有了解的乐评人，看到这样的描写，大概会笑出声来。我之所以赋予他这么多经历，就是想让人打消对号入座的念头。

《鱼缸与霞光》是《写给雷米杨的情歌》的副产品，《写给雷米杨的情歌》快结束的时候，出走者李志亮的故事，突然毫无预兆地从天而降，我用它来丰富何林杰的故事，但又觉得不够，不过瘾，于是，写完《写给雷米杨的情歌》，休息了两天，我就开始写《鱼缸与霞光》，写得飞快，放了几个月后，又修改了一遍，就是现在拿出来的这个样子。

我的大部分小说，都是我貌似克制隐忍性格的产物，我都知道它在写什么，写之前就想好了，有什么隐喻，埋些什么典，借用哪部音乐作品的节奏，或者哪部绘画作品的气氛，全都提前想好。《鱼缸与霞光》却是个例外，我其实不知道我在写什么，完全没有办法自我解说。抑郁情绪的蔓延？有一点。偶像的成因？也有一点。在修改这个小说的过程中，我正好读了蔡崇达的《命运》，并且和他有过一次对话，听他讲述了福建文化中，神灵崇拜的一些细节，例如一些小神的成因。这印证了我的很多想法。当然，这篇小说里，还有一些别的东西，比如二〇〇〇年以来的"出走文化"对青年的影响，我也写过关于"出走文化"（电影和文学）的简评。我承认我也在一闪念间，想到过曹卫东老师主编的《德国青年运动》，和詹姆斯·C.斯科特的著作，但这都不是我写这个故事的推动力，我的推动力，是完全文学的，非常模糊又非常浓艳的，血红色的天空，黑色的人影，从我十三岁起，折磨我，也吸引我的一个画面。

《雷米杨的黄金时代》的第一稿，写于一九九七年十二月，那时候生活经历比较少，整个故事的线索，就落在女主人公对过去的隐瞒和袒露上，但我总觉得这样的结构过于简单，又觉得这样简单的结构更利落一点。此后多年，一直想要把这个故事重写一遍，几次拿起来，又几次放下了。直到二〇二三年，才终于再度完成了这个故事。

《晚春情话》，是新闻事件给的故事起点。几年前，看到过一篇深度报道，一个多年前被拐卖到南方的男子，通过模糊的记忆（一座桥，一座山，山下的房子），和侥幸留存在自己语言系统里的几个方言词，在志愿者的帮助下，找到了亲生父母，回到了家乡，和家人见面。类似的报道，通常都在家人团聚的时刻结束，也会讲述孩子回家后的不适应，以及一家人为未来做的决定，例如要不要让孩子回到亲生父母家，要不要让孩子和养父母（实质上的买家）断绝往来，等等。我试图用小说，填补这中间的细节，试图进入一个在和平年代被"拔根"（西蒙娜·薇依，《扎根》）的人的内心，去体验一下，当他面对家人，面对那些在故土"扎根"的人时，是什么感受。

《晚春情话》其实是按照舞台剧的方式来写的，"晚春""晚灯""白塔""情话"四节，其实是舞台上的四幕，稍加改动，就可以当作舞台剧来演出。我的上一本书《春山夜行》里的《浮花》，其实也是舞台剧化的小说，同样分了四幕，不同的是，《浮花》完全按照三一律来进行，在一个晚上和一个空间里完成故事，《晚春情话》的空间和时间稍有点变化，事实上，从场景的效用来说，它本质上还是三一律故事的变种。

正在把这个小说改成电影剧本，我把这四部分分成非常平均的四段，前两段，就像《暗恋桃花源》《狗镇》一样，直接在舞台上完成，到了第三段，当一家人打开院门，走出去的时候，他们却走进了真实的自然界，在碧绿的麦田中，遇到一个又一个人。最后一部分，纯粹用短视频平台上，那种竖屏、低分辨率、单一视角的视频来完成。藏在视频里的，是一个母亲的呼唤，暗夜里，覆盖了整个大地的呼唤，是她为"被偷走的孩子"（叶芝）存留的一整个故乡。

我极少在小说里放置自己的故事，我更喜欢角色扮演，喜欢创造异世界。也正是因为喜欢角色扮演，喜欢体验不同的文体，不同类型的故事，即便是同一时期写下的故事，我

　　　　　　　　　　　　　　　晚春情话

也希望它有不同的风貌，所以，这本集子里的几个故事，也都各有各的样子，各有各的场景、视角和性别特色。但我又希望它们之间有个线索，有点牵连，所以让几个故事中的人和场景互相客串，又刻意有点差异，不完全扣得上。

《写给雷米杨的情歌》的末尾，何林杰讲述的，似乎正是《鱼缸与霞光》中李志亮的故事，但何林杰讲述的故事发生在一九八六年，《鱼缸与霞光》里李志亮的故事，却发生在一九九六年。《鱼缸与霞光》中，作为心理咨询师的"我"遇到的某个来访者，貌似正是我的上一本书《春山夜行》中《天仙配》里的童勇，来访者讲述的，貌似也是童勇和索兰的故事，但在这个故事里，人物的命运、感受，又有了翻天覆地的变化，那个疑似《天仙配》女主角索兰的女子没有死，而疑似童勇的男人，对于妻子的出走，则有另外一番认识。这也算是我对《天仙配》中两个悲剧人物的一点补偿吧。《雷米杨的黄金时代》和《写给雷米杨的情歌》里的雷米杨，似乎是同一个人，只不过，"情歌"里隐蔽的角色，在"黄金时代"里拥有了独立的故事。而《雷米杨的黄金时代》里的艾丽娅，又和我的《妈妈的语文史》里的艾丽娅，有相同的名字，甚至拥有相同的出场方式。我是想用这种方式来暗示，她们有相同的命运，甚至可以看作同一个人，或者同一份命运的不同分身。而《孤独猎手》里，出现了二〇〇〇年世纪之交的场景，这个场景，还出现在我的《五怪人演讲团》中。

当然，这些故事里最大的统一线索，其实是时间。从

《鱼缸与霞光》到《我父亲的奇想之屋》故事的跨度将近三十年。有三十年的经验，也有三十年的感受，这也可以稍稍弥补我过去二十年没有写小说的遗憾，因为这是二十年前的我写不了的。醉过方知酒浓，经历过，才知道年华不只是一声慨叹。

而在我的朋友刘茵（《鱼缸与霞光》里的心理咨询师）看来，这些故事的相同点，在于每个人都在发出信号寻找同类，"一个人作为一个个体的细腻幽微独特的情绪感受，在封闭标准统一的外部环境中，无法得到确认和回应，最后要通过一些隐秘的暗号，觉察到其他跟自己一样境遇的个体的存在，才慢慢确定了自己不是异类，不是孤独一人"。

提到刘茵老师，还得特意说明一下，《鱼缸与霞光》里，心理咨询师"刘茵"的分析文字，出自她手。这篇小说里，我把真实人物和虚构人物放在了一起，比如"西藏冒险王"王相军，比如刘茵老师，都真实存在，并且，我让真实人物和虚构人物发生了互动，我先写完了整个故事，把刘茵老师写了进去，但特意把刘茵和故事中来访者的互动空了出来，然后让刘茵老师看了小说，请她对故事里的来访者进行分析，最后把她的分析加了进去，并根据她的分析，重新梳理了人物的心理脉络。

我的朋友尼佬说，不要动不动列出感谢名单，又不是得了奥斯卡，但感谢之情是真实存在的，不应该根据是否得了奥斯卡，是否会被怀疑有表演性而进行压制。所以，要感谢

晚春情话

一下李修文，他把我推荐给了人民文学出版社。特别感谢臧永清社长，感谢他审读书稿并且提出细致、中肯的修改意见。

走近"朝内大街166号"，我就想到，从六岁起，通过我母亲订阅的《当代》杂志和《西游记》版权页，看熟了的地址，感谢它依然存在。感谢166号那座大楼，在我终于近距离看到它的时候，没有拆，没有装修，依然保留了建造之初的水泥地板，办公室里养着的，依然是文竹、海棠和吊兰。

变动的滋味，我已经领略得太多，现在我愿意珍视那些变动得慢一点的事物。

当然，不能不感谢、必须感谢的还有最早刊发和转载这些小说的杂志：《花城》《天涯》《山花》《收获》《芳草》。感谢何平、林森、李晁、吴越、哨兵、徐福伟、汪惠仁、欧逸舟老师。我是在一种孤独的状态下写作的，所以他们的存在特别重要，可以说，我是为他们而写，他们是我最近旁的写作理由。

"被懂得的人看到"这件事，是我最柔韧也最坚忍的愿望。一如《鱼缸与霞光》里，嗡嗡作响的鱼缸，挂在自行车把上的野菊花。

这篇后记的题目，来自我刚读过的一本书，张定浩老师的《爱欲与哀矜》。在这本书里，他引用了波德莱尔在《太阳》（钱春绮 译）中的句子：

我独自去练习我奇异的剑术，
向四面八方嗅寻偶然的韵律，
绊在字眼上，像绊在石子路上，
有时碰上了长久梦想的诗行。